# La Couleur de l'archange

# Viviane Moore

# La Couleur
# de l'archange

ÉDITIONS DU MASQUE

À Christine et à ce pays d'enfance,
où est née notre amitié.

# Le Mont Saint-Michel au XIIᵉ siècle

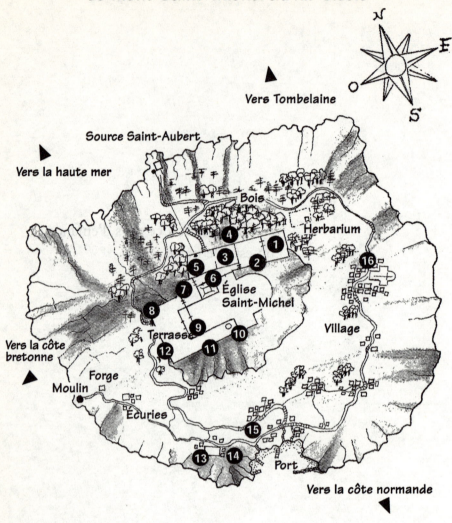

1. Scriptorium
2. Salle capitulaire
3. Hôtellerie
4. Charnier
5. Cellier
6. Cloître
7. Dortoir
8. Notre-Dame-sous-Terre

9. Narthex
10. Citerne
11. Ossuaire des moines
12. Aumônerie
13. Grange dîmière
14. Maison du Renoulf
15. Chantier
16. Église Saint-Pierre

# PREMIÈRE PARTIE

« Sant Mikêl vraz a oar an tu
D'ampich ioual ar bleizi-du. »
*Le grand saint Michel connaît la manière*
*d'empêcher les loups noirs d'hurler.*
Proverbe breton

# 1

Il avait plu toute la nuit, une pluie drue et glacée qui avait noyé les chemins et fait lever un épais brouillard que le soleil n'arrivait pas à percer. Dès l'aube, pourtant, le portail du château de Lesneven s'était ouvert pour laisser passer les chasseurs.

Ils étaient quatre, quatre garçons armés d'arcs et de flèches, qui montaient à cru de vigoureux petits chevaux bretons à la crinière blonde. Un grand chien maigre et roux filait loin devant eux, flairant au passage les terriers que les lapins avaient creusés entre les racines des arbres centenaires.

Les quatre compagnons, qui galopaient sauvagement entre les ronciers et les baliveaux défeuillés, ne songeaient qu'au plaisir de surprendre au petit matin, les sarcelles qui, la veille, s'étaient abattues sur les marécages de l'aber Wrac'h. Ils n'éprouvaient aucune appréhension, nul mauvais pressentiment et ils auraient sans doute beaucoup ri, si on leur avait annoncé que trois d'entre eux allaient bientôt mourir.

En tête, chevauchait Galeran, le fils cadet du seigneur de Lesneven. C'était un jeune gaillard bien bâti, aux longs cheveux noirs lâchés sur les épaules, aux yeux bleus et changeants comme la mer d'Armor. À son côté, se tenait Haimon de Mordreuc, que Galeran aimait comme un frère.

Ces deux futurs chevaliers se connaissaient depuis un an à peine, mais ils s'étaient déjà liés pour l'éternité en échangeant leur sang. Et chacun gardait fièrement au poignet les cicatrices qui leur rappelaient cette cérémonie secrète. Malgré son jeune âge, Haimon était le plus robuste des quatre et sa force était aussi proverbiale que sa grande laideur. Il avait le nez camus, un cou de taureau et des jambes torses qui lui donnaient, une fois à terre, une démarche un peu gauche. Avec cela, comme beaucoup d'hommes de son gabarit, il était doux et plutôt taciturne.

Enfin venaient Jakez et Alan, deux fils de paysans. Paresseux et vagabonds de nature, ils n'aimaient rien tant que partager les équipées souvent peu recommandables d'Haimon et de Galeran.

— Tu as entendu ce qu'a dit le vieux Yaouank ? jeta soudain Galeran à son ami.

— Non. Quoi ? fit Haimon qui, comme à son habitude, était plongé dans quelque rêverie.

— Il paraît qu'un bateau s'est échoué sur la grève de Goulven et que les Lochrist s'en sont emparés. Ils ont exercé leur droit de « lagan » et on dit même qu'ils ont achevé les survivants.

— Ça t'étonne ? demanda Jakez en riant.

— Non point, grogna Galeran, ces charognes sont capables de tout.

— Peut-on savoir de quoi il retourne ? demanda Haimon.

— Vous êtes point là depuis trop longtemps, sans ça vous sauriez, fit Alan. Les Lochrist, nous autres, on s'en laisse pas approcher et on n'aime pas prononcer leur maudit nom. C'est comme la lèpre et les bubons de l'enfer.

— C'est le vieux seigneur Lochrist qui, après sa croisade, a ramené toute une tribu d'Orient et l'a installée ici avec lui, reprit Galeran. C'était il y a bien longtemps, et je n'étais point né. Il faut dire que le vieux seigneur couchait avec l'une des femmes de la tribu. Elle se nommait Judith et il lui a fait quelques solides bâtards, dont Jodic ar Troadec. On dit qu'elle avait la peau noire et se promenait toujours à moitié nue ; le vieil homme en était fou. Elle était mariée à un gaillard sans honte, qui profitait de la protection du vieux Lochrist pour se servir dans le pays en toute impunité.

» Ces marauds se croyaient tout permis mais avec les Lesneven, ils sont tombés sur un bec et la bande a reçu quelques bonnes volées quand elle a voulu franchir nos marches et s'en prendre à nos paysans et à leurs femmes.

Le chien disparut soudain dans les taillis en aboyant et comme le sous-bois se faisait plus dense, les cavaliers mirent leurs montures au pas.

— Foutre, on en rigole encore ! reprit Alan en s'esclaffant. Mais depuis tout ce temps, le vieux seigneur est mort, la Judith a disparu avec son mari, laissant là ses bâtards. Il ne restait plus que des dettes. Alors finies les largesses, ces francs pillards sont tombés dans une misère pire que celle des charbonniers des forêts. On dit même que quand y'en a un qu'est malade ou blessé, ils l'estourbissent, le coupent en morceaux, le font cuire et s'en régalent, ces porcs ! Et en plus, ils copulent pire que les chiens !

— Bon, bon, ce sont des choses qu'on voit, dit placidement Haimon. Mais maintenant, ils vous cherchent encore des noises ?

— Sans doute qu'ils continuent à mijoter leurs rancœurs, grogna Galeran. Même que mon père dit qu'il y a trop longtemps qu'ils se tiennent tranquilles et que ça cache sûrement quelque chose de vicieux. En tout cas, nous, on se méfie de ces mécréants et crois-moi, s'ils veulent nous jouer un mauvais tour, on leur fera bouffer du fer et ce sera pas la première fois !

Galeran se tut brusquement et Haimon n'insista pas, respectant le silence de son ami. Il connaissait trop bien ces haines sournoises qui, de génération en génération, couvent comme de mauvais feux entre des familles qui se combattent pour tout et pour rien.

Il savait aussi qu'à la moindre occasion, ces vieilles haines se réveillent et se transforment tôt ou tard en folies meurtrières, ne laissant derrière elles que du sang et des larmes.

# 2

Un vol de sarcelles passa, frôlant la cime des grands arbres. Elles étaient déjà parées de leur plumage nuptial et les chasseurs purent distinguer leurs gorges blanches et les taches d'un vert brillant qui ornaient leurs ailes bleutées. Au bout du layon, une pente douce s'amorçait, indiquant que l'estuaire n'était plus très loin.

— Nous approchons, fit Galeran en se tournant vers les deux paysans. Jakez, tu as vu le chien ?

— Il a filé, ça fait un moment déjà, c'est un avaleur de vent, celui-là. Il doit être sur la piste d'un conil ou alors, il s'est trouvé une promise ! Ah, mon maître, je sens que nous allons faire bonne chasse ce jourd'hui, ajouta-t-il d'une voix vibrante d'excitation.

La pente était luisante de boue et les cavaliers lâchèrent un peu les rênes, se reculant sur la croupe, laissant la main aux chevaux dans la descente.

À un détour de la sente, les bêtes renâclèrent brusquement, les oreilles dressées. Juste devant, dans le demi-jour du sous-bois, les chasseurs aperçurent une grande masse noire vautrée dans la boue. À l'approche des jeunes gens, l'animal se redressa d'un coup de reins, s'arrachant à la souille et tournant vers eux sa hure armée de défenses acérées.

C'était un vieux sanglier, une bête énorme. Aucun d'eux n'en avait encore vu de pareil.

Ils avaient, bien sûr, entendu parler de ces solitaires, plus lourds que des taureaux, plus féroces qu'une meute de loups, mais ils n'avaient cru qu'à moitié ce qu'ils prenaient pour contes de bonnes femmes ou vantardises de chasseurs.

Pourtant la bête monstrueuse se tenait là, devant eux, dégoulinante de boue.

Un grondement terrible jaillit de son bourbelier, sa gueule s'entrouvrit, découvrant ses longues canines et soudain, elle chargea en martelant furieusement le sol.

Tout se passa en un éclair.

D'un même mouvement, Galeran et Haimon talonnèrent leurs montures qui bondirent de côté. Jakez n'en eut pas le temps.

D'un coup de boutoir, le sanglier renversa son cheval, déchiquetant au passage la jambe du malheureux qui hurlait en s'agrippant à la crinière. Un instant, le solitaire fouilla ses victimes à terre, puis faisant volte-face, disparut dans les taillis et ce fut le silence.

Le petit cheval de Jakez ne bougeait plus. De son ventre béant, s'échappaient des viscères roses et fumants. Quant au cavalier, couvert de sang, il gisait inanimé, la jambe droite coincée sous l'animal.

Les trois autres demeuraient là, immobiles, comme hébétés par la rapidité de la catastrophe. Galeran se reprit le premier et sauta à terre :

— Haimon ! Alan ! Vite, aidez-moi ! cria-t-il en se précipitant vers Jakez.

— Laisse-moi faire, fit Haimon en glissant une large branche sous le petit cheval. Tirez-le quand je vous le dirai. Maintenant !

Et d'un coup, Haimon s'arc-bouta sur son levier improvisé, tandis que ses deux compagnons, attrapant Jakez par les aisselles, le tiraient doucement à eux.

Haimon lâcha la branche et se redressa. Son regard se porta sur le cheval qui respirait encore faiblement. Il se pencha vers lui, lui caressa les naseaux en lui parlant tout bas. Puis l'acheva d'un coup de coutel.

Après avoir essuyé sa lame rougie sur sa cotte, il se tourna vers son ami et demanda :

— Comment va-t-il ?

Galeran qui avait déchiré les braies de Jakez, fit la grimace :

— Il a une jambe en lambeaux et l'autre cassée en plusieurs endroits. Le pire, c'est qu'il perd beaucoup de sang. Je vais lui faire une attelle d'un côté et bander l'autre comme je peux. Déchirez vos chainses et coupez-les en lanières, je vais lui enserrer les jambes avec ça. Alan, tu vas le ramener au château le plus vite possible. Préviens ma mère et le frère Benoît qu'ils ne s'inquiètent pas, je reviendrai avant la nuit.

— Vous ne venez pas avec nous, mon maître ? fit Alan.

— Ah ça non ! Foi de Galeran, je m'en vais ramener la hure de ce démon à Jakez, je lui ferai payer le prix du sang versé ! Dis-le-lui quand il reprendra sa connaissance.

15

Haimon s'approcha :

– Je viens avec toi.

Après avoir uriné sur les bandes de toile, car ils savaient que c'était là un remède souverain contre la gangrène, ils les tendirent à Galeran qui pansa le blessé. Ensuite, Alan sauta sur son cheval et ses compagnons hissèrent devant lui Jakez, toujours évanoui.

Ils restèrent un long moment à les regarder s'éloigner à petits pas.

– Qu'en penses-tu ? demanda Haimon.

– Le pauvre vieux, je crois bien qu'il a son compte ! dit rageusement Galeran en enfourchant sa monture.

Haimon l'imita et ils se lancèrent sur la piste du solitaire. La bête avait tout écrasé sur son passage et par endroits, même les jeunes arbres, le tronc brisé net, n'avaient pas échappé à sa fureur.

La traque commençait.

# 3

Les brumes s'étaient dissipées et le soleil était maintenant au zénith. Galeran se tourna vers Haimon, qui cheminait derrière lui. Il gronda :

— C'est lui qui nous mène !

— C'est un ancien, il en sait plus long que nous, répondit laconiquement Haimon.

De fait, malgré les ronciers et les halliers, malgré les berges glissantes et les étendues boueuses de l'estuaire, le solitaire avait maintenu son allure, filant droit devant lui comme un loup.

— Nous avons passé l'heure de midi et il tient toujours !

— Oui, fit Haimon d'un air sombre, mais surtout il nous a entraînés au plus profond de la forêt. Sais-tu où nous sommes maintenant ?

Galeran regarda autour de lui, ils arrivaient dans une petite clairière moussue, cernée par un enchevêtrement de troncs recouverts de lichens blanchâtres. Le ciel leur paraissait bien loin au-dessus de la cime des arbres. Des troncs pourris montait une odeur fade. Il n'y avait point ici de loges de charbonniers ou d'écorceurs de chêne, ils étaient dans la Profonde, la forêt ancienne, refuge des esprits de l'ombre.

— Cela fait un moment qu'il nous a fait traverser le gué de l'aber Wrac'h...

Le jeune garçon s'interrompit et tendit l'oreille.

— Écoute, on l'entend, il est tout près. Il s'est arrêté à nouveau ! ajouta-t-il. Il est sur ses fins. Si seulement ce foutu chien nous avait rejoints.

Ils immobilisèrent leurs chevaux qui renâclaient nerveusement. Le vent soufflait toujours vers eux, leur portant, hauts et clairs, les grognements du sanglier et le bruit déformé des coups de boutoir qu'il donnait aux arbres. Depuis qu'ils le poursuivaient, il avait ainsi fait de nombreuses volte-face, détruisant tout ce qui l'entourait avant de repartir du même train puissant, droit devant lui.

Les deux jeunes gens se regardèrent, impressionnés malgré eux par la fureur qui habitait l'énorme bête. Il y avait dans cette interminable poursuite quelque chose d'effrayant. Le vieux démon les narguait sans doute, pour mieux les perdre ensuite dans les ténèbres de la forêt. Mais ni Galeran ni Haimon ne songèrent un seul instant à abandonner.

— Laissons nos chevaux ici, suggéra Haimon, et continuons à pied, ils sont trop nerveux et avec ces épineux, nous passerons mieux ainsi.

— Oui, tu as raison, fit Galeran en sautant souplement à terre et en attrapant les rênes que lui tendait son compagnon.

Pendant qu'il attachait les chevaux, Haimon avait saisi la hache qu'il portait à la ceinture. Il hésita un peu, examinant les troncs qui les cernaient, puis choisissant un jeune coudrier, il l'abattit et y tailla rapidement deux solides épieux. Il en tendit un à Galeran :

— Prends ça ! Nos flèches ne serviront pas à grand-chose contre une bête de cette taille, il doit avoir le cuir plus épais qu'une broigne de croisé ! Dieu nous sauve, mon ami !

— Dieu nous sauve, répéta gravement Galeran.

Et ils repartirent, leurs épieux bien en main, courant sans bruit l'un derrière l'autre, le buste ramassé, sautant par-dessus les troncs pourrissants sur la piste du sanglier.

Ils débouchèrent bientôt dans une sorte de trouée au milieu de la forêt. La bête avait filé par là. Le sol était spongieux et il y avait en abondance de grands champignons dorés et des touffes de prêles qui ondulaient avec le vent. Ils prirent conscience qu'un lourd silence les enveloppait et que, même dans les ramures, les oiseaux s'étaient tus. Les grognements de rage du solitaire résonnaient très proches maintenant. Ils avaient l'impression qu'à tout moment, il pouvait surgir devant eux.

Galeran se signa discrètement sans remarquer qu'Haimon faisait de même. Le cœur lui cognait dans la poitrine, et même le bois de son épieu, dans son poing serré, lui parut soudain bien frêle. Une drôle de sensation, comme un frisson dans le creux de sa nuque l'avertit du danger. Au loin, lui parvint le cri aigu des mouettes. Le vent avait tourné, il charriait maintenant des senteurs de sel et de marée et surtout ramenait leur odeur vers la bête !

Il voulut avertir Haimon mais, au même instant, sentit le sol trembler sous ses pas, le sanglier les avait éventés, il venait droit sur eux.

Galeran mit un genou en terre pour planter son épieu mais glissa, tant le sol était gorgé d'eau.

La bête surgit des taillis à l'autre bout de la trouée, plus énorme et plus noire encore que dans son souvenir. Il roula sur lui-même, mais tout se passa si vite qu'il n'eut le temps de se redresser complètement ni de saisir son arme qui était tombée à quelques pas de là. Haimon s'était jeté devant lui en hurlant comme un loup, le genou gauche planté dans le sol, s'arc-boutant de toutes ses forces sur son épieu.

Le solitaire fut sur eux en un instant, fonçant droit vers cet adversaire qui attendait sans bouger, agenouillé dans la fange. Desservi par sa mauvaise vue, l'énorme bête s'empala sur la pointe effilée de l'épieu dont le bois lui perça la gorge.

Galeran vit Haimon encaisser le choc. Le visage du jeune homme était presque violet tant l'effort était grand, il appuyait en hurlant de toutes ses forces sur l'épieu pour l'enfoncer davantage, ses veines saillant sur son front trempé de sueur, son corps bandé comme un arc dont le bois va se rompre.

La pointe, enfin, ressortit entre les omoplates du sanglier qui, toujours vivant, menaçait Haimon de ses longues broches d'ivoire.

Un flot de sang lui sortit soudain de la gueule, éclaboussant le jeune homme qui tenait toujours. L'animal laboura le sol de ses courtes pattes, mais ses yeux se voilèrent et il retomba mort, pesant de tout son poids sur le bois de l'arme qui se brisa net.

Galeran vit son ami basculer en même temps que l'animal. Il se précipita pour le dégager et Haimon roula sur le côté.

— Tu n'as rien ? demanda-t-il avec angoisse. Tu n'as rien ?

Le jeune homme fit signe que non, il haletait et resta un moment ainsi, sans mot dire, allongé dans la boue, fixant le ciel au-dessus de lui. Son compagnon se laissa tomber à ses côtés. Comme par enchantement, les oiseaux se remirent à chanter. À côté d'eux, la grande masse hirsute du sanglier se vidait de son sang qui se mêlait à l'eau boueuse.

C'est le moment que choisit le chien de Galeran pour surgir des bois en aboyant, tournant autour du solitaire avec des grognements, avant de se jeter sur les jeunes gens pour les lécher, jappant comme un chiot.

Les deux amis le repoussèrent rudement et se redressèrent. Ils ne prononcèrent pas une parole, mais se racontèrent le lendemain qu'ils s'étaient sentis lourds d'une même intense mélancolie dont ils ne s'expliquaient pas la raison.

D'un commun accord, ils coupèrent quelques branches de buis qu'ils posèrent sur la hure de l'animal, en hommage. Puis, sifflant le grand chien, ils s'éloignèrent pour aller chercher leurs montures. En témoignage de leur victoire, ils s'étaient emparés des deux longues broches d'ivoire qui avaient déchiqueté la jambe de Jakez et tué son cheval.

Grâce au chien, ils purent rentrer au château, sans encombre, à la nuit tombée. La sonnerie lugubre du glas y retentissait.

Jakez était mort en arrivant sans avoir repris connaissance.

# 4

Le bruit lui perçait le crâne, lugubre, insistant. Il enfonça la tête dans sa litière en grognant puis se redressa d'un coup. Il ne rêvait pas, c'était la cloche de l'office de prime qu'il entendait là et non celle des morts, la « cloc'h ar maro ». Les fourrures qui le recouvraient volèrent à travers la pièce et Galeran s'assit au bord de sa couche, posant ses pieds nus sur le sol.

— Mordié ! jura-t-il. Je suis encore en retard pour la messe ! Qu'est-ce que ma mère va me passer !

Le brasero était éteint et il faisait dans la chambre un froid glacial. Une faible lueur grise filtrait autour du volet, glissant sur le plancher de chêne jusqu'aux paillasses alignées contre les murs.

Galeran s'étira et se leva, repoussant rudement le vantail de bois. Il resta là un moment, accoudé au rebord de la meurtrière, le visage fouetté par le vent. Juste en face, une dizaine de freux immobiles étaient perchés sur les hautes branches des arbres dénudés.

Galeran réprima un frisson, il pensait à la mort de Jakez, au corps qui reposait près de l'autel dans la petite chapelle. Il avait toujours connu Jakez, tout comme

Alan d'ailleurs, ils étaient fils de laboureurs, et au château, tous les enfançons étaient élevés ensemble. Ils avaient couru les bois et les grèves, appris à se battre, à chasser, à monter à cheval, à poser des pièges...

Un gros soupir lui échappa et il se retourna, jetant un œil distrait sur les paillasses voisines. Celle de son frère aîné, Ronan, était vide, tout comme celle d'Haimon.

On frappa un grand coup à la porte qui s'ouvrit avant qu'il ait eu le temps de répondre. C'était Alan. Du même âge que Galeran et qu'Haimon, on lui aurait donné dix ans de plus, tant il était large et haut. Il s'alla planter devant son jeune maître et l'apostropha :

— On m'envoie te chercher. Dame Mathilde t'attend et elle est point de bonne humeur, je peux te le dire !

— C'est la faute au frère Benoît qui fait l'office de plus en plus tôt ! grommela Galeran.

— Diantre non, et heureusement pour nous ! Mais toi, depuis que t'es rentré de Gascogne, tu dors comme un ours en hiver. À croire que là-bas, t'as pris de mauvaises habitudes !

Galeran lui allongea une bourrade.

— Me cherche pas noises, Alan, c'est pas le moment ! gronda-t-il. Donne-moi plutôt ma chainse, là au mur !

Un bref sourire éclaira la face du jeune gars qui attrapa le vêtement et le jeta à Galeran.

— Heureusement que j'ai le sang moins chaud que toi, hein ! Bon, je te laisse, j'ai encore à faire à l'étable avant la messe, fit-il en sortant.

Après avoir enfilé ses braies, Galeran s'habilla prestement d'une tunique de cuir, noua sa ceinture autour de sa taille mince et enfila ses bottes en sautant d'un pied sur l'autre pour aller plus vite. Il plongea la tête dans une bassine d'eau froide, s'ébroua en grognant, puis s'essuya avec une chainse qui traînait sur le lit d'Haimon, avant de sortir en claquant la porte.

## 5

Le château de Lesneven ne ressemblait pas à ces riches ouvrages de pierre qu'on trouvait alors dans le Blésois ou en Anjou. Comme la plupart des châteaux bretons, ce n'était qu'un simple donjon en bois protégé par une haute palissade et plusieurs fossés. Au pied du donjon, il y avait dans la basse-cour, trois mauvaises cabanes abritant l'une, la forge, l'autre, les bêtes, la dernière enfin, les paillasses de quelques serviteurs et une chapelle.

En fait, la chapelle n'occupait qu'une petite partie de la cabane. C'était juste un autel avec une lampe toujours allumée qui marquait la présence de Dieu en cet endroit perdu et, pendue au-dessus de la porte, une petite cloche. Elle servait à appeler les habitants à la prière mais aussi à donner l'alerte en cas de danger.

Le donjon n'avait que trois étages. Au rez-de-chaussée se trouvait une large salle commune, ainsi que le cellier et les cuisines. Au premier, où l'on accédait par une échelle, les logements du seigneur et de sa mesnie, et au-dessus enfin, ceux des hommes d'armes. De là, des guetteurs surveillaient en permanence les forêts et les landes environnantes.

Ce matin-là, frère Benoît avait posé son autel portatif, une simple dalle de pierre blanche ornée de caractères latins, sur un tonneau en plein milieu de la cour. Quand le temps le permettait, il aimait dire la messe en plein air, devant hommes et bêtes. Sans doute pensait-il qu'ainsi, sa parole et ses prières iraient plus vite au Créateur de toutes choses.

Autour de lui s'étaient assemblés en silence les valets, le forgeron et quelques hommes d'armes. En tout, une quinzaine de personnes encore sous le coup de la mort brutale du jeune Jakez.

Au premier rang, se tenait dame Mathilde de Lesneven. C'était une belle femme qui, malgré de nombreuses maternités, avait conservé une silhouette svelte et vigoureuse. Elle portait sur sa longue robe droite, un corset bleu finement gaufré et un chaud mantel aux larges manches doublées de fourrure. Dans ses mains jointes, elle serrait la croix de saint Pol que lui avait offerte son époux. Un pli barrait son front et son expression n'augurait rien de bon.

Haimon, le visage pâli par une nuit de prières, fit un bref signe de tête à Galeran qui, après avoir salué alentour, alla se placer à ses côtés. Le jeune Lesneven regardait sans le voir frère Benoît, entendant à peine les paroles de la messe matinale. Insensiblement, son esprit s'était mis à vagabonder au loin.

Il entendait le cri des mouettes, voyait des grèves battues par le vent, de longs varechs souillés d'écume et dans les dunes, une vieille chapelle de pierre grise qui semblait résolue à défier les forces de l'Océan. C'était là que reposait, sous une simple dalle, le premier des Lesneven, là que Galeran aimait à venir rêver des exploits de son ancêtre. Puis ses pensées allèrent à la belle Auan[1] et son cœur cogna plus fort dans sa poitrine. Il la revoyait nue, sortant des vagues. Auan qui offrait son corps à tout venant et lui avait enseigné ce qu'elle savait de l'amour ; et la jolie diablesse en savait long !

Un violent coup de coude le ramena à la réalité.

— La messe est finie, mon ami, lui murmura Haimon. Et ton frère arrive.

En effet, Benoît rangeait son autel, les assistants se dispersaient déjà et par la poterne, entrait un jeune cavalier, monté sur un cheval rouan. Vêtu d'un bliaud de drap pourpre, une courte cape brune flottant sur ses épaules, Ronan de Lesneven portait l'épée au côté et le rebec à l'épaule.

Très brun de peau comme les d'Argombat, ses ancêtres maternels, le cheveu noir et l'œil de même, le frère aîné de Galeran se piquait de savoir rimailler aussi bien que les troubadours d'Aquitaine, ce qui lui valait bien des succès auprès des femmes, qu'elles soient de noble naissance, ou simples bergères.

Jetant négligemment les rênes à un valet, Ronan posa pied à terre et alla s'incliner devant sa mère.

— Dieu du ciel, ma dame, vous êtes plus belle de jour en jour !

---

1. Voir *Noir roman*, du même auteur, collection Labyrinthes, Librairie des Champs-Élysées.

Mathilde lui lança un regard sombre, elle n'aimait guère les manières de son aîné et encore moins ces fades compliments destinés aux pucelles :

— Où donc étais-tu, mon fils ? fit-elle sèchement. N'as-tu point la garde du château en l'absence de ton père ?

— Je savais bien, mère, que vous ne couriez danger, répliqua Ronan avec assurance. Je n'étais point loin, peu s'en faut, une dame de Plabennec m'a fait l'honneur de m'inviter en sa demeure pour lui conter quelques poèmes de notre lointaine Aquitaine. Elle...

— Dorénavant, le coupa Mathilde, je te saurai gré de rimailler avant l'office de prime et de garder le château le jour comme la nuit, mon fils.

Le ton était sévère. Le jeune homme ravala la réplique qui lui montait aux lèvres et marmonna :

— Oui, mère, il en sera fait selon vos désirs.

— Ce ne sont pas mes désirs, Ronan, rétorqua sèchement dame Mathilde. Ce sont les ordres de Gilduin, ton seigneur et père, à qui tu dois compte.

Un court instant, Ronan affronta le regard courroucé de sa mère puis, les lèvres serrées, baissa la tête.

Dame Mathilde se tourna alors vers Galeran :

— Toi, j'ai deux mots à te dire ! Je t'attends tout à l'heure, dans la grande salle.

Sur ce, elle s'en alla vers les étables d'un pas décidé. Une des génisses était malade et elle s'y entendait mieux que personne pour soigner bêtes et gens.

— Ta mère ne s'en laisse pas conter, murmura Haimon à l'oreille de son ami.

— Tu parles de moi, Haimon de Mordreuc ? l'interpella rudement Ronan qui avait l'ouïe fine et n'avait guère apprécié de se faire rabrouer devant tous.

— Non point, messire Ronan, non point, répliqua calmement Haimon.

— Et toi, petit frère ?

— Ne m'appelle pas ainsi, Ronan, ou il t'en coûtera ! jeta Galeran.

— Oh, regardez ce mion ! Il a encore une épée de bois mais il me menace, moi l'aîné des Lesneven ! fit Ronan en éclatant de rire.

Galeran porta la main au coutel qui pendait à son côté et répliqua avec fureur :

— Viens tâter de ce bois-là, Ronan ! Tout de suite, si tu veux.

— Par Dieu, petit frère, je plaisantais. Je sais bien que notre oncle t'a pourvu d'une bonne lame, même s'il n'a point voulu te donner celle de chevalier, lança Ronan en lui tournant le dos.

Le visage de Galeran était devenu livide ; les mâchoires serrées, il fixa la haute silhouette de son frère qui s'éloignait.

# 6

— Mon pauvre Jakez qu'est tué, mon époux qui est toujours par monts et par vaux, mes deux fils qui ne sont que des avaleurs de vent et maintenant ma plus belle génisse qui crève... Ah ! C'est à se jeter dans le puits ! hurla dame Mathilde avec colère.

Frère Benoît évita de justesse une volée d'objets hétéroclites, tout ce que son aimable cousine avait sous la main.

— Voyons, ma douce, ne blasphème pas ! dit-il en allant tranquillement cueillir un gobelet d'étain sur une étagère.

Il se servit une bonne rasade de l'esprit-de-vin qu'il avait apporté de sa Gascogne natale en même temps que diverses médecines comme l'hysope, l'esprit-de-thériaque ou l'onguent de calendula, si efficace pour cicatriser les plaies. Après avoir vidé son gobelet, frère Benoît l'emplit à nouveau et le tendit à dame Mathilde qui s'était laissée tomber dans un faudesteuil où elle demeura haletante, les paupières fermées.

— Tiens, bois ça, ma grande, ça vient de chez nous.

Elle avala la mixture d'un trait et un peu de couleur lui revint aux joues.

« Allez comprendre quelque chose aux femmes ! songea Benoît en jetant de brefs coups d'œil à sa belle cousine. Quelle guêpe a donc piqué celle-là, quand elle a abandonné le doux climat de Gascogne et ses riches prétendants, pour suivre jusqu'en son pays de sauvages ce pendard de Lesneven, pauvre comme un rat d'église et même pas beau avec ça... »

— Oui, il faut décidément que les femmes soient folles, marmonna-t-il en promenant autour de lui un regard désolé.

La grande salle du château de Lesneven était déserte et elle lui faisait vaguement penser à une étable, dont elle avait même l'odeur. Au centre, recouvert par un couvercle de bois, se trouvait un puits qui menait à une source. Elle ne tarissait jamais et, le cas échéant, permettait aux habitants des lieux de soutenir un long siège.

Le reste était à l'avenant. La lumière grise du petit jour qui filtrait par les étroites meurtrières éclairait chichement les murs de rondins. Les mouches et les araignées avaient, depuis longtemps, élu domicile dans les charpentes noircies du plafond. Et pour tout mobilier, il n'y avait, sur le sol de terre battue, qu'une longue table de chêne flanquée d'une douzaine d'escabeaux mal équarris et de deux faudesteuils. À l'écart, dans de sombres alcôves, étaient dressés les lits où dormaient les hôtes de passage.

— Dire qu'ils appellent ça des lits ! soupira frère Benoît en réprimant un frisson. Des tas de fougères séchées couvertes de puantes peaux de bêtes sauvages...

— On dirait que mon cher fils se fait attendre ! dit brusquement dame Mathilde. Franchement, mon cousin, que pensez-vous de lui ?

Benoît prit une brève inspiration, puis répliqua prudemment :

— Eh bien, ma toute bonne, je doute que ton fils soit encore *compos sui.*

— Que me dis-tu là, de quoi parles-tu ? fit dame Mathilde qui n'entendait point le latin.

— « Maître de soi-même », traduisit le moine à mi-voix.

— Tu veux dire fou ? fit-elle en se redressant brusquement.

— Mais non, ma douce, mais non... seulement ton cadet est fort vagabond. Quand ce n'est pas son corps qui voyage, c'est son esprit qui est ailleurs... Se bagarrer, chasser ou rester des heures à bayer aux corneilles en rêvant des exploits d'Artus et de Lancelot, voilà ce qui lui plaît.

— Et pour ses études ?

— Bah, en lui faisant tâter du bâton, il ne se débrouille pas mal. Remarque, il n'est point mauvais bougre et fort généreux, mais quand même, il est capable de tout casser quand il se met en rogne.

— Quel mal y a-t-il à cela ? s'exclama Mathilde avec aplomb, il est comme moi et puis, ça ne dure jamais longtemps !

— Quand on parle du loup ! fit soudain Benoît en se tournant vers la porte. Galeran, ta mère veut te parler.

Le jeune homme, qui se tenait sur le seuil, s'approcha comme à regret.

— Te voilà enfin, dit Mathilde. Tu sais que nous enterrons Jakez cet après-midi ?

Galeran baissa la tête, l'air buté :

— Oui, mère, je sais...

— Je n'ai pas voulu t'accabler hier soir, quand tu es rentré au château, mais que vais-je dire à ton père pour la mort de ce pauvre garçon ? Et d'après ce que tu m'as raconté, sans Haimon, ce solitaire t'aurait bel et bien embroché toi aussi.

Galeran ne répondit pas. Mathilde soupira et reprit :

— Et puis, vous avez perdu un cheval et cela est grand dommage, nous ne pourrons en racheter un avant un moment.

— Oui, mère, repartit le jeune gars, je sais combien nous sommes pauvres. Mais cela ne durera pas, vous verrez. Si seulement vous vouliez me laisser tournoyer un peu, je vous rapporterais des markas d'argent et qui sait, même des destriers, pour chaque prise que je ferais.

Mathilde secoua la tête pour n'avoir point à répliquer. Elle était mécontente d'elle plus que de lui. Bien qu'elle s'en défende, il était sa faiblesse. Malgré, ou peut-être à cause de son caractère emporté, de ses colères et de ses mélancolies, elle se reconnaissait en lui.

Non sans fierté, elle le dévisagea. Encore marqué il y a peu par l'enfance, ses traits s'étaient creusés, lui donnant un air de jeune loup. Il était mince et musclé, avait la peau très blanche et les yeux bleus de Gilduin, son père, et les cheveux noirs et drus des d'Argombat, sa famille à elle, originaire des bords de la Gimone, en pays gascon.

— Eh bien, qu'as-tu donc ? fit-elle en remarquant ses sourcils froncés. Tu sais bien ce que ton père et moi-même pensons des tournois.

Galeran hocha la tête d'un air maussade, puis demanda :

— Quand rentre-t-il, avez-vous des nouvelles ?

— Oui-da, si son entrevue avec le duc de Cornouaille se passe comme il l'espère, il sera ici dans une dizaine de jours, tout au plus. De toute façon, il a promis à Haimon qu'il serait chevalier avant la fin du printemps.

Les sourcils du jeune homme se froncèrent un peu plus.

— Je sais à quoi tu penses, continua Mathilde d'une voix ferme, mais tu n'es point encore prêt. Ton oncle François te l'a dit et ton père le pense aussi.

— Mon oncle..., commença Galeran.

— Mon frère t'aime comme son fils, fit Mathilde d'un ton sec, et tu le sais, mais s'il a dit que tu n'étais point prêt à devenir chevalier, c'est que tu ne l'es point ! Quand tu es arrivé chez lui, comme « puer », le jour de tes huit ans, il a su faire de toi un fin écuyer...

— Mais enfin, mère, cela fait presque un an que je suis revenu au pays ! protesta le jeune homme. Je sais me battre mieux que beaucoup, chasser, nager, tournoyer, jouer aux eschets, tirer à l'arc...

— Oh oui, répliqua Mathilde, pour ça, tu excelles, mais frère Benoît me dit que pour l'étude, contrairement à Ronan, tu traînes les pieds. Tu préfères à cela l'école du renard, courir les bois et les grèves à cheval.

— Croyez-vous, mère, qu'il soit nécessaire d'en savoir tant pour devenir un vrai chevalier ? repartit Galeran avec amertume.

— Pour être chevalier, mon fils, fit solennellement dame Mathilde, il faut être... enfin, il faut être *compos sui* !

Frère Benoît se détourna pour dissimuler son envie de rire.

Quant au jeune homme, il baissa la tête et resta devant sa mère, les poings serrés, tendu comme un arc. Un moment passa et ni l'un ni l'autre ne bougèrent, puis Mathilde reprit la parole d'une voix plus douce :

— Tu es bien pâle, mon fils, je parie que tu n'as rien mangé. Va demander quelque chose à ta Tryphina ! Allez va, et que je ne te voie plus.

# 7

Le vent de nordet s'était levé et la meurtrière renvoyait à l'intérieur des cuisines la fumée qui s'élevait du four. Haimon était assis à la table commune à côté des hommes d'armes qui mangeaient en silence, échangeant de rares paroles. Un serviteur allait de l'un à l'autre, distribuant de la cervoise, de la saucisse séchée, des œufs et des galettes.

De retour de la messe, une vieille femme était venue s'asseoir près d'eux, épluchant des oignons pour la soupe, tout en écoutant leurs propos d'une oreille distraite. Elle se balançait doucement d'avant en arrière, secouant parfois la tête, tandis que ses doigts s'activaient.

De temps à autre, une petite femme toute ronde émergeait de la fumée du four, c'était Tryphina, la digne maîtresse des lieux.

À plus de quarante ans, la nourrice de Galeran était restée alerte et fort enjouée. Elle avait un visage doux, presque enfantin, des formes opulentes et des yeux très bleus un peu écarquillés. Plus d'un homme l'avait demandée pour femme, mais Tryphina n'en avait cure.

Mariée fort jeune à un rude gaillard dont la mort l'avait plus soulagée qu'attristée, elle ne désirait point de nouveau compagnon. Elle se contentait d'élever dignement ses deux filles, tout en se dévouant à son seigneur et à sa mesnie, sans jamais se plaindre ni rechigner à la peine.

En entendant arriver Galeran et malgré ses protestations, elle s'essuya les mains et le plaqua contre sa généreuse poitrine.

— Ma Doué, mabik ! s'exclama-t-elle en le dévisageant, que t'arrive-t-il ? Te voilà bien pâle. Déjà à la messe, ce matin, je t'ai trouvé bien distrait. Et puis, tu en as mis un temps pour venir manger.

Il était le fils qu'elle n'avait jamais eu et, pour lui, elle se serait jetée au feu.

— Tout va bien, Tryphina, tout va bien, fit Galeran en se dégageant de son étreinte. C'est seulement que j'ai faim, donne-moi vite à manger.

La femme hocha la tête, il n'était point besoin de lui en dire davantage, elle avait compris. Il n'y avait, croyait-elle, que ce jean-foutre de Ronan pour mettre son *mabik* dans un tel état. Ces deux-là s'entendaient aussi bien que chien et chat ! Elle pensait qu'un jour, cela finirait mal. Pourtant, elle répliqua avec sa bonne humeur habituelle :

— Viens-t'en ici, ordonna-t-elle en montrant la table que quittaient les soldats, ceux-là ont fini. Un bol de bonne soupe te remettra la tête à l'endroit !

Elle posa devant lui une écuelle pleine de soupe fumante et une galette toute chaude avant de s'en retourner à ses fourneaux.

Haimon s'étira en bâillant. Il se sentait fatigué par sa trop courte nuit et décida d'aller dormir un peu. Un léger frôlement lui fit lever la tête. Une petite fille descendait lentement l'échelle qui menait aux étages, tenant d'une main les barreaux et de l'autre une poupée informe d'où s'échappaient de la paille et du son.

— Tiens, voilà Arzhel ! fit Haimon avec bonne humeur. Ma douce et câline Arzhel et son enfançon.

Habillée d'une simple cotte de toile et les pieds nus, la gamine ressemblait à une petite paysanne, n'eussent été ses traits, qui étaient la réplique exacte de ceux de dame Mathilde.

Elle sauta sur le sol et releva la tête, écartant ses boucles brunes d'un air coquin. Un sourire lui mangeait la figure et les yeux brillants, elle se précipita vers son frère en criant son nom à tue-tête.

— Quoi encore ? demanda Galeran que le bruit avait fait sursauter.

Il repoussa l'enfant en grognant :

— Tu peux pas me laisser en paix !

La petite se tut aussitôt puis, baissant la tête, fondit en larmes.

Avec un profond soupir, Galeran l'attira à lui et l'assit sur ses genoux, en protestant :

— Ah non, pleure pas, Arzhel ! Je suis qu'un mauvais frère, pardonne-moi, veux-tu. Mais je sais pas y faire avec toi.

Déjà un sourire se glissait sur les lèvres mouillées de la fillette qui se blottit davantage dans ses bras, ronronnant comme un chaton.

Haimon les regardait :

41

— Plus tard, dit-il, c'est elle que j'épouserai. Ainsi nous serons vraiment frères, mon ami.

Galeran hocha la tête et caressa d'une main distraite les cheveux de sa sœur. Il pensait à autre chose. Il pensait à Jakez, au cheval tué, aux tournois, et une idée venait de germer dans son esprit. Il remit brusquement Arzhel sur ses pieds et se leva.

— Allez, ma pioche ! lança-t-il en ramassant la poupée qu'il avait fait tomber. Tiens, va jouer !

Vexée d'être rejetée, la petite lui tira la langue et courut se cacher dans les vastes jupons de Tryphina.

— Moi, cette fois, je vais me coucher pour de bon, fit Haimon en se levant.

— Ah non ! Tu viens avec moi.

— Venir où ? Il faut que je dorme un peu, Galeran. J'en puis plus et tout à l'heure, nous allons à l'étude avec frère Benoît et Ronan.

— On dormira plus tard quand la « cloch ar maro » sonnera pour Jakez, quant à l'étude, ma mère a raison, je préfère l'école du renard. On s'en va.

Le jeune Haimon regarda le visage sombre de son ami et soupira.

— Toi, quand tu as une idée... où veux-tu que nous allions ?

— On emmène Alan et on file vers Goulven.

— Qu'est-ce que tu veux faire à Goulven ?

— Voir s'il n'y a pas quelque chose d'échoué sur la grève pour payer un nouveau cheval.

Quelques instants plus tard, accompagnés d'Alan et précédés par Tan, le grand chien roux de Galeran, les deux amis chevauchaient vers la mer.

# 8

Au-dessus du dolmen de Tréguelc'hier tournoyaient en criant des vols de mouettes. C'était un vilain jour, blafard et froid, un jour de mauvais présage.

Ils avaient rejoint le ruisseau d'izel-guez et en remontaient la rive au trot, vers la Bae Goulc'han, la baie de Goulven. Le dos voûté, ils chevauchaient en silence et le chien qui courait devant eux, semblait, lui aussi, d'humeur inquiète.

— Dis-moi, Galeran, pourquoi fait-on ce détour ? demanda tout à coup Haimon.

— On longe la rivière.

— Mais tu sais qu'on nous l'interdit à cause des Lochrist, ces charognes sont toujours à traîner par là, fit Alan.

— Qu'ils aillent au diable ! lâcha Galeran.

Haimon intervint avec son flegme habituel :

— Le moment pour désobéir est peut-être mal choisi. D'abord, nous ne sommes pas en nombre et, en outre, depuis le départ de ton père et de son escorte, le château n'a plus pour le défendre qu'une poignée d'hommes d'armes.

Galeran ne répondit point. Même à Haimon, il ne pouvait avouer que, depuis son entrevue avec dame Mathilde, la fureur et le désir d'en découdre le tenaillaient.

Les cavaliers prirent un de ces chemins creux dont les branches se rejoignent pour former une voûte continue, ne laissant entrevoir, que de loin en loin, un coin de ciel. La rivière d'izel-guez, la rivière des « bas arbres » coulait en contrebas. C'était un cours d'eau très peu profond qui surgissait, comme par miracle, d'un chaos de roches granitiques et bondissait vers la mer toute proche. Elle appartenait aux Lesneven mais le territoire des Lochrist commençait en face, juste au-delà, avec ses forêts pelées et ses landes pierreuses.

Personne dans le pays ne savait plus quand exactement avait commencé la guerre ouverte entre les Lesneven et les Lochrist, mais la possession du joli cours d'eau n'y était sûrement pas pour rien. Et pour cause, on trouvait dans les gravières de la petite rivière, un riche gisement de « mulettes », ces grandes moules d'eau douce qui ont la particularité de receler des perles baroques de belle taille. Frère Benoît, qui aimait faire preuve d'érudition, avait d'ailleurs signalé à ses cousins que Jules César, lui-même, parlait de ces gisements dans ses *Commentaires de la guerre des Gaules*. Les habitants des monts d'Arrée et du pays d'Armor les exploitaient depuis les temps les plus reculés.

Les Lesneven n'avaient pas failli à la tradition. Ils avaient installé sur les rives de l'izel-guez un atelier, où les mouliers extrayaient les perles des coquilles et un poste de guet, destiné à intimider les éventuels voleurs.

C'est justement en arrivant non loin du poste de guet que les trois cavaliers s'aperçurent que quelque chose n'allait pas : le chien s'était mis à grogner et nul bruit ne leur parvenait de la moulière. Haimon, qui flairait quelque piège, murmura :

— M'est avis qu'une retraite prudente s'impose, je ne vois point là tes hommes de guet.

— Il doit au moins y avoir un garde. Va-t'en si tu veux, moi je vais voir ! grinça Galeran en poussant en avant son cheval.

Haimon se contenta de hausser les épaules et le suivit.

En approchant, ils découvrirent, dissimulée dans un épais bosquet, une jument à l'attache puis, à quelques pas de là, le gardien de la moulière, allongé de tout son long dans l'herbe rase.

Tout à coup, le grand chien roux se mit à aboyer frénétiquement et fonça vers le ruisseau où, au loin, quatre silhouettes, les pieds dans l'eau, étaient penchées sur la gravière.

— Les Lochrist ! hurla Galeran en dégainant son épée avec une joie féroce.

Il talonna sa monture et Haimon l'imita tandis qu'Alan, attrapant la hache qu'il portait dans le dos, la faisait tournoyer au-dessus de sa tête. Ils entrèrent dans l'eau au galop et furent en un instant sur le petit groupe.

Lâchant les sacs de toile qu'ils avaient emplis de mulettes, les voleurs s'égaillèrent, essayant de s'enfuir, mais le chien en avait déjà saisi un par sa cotte, le secouant avec tant de force que le tissu lui resta entre les crocs et que le gars lui échappa.

L'animal s'immobilisa un instant, cherchant son maître du regard avant de se jeter à la poursuite de l'homme qui avait disparu dans les épais taillis de la rive opposée. L'on n'entendit bientôt plus, de loin en loin, que ses aboiements furieux.

Les marauds s'étaient regroupés sur un ordre de leur chef. Celui-là était le seul à porter l'épée alors que les autres, de simples paysans, n'avaient pour toute arme que de vilains coutels qu'ils brandissaient en criant pour se donner courage.

Le poitrail du cheval d'Alan heurta violemment l'un d'eux qui se retrouva projeté dans l'eau glacée. La victoire du jeune géant fut de courte durée, le maraud, plus vif qu'une truite, se glissa sous sa monture et trancha la sangle ventrale de la selle.

Alan chuta en jurant dans la rivière, tandis que son cheval partait au trot et remontait la berge jusqu'au poste de guet où, une fois au sec, il s'ébroua tranquillement et se mit à brouter.

Furieux, Alan ramassa sa hache et se lança à la poursuite du paysan qui courait à toutes jambes vers la forêt des Lochrist.

Pendant ce temps, Haimon, sautant de cheval, avait fait reculer un autre homme et après avoir esquivé deux méchants coups de coutel, l'avait désarmé. Mais celui-là aussi s'échappa, fuyant vers le territoire ennemi, et Haimon se garda bien de le poursuivre.

De son côté, Galeran affrontait le chef de la bande qui lui faisait face avec courage, rendant coup pour coup. C'était un garçon de petite taille qui, malgré son apparente fragilité, maniait l'épée avec habileté et se défendait bravement.

Toute la colère, accumulée depuis le matin, se déchargea d'un seul coup, Galeran repoussa l'autre et frappant d'estoc et de taille, l'accula à la berge. Il attaquait avec tant de fureur que le jeune voleur ne put contenir longtemps l'assaut, trébucha et tomba à la renverse sur le sol en lâchant sa lame.

Galeran se jeta sur lui pour l'achever. Il n'en eut pas besoin, le garçon avait son compte et gisait sans connaissance sur les graviers de la rive.

Il le fouilla puis se redressa et jeta un regard autour de lui. Le champ de bataille était désert.

— Les marauds n'ont pas demandé leur reste ! murmura-t-il en se penchant à nouveau sur son adversaire.

Il lui rappelait quelqu'un qu'il avait déjà vu, mais qui ? Avec ses cheveux noirs coupés très court, ses traits fins, il ne ressemblait guère aux Lochrist. Mais qui était-il alors et que venait-il faire en cet endroit ? De plus, remarqua-t-il, il paraissait de pauvre lignée, avec ses vêtements élimés, les semelles de ses bottes usées et son arme, qui ne valait guère mieux qu'une vilaine épée d'entraînement.

Galeran, dont la colère était brusquement tombée, ne se sentait pas très fier d'avoir vaincu un si piètre adversaire. Il le tira au sec sur la berge où Haimon était agenouillé près du gardien de la moulière.

— Comment va notre gars ?

— Rien de grave, une vilaine bosse. Il s'en remettra. D'ailleurs, regarde, il revient à lui.

Effectivement le gardien se redressait sur son séant, une grimace douloureuse sur le visage.

— Ces gaillards-là n'étaient pas bien méchants, des gosses tout au plus, fit Galeran en désignant le jeune homme toujours sans connaissance.

— Tu le connais ? demanda Haimon.

— Oui et non, je n'arrive à mettre un nom sur son visage. Mais ce que je sais c'est que ce mion avait déjà fait main basse sur des perles de la moulière, répondit Galeran en montrant la bourse qu'il avait trouvée pendue à la ceinture de son adversaire.

— Il est bien jeune ! fit Haimon. La jument qui est dans les buissons doit lui appartenir. Finalement, ajouta-t-il avec un petit sourire, tu as trouvé un cheval pour remplacer celui de Jakez, la prise est bonne et je vais pouvoir retourner dormir.

— Oui, mais qu'est-il advenu d'Alan et du chien ?

— Toujours à la poursuite de leurs gaillards, je suppose, de l'autre côté de la rivière. Et puis, tu connais ton chien, il est plus fol qu'un étourneau et n'en fait qu'à sa tête.

— Qu'est-ce qu'ils foutent ? Ils auraient dû les rattraper depuis longtemps et les ramener ici, tu ne crois pas ?

— Tu as raison, soupira Haimon. Il faut peut-être les aller chercher.

Galeran parut réfléchir, puis il se tourna vers le gardien de la moulière qui s'était remis sur ses jambes et les écoutait sans mot dire.

— Toi, ordonna-t-il, prends cette jument et rentre au château prévenir dame Mathilde de ce qui s'est passé ici. Et fais vite.

Mais déjà, l'homme avait sauté en selle et talonné sa bête.

— Prends le cheval d'Alan avec toi, ajouta Galeran en installant son prisonnier évanoui sur l'encolure de sa monture.

— Écoute, fit soudain Haimon, il me semble que j'entends des chiens.

De là où ils étaient, dans le repli de terrain où coulait le ruisseau, ils ne pouvaient rien voir mais, à n'en pas douter, le bruit venait de la forêt des Lochrist et se rapprochait rapidement.

— Ce ne sont pas les abois de Tan. Mon ami, tout cela commence à ressembler à un traquenard, déclara Haimon de sa voix calme, on dirait bien que nos voleurs de perles n'étaient là que pour nous appâter comme des béjaunes. Si nous ne fuyons pas maintenant, nous sommes perdus... enfin, ton prisonnier sera peut-être utile, on pourra toujours l'échanger contre nos vies ou celle d'Alan. Allez, viens, filons, retournons au château si on peut !

— Sûrement pas sans Alan ! hurla Galeran. Il est sur leurs terres, seul et sans son cheval. Si les Lochrist l'attrapent, ils vont le massacrer... Allons vers la mer, il a dû s'ensauver par là !

Les abois se rapprochaient et les deux garçons entendaient maintenant des hennissements et des cris. Galeran n'hésita plus, agrippant d'une main ferme son prisonnier évanoui, il jeta sa monture dans la rivière et partit au galop vers l'aval. Éperonnant sa bête, Haimon le suivit, tirant derrière lui le cheval d'Alan.

49

– *Terminus a quo* ! prononça-t-il avec philosophie. Voilà ce que l'on appelle une erreur tactique !

Lorsque enfin apparut, à l'orée de la forêt, la flamme noire d'une bannière, Galeran et Haimon n'étaient déjà plus que deux ombres fugitives qui s'éloignaient à toute allure dans le ruisseau.

À la tête des cavaliers, chevauchait une sorte de géant ventru, vêtu d'une broigne cloutée de fer. L'homme n'était autre que Jodic ar Troadec, le patriarche des Lochrist et malgré son âge, il avait encore une stature qui effrayait son monde. Dans son jeune temps, on disait qu'il était capable de tuer un taureau d'un seul coup de poing et qu'il avait fendu plus d'un crâne de chrétien.

Ensuite venait Withur, le cadet, faisant tournoyer au-dessus de sa tignasse rousse sa redoutable masse d'armes, puis Iwan, celui que, pour sa froide cruauté, les gens du pays Pagan surnommaient le « Sarrasin ». À côté d'eux couraient deux dogues aux museaux aplatis et sanglants.

# 9

Ce que les deux amis ne savaient pas, c'est qu'Alan n'était pas allé bien loin et que le corps mutilé, que traînait Iwan derrière sa monture, n'était autre que celui du jeune paysan.

Alors qu'il avait rattrapé son fuyard et le ramenait vers le ruisseau, Alan s'était brusquement trouvé face aux Lochrist.

Tirant sur la bride de leurs destriers, les trois cavaliers s'étaient arrêtés, examinant avec intérêt ce paysan qui se promenait sur leurs terres, armé d'une hache et poussant devant lui un de leurs manants.

Alan connaissait les Lochrist, il aurait pu essayer de fuir mais ne le fit pas, se sachant perdu d'avance. Il repoussa d'un geste son prisonnier terrorisé, brandit sa hache et attendit.

Le vieux Jodic hurla d'une voix rauque :

— Tue ! Tue, les bêtes !

Le corps protégé par d'épaisses plaques de cuir cloutées, les chiens bondirent vers leur victime. Ils n'avaient même pas grondé.

C'étaient trois dogues énormes, des bêtes pesant chacune aussi lourd qu'un homme, des « chiens de sang » comme les appelaient les paysans qui devaient bien souvent leur abandonner les vaches ou les brebis qu'ils égorgeaient par jeu.

Ces bêtes-là savaient travailler ensemble. La gueule écumante, deux d'entre elles attaquèrent Alan tandis que la troisième restait en retrait, immobile et silencieuse, fixant les combattants.

Le jeune gars fit tournoyer sa hache, fendant le crâne du premier animal avant que le deuxième ne se jette sur lui et d'un seul coup, lui broie le bras.

Alan poussa un hurlement et sa hache lui échappa.

À ses pieds, le corps du grand chien tressautait encore, et sa tête n'était plus qu'une bouillie sanglante. Les chevaux se mirent à hennir nerveusement en tirant sur leur mors.

Déjà, les dogues se ramassaient pour attaquer à nouveau quand la mèche du fouet de Jodic claqua, leur fouaillant le mufle. Les bêtes s'écartèrent en aboyant avec fureur. Alan laissa retomber le coutel qu'il avait réussi à saisir, il fixait sans comprendre la flaque rouge qui allait en s'élargissant devant lui, dans l'herbe. Sur un signe de son père, Withur était descendu de cheval et s'était approché de lui.

– Que fais-tu sur nos terres, maraud, t'es aux Lesneven ? Réponds, t'es point sourd ! s'écria-t-il. Réponds ou mon père te laisse aux chiens.

Livide, Alan regardait Withur mais déjà sa vue se troublait. Ses jambes plièrent d'un coup et il s'effondra sans un mot.

— Attache-lui les pattes ! ricana le patriarche. On va ramener ce ladre à ses seigneurs et maîtres.

Le Roux s'exécuta et après avoir ligoté le blessé, il tendit la corde à son frère Iwan qui l'attacha au troussequin, à l'arrière de sa selle.

Le vieux Jodic se tourna alors vers le serviteur qui avait regardé la scène en tremblant.

— Et toi, fils de pute, raconte et vite !

— Ben, on a fait comme vous aviez dit. On était dans l'eau et c'ui là est arrivé avec deux autres. Y'en avait un, c'était un fils Lesneven, ça c'est sûr...

— Et après, vous deviez les attirer par ici. Pourquoi vous l'avez pas fait ?

— Ben, c'est qu'on a pas pu, y nous ont alpagués, y'a que moi qu'ai pu m'ensauver, j'crois ben !

Le vieux Jodic se tourna vers ses fils.

— Vous entendez, vous autres, tout n'est pas perdu, ces blancs-becs ne sont que deux ! Pressons-nous, on va s'amuser et surtout gardez-moi le Lesneven tout vivant que je lui bouffe le foie !

— Faut m'en laisser un morceau ! cria Iwan qui caracolait, en traînant derrière son cheval le corps inerte d'Alan.

Le fouet du vieux siffla et s'abattit sur le dos du serviteur :

— Toi, fous le camp, hurla-t-il, tu pues la peur !

Le malheureux détala sans demander son reste.

Alors Jodic leva la hampe où flottait l'étendard des Lochrist et les cavaliers piquèrent des deux vers la rivière et les terres des Lesneven.

# DEUXIÈME PARTIE

« Ann diaoul zo eun dèn honest :
na c'houll man evit man. »
*Le diable est un honnête homme :*
*il ne demande rien pour rien.*
Dicton trégorrois

# 10

En quelques instants, le ciel était devenu d'un noir d'encre. Seule une mince trouée de lumière éclairait encore le sable des dunes et les vagues qui se brisaient sur la barrière de récifs. Un fort vent de nordet fouettait les visages des jeunes gens qui se tenaient immobiles à la lisière de la forêt, contemplant la baie de Goulven où s'ébattaient des troupeaux de phoques gris.

Haimon avait la mine soucieuse quand il se tourna vers son ami :

— Je n'aime pas ça. Nulle part en chemin, nous n'avons vu trace d'Alan. Il n'a pas dû venir jusqu'ici, qu'en penses-tu ?

Galeran haussa les épaules et grommela :

— Il a sans doute fait demi-tour dans les broussailles qui bordent la rive, ce qui expliquerait que nous n'ayons rien vu. Il est peut-être même déjà rentré au château, et nous devrions faire de même.

— Attends un peu, tu oublies tes amis les Lochrist, il faudrait savoir si on les a semés parce que moi, je n'ai guère envie de les rencontrer alors que nous ne sommes que deux et en plus, fort mal armés.

— Il nous suffira d'éviter leurs terres, répliqua Galeran. Ces ladres n'oseront défier notre mesnie, mon père le leur ferait payer.

Haimon préféra ne pas répondre. Il suivait des yeux les vols de mouettes qui tournoyaient au-dessus des grands phoques en poussant leurs cris aigus.

Un faible gémissement les arracha à leurs réflexions : le jeune prisonnier, couché en travers de la selle de Galeran, était revenu à lui depuis un moment et essayait de se redresser. Haimon mit pied à terre et l'aida à descendre.

Le jeune gars oscilla un instant sur ses jambes avant de se ressaisir et de porter la main à sa tête.

— Mon ami t'a frappé un peu fort, on dirait, remarqua Haimon.

— C'est pas ça, c'est ma tête qu'a cogné en tombant... dommage qu'y m'ait pas tué, rétorqua l'autre avec une grimace.

— Et pourquoi ça ?

— Nous sommes perdus, vous comme moi. Vous ne comprenez donc rien ?

Galeran, qui était descendu de cheval et resserrait la sangle de sa selle, releva la tête, détaillant à nouveau le fin visage aux traits réguliers et les yeux couleur de brume de son prisonnier.

— Qui es-tu pour nous parler ainsi, maraud ? fit-il en le saisissant par les épaules pour l'obliger à le regarder en face. J'ai l'impression de te connaître et je n'arrive pourtant pas à mettre un nom sur ton visage.

Le jeune prisonnier éclata d'un rire sans joie.

— Pourquoi ris-tu comme ça ?

Mais l'autre n'en continua que de plus belle, son rire montant dans les aigus avant de s'éteindre brusquement. Des larmes qu'il essuya d'un revers de main lui étaient venues aux yeux. Il avait l'air si pitoyable ainsi, que Galeran le lâcha et se détourna, gêné.

— Tu es trop bête, tiens ! jeta l'autre en lui attrapant le bras. Oui, tu me connais, Galeran de Lesneven, comme moi je te connais, mais tu es bien de ta race, trop fier sans doute pour te rappeler qui je suis.

— Bien de ma race, bien de ma race... Assez de tes devinettes ! s'écria le cadet avec agacement. Nomme-toi maintenant.

— Ah non ! Je ne le ferai. Sache seulement que ceux qui veulent ma mort sont les pires ennemis de ta mesnie.

— Les Lochrist ! Et pourquoi voudraient-ils ta peau à toi ? Qui es-tu ? L'un des leurs ?

— Devine ! fit l'autre en le regardant d'un air de défi.

— Je ne sais ce qui me retient... gronda Galeran en levant la main.

Mais Haimon s'avançait vers eux, l'air goguenard, leur tendant deux galettes au lard.

— On partage, les amis ? Moi, je voyage jamais sans provisions !

Galeran s'aperçut qu'il mourait de faim et prit une galette qu'il coupa en deux.

— Tiens, mange, ça donne du cœur au ventre, dit-il en tendant un morceau à son prisonnier.

Le gars fit non de la tête.

— Morgué ! C'est un ordre, gronda Galeran.

L'autre obéit et les galettes furent dévorées en un instant.

Haimon, qui s'était agenouillé, une oreille collée au sol, se redressa d'un bond :

— Mes beaux enfants, nous ne pouvons demeurer ici plus longtemps, des cavaliers arrivent.

— Ce sont eux, les Lochrist, murmura le jeune prisonnier, le visage livide. Je suis perdu !

— Tu te sens assez costaud pour monter à cru ? lui demanda Haimon.

— Oui, ça ira. Tout plutôt que de rester ici à les attendre.

— Alors prends le cheval d'Alan, mais ne t'avise de te sauver, tu es notre prisonnier.

— J'en fais serment, promit le jeune gars. De toute façon, sans armes où pourrais-je aller ?

— Galeran, il va falloir nous séparer. Ces gaillards vont essayer de nous empêcher de regagner Lesneven et autant leur donner du fil à retordre.

— Que veux-tu que nous fassions ?

— Il faut que tu te mettes à l'abri avec ton prisonnier, le temps que nous en apprenions un peu plus. Tu te souviens de mon frère Yann ?

— Oui, celui qui était venu nous voir à la Saint-Jean ?

— C'est cela. Sur les conseils de ton père, il est à Kastell-Paol, pour régler un partage de terres. Tu le trouveras à l'hôtellerie du prieuré près de la cathédrale de saint Pol. Emmène ton prisonnier là-bas. Il y sera en sécurité et Yann préviendra dame Mathilde que tu es avec lui. C'est un homme de ressources, il saura quoi faire. De plus, Kastell-Paol n'est qu'à quatre lieues, vous y serez vite rendus.

— Et toi ?

— Moi, je vais filer vers le Men Marz, il y a tant de rochers par là que je saurai bien les égarer et, à la nuit tombée, je regagnerai Lesneven.

— Je connais mieux le pays que toi, Haimon.

— Et moi, depuis que je suis à Lesneven, j'ai souvent chevauché vers le Men Marz et jamais vers Kastell-Paol. C'est mieux ainsi. Dieu nous sauve, mon ami !

— Dieu nous sauve, Haimon ! répéta Galeran.

Les deux frères de sang se donnèrent l'accolade et se baisèrent sur la bouche, puis ils sautèrent en selle.

Haimon regarda Galeran et son prisonnier s'éloigner sur la grève jusqu'à la lisière des vagues où ils chevauchèrent un temps avant de disparaître dans les dunes. À cette allure-là, les fuyards seraient bientôt à l'anse de Kernic.

Il se détourna puis, encourageant sa monture de la voix, il piqua vers l'ouest de la baie.

# 11

Le museau au sol, les dogues des Lochrist s'immobilisèrent, indécis devant ces traces qui se dédoublaient.

— Poussez-vous, putains d'enfer ! gueula Withur en
s'accroupissant.

Il ne fut pas long à démêler le sens des empreintes
laissées dans le sable par les fugitifs.

— Père, ils se sont arrêtés ici un moment et puis, ils
se sont remis en selle et se sont séparés, deux cavaliers
vers le Roc'h Vran et un de ce côté-ci. Ils étaient trois,
qu'est-ce que ça veut dire ?

— Ça veut dire qu'ils ont avec eux l'un des nôtres,
répliqua le vieux. Et tu devines lequel ?

Withur hocha la tête en silence.

— Bon, vous deux, rattrapez-moi celui qui est seul,
ordonna le borgne, et prenez les dogues avec vous, je
vais m'occuper des deux autres.

— Père, il vaudrait peut-être mieux qu'Iwan et moi
suivions les deux cavaliers...

— Suis-je donc déjà mort que tu oses discuter mes
ordres ? gronda le vieux, le visage soudain empourpré.

À moins que tu ne veuilles commander à ma place, mon fils ?

Un éclair de colère, vite dissimulé, passa dans les yeux du rouquin qui s'excusa :

— Non, père, pardon, je ne voulais pas...

— Allez ! le coupa le borgne, et ramenez-moi le vôtre bien vivant.

# 12

Autour de Galeran et de son compagnon, le paysage avait changé. Ils avaient laissé derrière eux les dunes couvertes de chardons et d'oyats et se dirigeaient maintenant vers l'étendue sombre d'une forêt. Ils avaient gardé un galop soutenu et une buée blanche montait des naseaux des chevaux à la robe couverte d'écume.

Alors qu'ils allaient traverser à gué le ruisseau de Kerallé, Galeran, qui avait laissé son prisonnier le précéder, lui cria de s'arrêter.

— Que se passe-t-il ? fit l'autre en se tournant vers lui.

— Tu sens donc pas que ton cheval boite ? Tu vas faire boire les bêtes pendant que je l'examine.

Quand Galeran se releva, il avait la mine sombre.

— Il ne manquait plus que ça, je croyais qu'il avait une caillasse coincée dans le sabot, mais non, il va bientôt perdre son fer. Je me souviens maintenant qu'Alan m'en avait parlé, il n'avait pas eu le temps de le conduire à la forge.

Un bruit derrière lui l'alerta, mais trop tard. Il porta la main à la garde de son épée au moment où une flamme rousse jaillissait des taillis en aboyant. C'était Tan, la fourrure maculée de boue, la langue pendante.

— Holà, Holà ! cria le prisonnier en calmant les chevaux que l'arrivée du chien avait effrayés.

Le grand animal s'était jeté sur son maître, l'entraînant dans son élan et se roulant sur le sol avec lui, le léchant et gémissant comme un chiot.

— Du calme ! Ça suffit ! protesta le jeune homme en bourrant de vigoureux coups de poing le flanc du grand chien.

Le prisonnier regardait la scène d'un air vaguement moqueur.

— Qu'y a-t-il de drôle et pourquoi souris-tu ainsi ? demanda Galeran, vexé, en se remettant sur pied.

— Pour rien... je me demandais comment ton chien avait fait pour te retrouver ? Sur la grève, nous avons suivi la lisière des vagues et les ruisselets, et si lui nous a retrouvés, alors les autres...

Il laissa sa phrase en suspens.

— Tan est un bastardon, un estorbel incapable d'obéir à un ordre, mais c'est le meilleur pisteur que je connaisse, fit Galeran pour le rassurer. Il me retrouverait même si je marchais sur l'eau !

Pendant qu'ils parlaient, le grand chien s'était assis non loin d'eux, la langue pendante, le souffle court. Sa grosse tête penchée sur le côté, les oreilles dressées, il fixait son jeune maître avec attention.

Quand ils repartirent, l'animal se plaça au côté de Galeran, accordant sa longue foulée à celle du petit cheval breton. Devant eux, les jeunes gens aperçurent bientôt les longères de torchis de Plouescat. Des toits de roseaux s'échappait l'épaisse fumée verdâtre de la tourbe. Les ruelles étaient désertes et le vent de nordet glaçait les passages entre les maisons.

— Ma Doué, qu'il fait froid ! gémit le prisonnier, la figure rougie par les embruns. Que faisons-nous maintenant ?

— On va passer au large, on reprendra la voie charretière après le calvaire, aux dernières maisons.

Hormis un gamin avec ses chèvres, qui s'enfuit à leur arrivée, ils ne croisèrent âme qui vive et bientôt, ils aperçurent à la lisière des bois, une vilaine sente qui s'enfonçait entre les hautes futaies.

— Encore un effort ! fit Galeran pour encourager son compagnon. Nous sommes enfin sur la voie de Kastell-Paol.

— Je sais, répliqua le jeune gars d'un air sombre, tu oublies que je connais le pays aussi bien que toi, Galeran de Lesneven. Je ne peux aller plus vite à cause de cette bête qui est fourbue et moi, je crève de froid.

— Mordié ! J'ai rarement vu un aussi mauvais caractère que le tien ! T'es bien un Lochrist ! grommela Galeran. T'as qu'à serrer ton mantel.

— Mon mantel, il est trempé, et pour ce qui est du caractère, t'es pas en reste, t'es bien un Lesneven.

Galeran feignit de n'avoir rien entendu, et l'autre continua :

— Et comme ça, tu comptes nous mêler aux cavaliers et aux charrettes qui font la route entre les deux bourgs ?

— Et pourquoi pas ? Après tout, les Lochrist ne savent point qui ils poursuivent.

Un rire moqueur secoua les épaules du garçon :

— Ils ne savent peut-être pas qui tu es et encore, c'est pas sûr, mais moi, ils me reconnaîtront de suite.

— Si c'est le cas, rabats ta capuche et ton caquet ! ordonna sèchement Galeran.

L'autre haussa les épaules, mais obéit et talonna sa bête en silence.

Ils chevauchèrent ainsi un moment, puis aperçurent devant eux un convoi de chariots bâchés, escorté d'une dizaine de paysans armés de fourches et de penn-baz. Un guetteur sonna aussitôt de la trompe pour avertir ses compagnons, et l'un des paysans s'arrêta pour attendre les deux cavaliers.

Ainsi qu'ils l'apprirent plus tard, le convoi venait de l'intérieur des terres et transportait des sacs de froment et de blé pour le prieuré de saint Pol.

Après avoir échangé quelques mots avec le paysan, Galeran fit signe à son compagnon de l'attendre et piqua des deux vers le chef du convoi qui chevauchait en tête, campé sur un robuste hongre. Il avait entendu venir le jeune écuyer mais il ne broncha pas. C'était un Breton de l'Argoat, petit et brun, le regard aigu et la parole rare. Galeran se rangea à son côté, mettant son cheval au pas.

— Dieu t'ait en sa sainte garde, toi et ceux que tu guides ! fit-il en le saluant. Je me nomme Galeran de Lesneven, fils de Gilduin de Lesneven, petit-fils de Florent de Lesneven.

L'homme se contenta de hocher la tête. Il faisait ce chemin deux fois l'an avec sa caravane et il lui était arrivé à maintes reprises de bénéficier de l'hospitalité du seigneur Gilduin pour la nuit.

— Tu vas à Kastell-Paol ? continua Galeran.

Nouveau hochement de tête. L'homme regardait droit devant lui, les rênes dans sa main gauche, la main droite posée sur le manche de la courte hache glissée dans sa ceinture.

— Je voudrais te proposer un marché.

— Hmm, hmm, grogna l'homme en lui faisant signe de poursuivre.

— Mon jeune frère et moi avons beaucoup chevauché ce jourd'hui, il est fatigué et sa bête est rompue. J'aimerais que tu le prennes dans un de tes chariots et en échange, j'assurerais votre protection contre les marauds jusqu'à Kastell-Paol.

L'écuyer savait que les routes n'étaient pas sûres, et que, même si celui-là avec son convoi était presque arrivé au but, une épée de plus n'était pas à dédaigner.

L'homme tourna la tête, le dévisagea un bref instant puis cracha par terre... l'affaire était conclue.

# 13

— Nous allons relâcher ton cheval, déclara Galeran de retour près de son compagnon, j'espère qu'il saura rentrer à Lesneven et que cela brouillera un peu plus les pistes de ceux qui nous poursuivent. Ils cherchent deux cavaliers et non un homme seul chevauchant en compagnie d'un convoi.

— Mais nous irons moins vite ainsi, remarqua le prisonnier.

— C'est un risque à prendre et puis nos chevaux n'en peuvent plus et de toute façon, nous serons bientôt arrivés. Avant la nuit, tu seras sous la protection des moines de saint Pol.

L'autre ne répondit pas. Son mantel serré autour de lui, il frissonnait et la fatigue marquait ses traits enfantins, cernant ses yeux de noir. Galeran reprit d'une voix plus douce.

— Monte dans ce chariot maintenant. Je chevaucherai derrière le convoi avec le chien. J'ai promis l'aide de mon épée en cas d'attaque.

Le prisonnier obéit puis, une fois sur le plateau, appela Galeran.

71

— Quoi encore ? fit l'écuyer.

Pour la première fois depuis qu'ils s'étaient rencontrés, le jeune gars baissa le ton et murmura :

— Merci de ce que tu fais pour moi, Galeran de Lesneven.

Inexplicablement, cette soudaine gentillesse gêna Galeran davantage que la hargne que l'autre avait manifestée jusque-là.

— C'est rien, lâcha-t-il.

— J'ai une prière à te faire, ajouta le garçon.

— Quoi encore ?

— Donne-moi ton coutel. Si les Lochrist nous attaquent, je ne peux rester sans arme.

Le jeune écuyer hésita un long moment, puis voyant le visage suppliant du garçon, il lui tendit sa courte lame.

— Fais-en bon usage et n'oublie pas que j'ai ta parole de ne point t'enfuir.

— Oui, fit brusquement l'autre en s'enfonçant dans l'obscurité du chariot.

Il alla s'asseoir au milieu des gros sacs de toile bise et demeura immobile, la tête sur ses genoux repliés.

Galeran laissa retomber la lourde bâche avec un soupir et, après avoir sifflé Tan, alla se placer en queue du convoi, sa monture prenant le rythme lent des chevaux de trait.

Autour d'eux, la forêt s'était faite plus dense. Un vent glacé faisait craquer la cime des arbres. Les bois que l'hiver avait dénudés, bruissaient du chant plaintif des oiseaux. Par endroits, des buissons de houx et de buis teintaient de vert le sous-bois. De part et d'autre du layon se dressaient les branches enchevêtrées des ajoncs.

Machinalement, le jeune homme passa la main dans ses longs cheveux noirs, laissant ses pensées vagabonder. Le rythme lent du convoi le ramena à celui si paisible de la vie au château de son père, à ce calme qu'il détestait tant.

« Quelques arpents de terre aride, un château misérable, c'est pire qu'une prison quand on rêve de batailles et de grands carnages, de Roland et d'hippogriffes ailés... »

Et maintenant l'heure du danger était arrivée et il ne l'avait point vue venir parce qu'elle ne ressemblait pas à ses songes. Soudain, il pensa à Haimon, avait-il réussi à s'ensauver ? Sûrement, Haimon réussissait toujours tout ! Une brusque rancœur prit le jeune homme :

« En le laissant agir à sa guise pendant cette malheureuse journée, qu'avait-il voulu lui prouver ? Que lui, Galeran, n'était qu'un fol, incapable d'agir comme il fallait... qu'il n'était pas *compos sui* comme avait dit dame Mathilde. Celle-là, grinça Galeran, elle me voudrait encore dans ses jupes comme un marmouset ! »

Pourtant, son amertume se dissipait peu à peu et il dut bien s'avouer qu'il était encore plus inquiet que mortifié.

« Et Alan, qu'était-il devenu, et ce foutu prisonnier, qu'allait-il en faire ? Devait-il accorder sa confiance à ce suppôt des Lochrist ? Est-ce qu'on trouve autre chose que des vipères dans un nid de vipères ? »

Aux côtés de Galeran, le grand chien s'était mis à grogner. Perdu dans ses rêveries, il n'y prit garde.

« À l'heure qu'il est, estima-t-il, le gardien de la moulière doit avoir prévenu dame Mathilde. Qu'allait-elle faire ou plutôt, que pourrait-elle faire pour les aider en l'absence de son mari et de ses gens d'armes ? Elle ne pourrait guère envoyer plus de trois hommes à leur recherche sans mettre en danger la sécurité du château. Et Ronan ? »

À la pensée de son frère en train de le railler une fois de plus, un goût de fiel noya la bouche du jeune garçon.

Le bruit d'une chevauchée lointaine le ramena à la réalité. Son chien s'était planté au milieu de la route, grondant avec fureur, le poil hérissé, les crocs découverts. Galeran le rejoignit, tandis que derrière lui, retentissait l'appel des guetteurs du convoi. Le temps parut se ralentir puis se figer.

Galeran plissa les yeux, essayant de mieux voir ce qui approchait, croyant, sans en être sûr, discerner les masses sombres de plusieurs cavaliers lancés au galop. Puis les ombres noires se dissipèrent comme une fumée maligne et il aperçut avec netteté celui qui fonçait vers lui.

Il n'y avait là qu'un cavalier, monté sur un cheval de guerre à la robe maculée de fange, et la bannière détestée des Lochrist flottait au-dessus de lui. Galeran s'efforça de respirer calmement, siffla son chien et dégaina son épée.

Derrière lui, les hommes du convoi s'étaient regroupés et il sentit plus qu'il ne le vit, leur chef prendre place à ses côtés. Le colosse, armé jusqu'aux dents, était presque sur eux.

« Fallait-il, songea Galeran, que la terreur qu'il inspirait soit grande pour qu'il ose ainsi chevaucher seul, loin de son repaire. »

Du coup, le jeune homme se souvint des légendes effroyables racontant les exploits de ceux que les paysans surnommaient les « diables noirs », naufrageurs, violeurs de filles, assassins et païens plus que tout autre.

Derrière Galeran, les hommes s'agitaient et murmuraient entre eux. Jodic était connu dans tout le pays et ce n'était pas la première fois que les Lochrist attaquaient un convoi.

— On ne bouge pas ! grogna le chef qui sentait ses hommes près de la débandade. Le Jodic est seul et nous sommes dix.

Poussant un cri guttural, le borgne arrêta sa course à une toise à peine des deux cavaliers. De son œil unique, il examina le rempart de fourches et de penn-baz et les mines tout à coup décidées des convoyeurs, puis son regard retourna se fixer sur le guide et sur Galeran.

— Holà, les hommes ! gueula-t-il en faisant un moulinet avec la hampe qu'il tenait à la main, dégagez-moi la voie, j'en ai pas après vous.

Le chef du convoi ne bougea pas plus qu'une bûche et rétorqua tranquillement :

— Après qui en avez-vous alors ?

— Après deux marauds à cheval. Et toi, l'homme, sache qu'on ne s'adresse pas ainsi au seigneur de Lochrist.

Il y eut un court silence, puis le borgne demanda en désignant Galeran :

— C'est qui celui-là ? Vous avez des porte-épées maintenant, pour garder vos chariots ?

Malgré la fureur qui le rongeait, le jeune homme se força au calme. Il savait que si le guide les trahissait, ils étaient perdus. L'homme de l'Argoat ne faisant pas mine de répondre à Jodic, le jeune écuyer se présenta donc lui-même, prenant le nom de l'un de ses anciens compagnons de jeu :

— On m'appelle Gwenc'hlan de Dourduff, dit-il d'une voix assurée. Je suis au service du père prieur de Kastell-Paol pour qui nous escortons ces chariots.

— Eh bien, blanc-bec, as-tu vu passer deux cavaliers sur cette foutue voie ? rétorqua l'autre.

Avant que Galeran ait pu répondre, le chef du convoi reprit la parole :

— Deux cavaliers nous ont dépassés, messire Jodic, il y a un moment déjà. Ils allaient à si vive allure que je me suis dit qu'ils avaient l'enfer aux trousses.

— L'enfer aux trousses, l'enfer aux trousses ! s'exclama le géant en partant d'un sauvage éclat de rire. Tu ne crois pas si bien dire, l'homme. Ouste ! Bande de ladres, rangez-vous que je passe.

Sur un signe de leur chef, les hommes s'alignèrent en silence le long du convoi et le borgne avança au pas de sa monture, non sans les dévisager un à un, comme s'il voulait fixer leurs traits en sa mémoire.

Enfin, il les dépassa, prit le galop et s'enfonça dans la pénombre du sous-bois. Le martèlement des sabots se fit plus lointain puis disparut tout à fait.

Un soupir de soulagement échappa à Galeran qui s'aperçut soudain qu'il était en sueur. Il rengaina son épée et se tourna vers le chef du convoi.

Un instant, leurs regards se croisèrent.

— Grand merci, fit le jeune homme. Vous nous avez sauvé la vie à mon frère et à...

Mais l'homme avait levé la main comme s'il ne voulait pas en entendre davantage. D'un petit coup de talon, il encouragea sa bête et reprit tranquillement sa place en tête, le laissant planté là. Galeran haussa les épaules et poussa son cheval pour rattraper le chariot où était caché son prisonnier.

— Holà, l'ami ! Holà !

N'obtenant aucune réponse à ses appels, il souleva la bâche et aperçut le jeune gars, allongé de tout son long sur le plancher... il semblait dormir du sommeil du juste.

« Enfin, se demanda Galeran, dormait-il vraiment ? »

# 14

Ils arrivèrent dans la cour du prieuré de Kastell-Paol, à la fin de l'office de none. Les chariots vinrent se ranger dans l'enceinte, près de la grange, et des frères convers se précipitèrent pour aider les paysans à décharger. Comme son prisonnier dormait toujours, enveloppé dans son mantel, Galeran le secoua sans ménagement. L'autre ouvrit de grands yeux effrayés et se redressa d'un coup.

— Nous avons bien failli être tués et toi, tu dors ! s'exclama Galeran.

— Que dis-tu ? demanda le gars en se frottant les yeux.

Il avait l'air si désemparé que le ton de l'écuyer se radoucit un peu :

— Bougre de toi, je dis que nous avons failli mourir, Jodic nous avait rattrapés et je ne donnais pas cher de notre peau sans le chef du convoi !

L'autre bâilla à s'en décrocher la mâchoire, l'air pas tant réveillé que ça.

— Allez debout, ordonna brutalement Galeran en l'attrapant par le bras et le remettant sur ses pieds, on va chercher Yann, le frère d'Haimon. Même Arzhel, ma petite sœur, est plus dégourdie que toi quand elle sort du lit !

— Oh, ça va, je suis réveillé maintenant. Lâche-moi, je te suis, Lesneven.

Le portier les introduisit au parloir où le frère hôtelier écouta attentivement ce que Galeran jugea bon de lui raconter. Il mena ensuite les fugitifs à une cellule.

— Attendez ici, vous avez de l'eau pour vos ablutions et deux litières pour vous reposer. Votre cheval et votre chien seront nourris et soignés aux écuries. Messire Yann de Mordreuc est en compagnie du père prieur, au scriptorium. Je vais le faire prévenir de votre venue.

Galeran s'inclina en le remerciant. Une fois la porte de la cellule refermée, il se tourna vers son prisonnier.

— Qu'as-tu donc à me lorgner ainsi ? fit-il en se laissant tomber sur l'une des paillasses.

— Je me dis que si je suis aussi sale que toi, il va falloir que je me lave avant de comparaître devant qui que ce soit.

— Sale ? fit Galeran en regardant son mantel et ses braies raides de boue. Baste, ce n'est rien, juste un peu de terre.

Sans l'écouter davantage, l'autre s'était dirigé vers la bassine d'eau et se lavait consciencieusement le visage et les mains. Puis il ôta la boue séchée de ses cheveux courts et les rinça. Enfin, poussant un soupir d'aise, il s'essuya et alla s'asseoir en face de Galeran sur l'autre paillasse.

— S'il te plaît, raconte-moi ce qui s'est passé pendant que je dormais, demanda-t-il enfin d'un air distrait.

Galeran ne l'avait pas quitté des yeux, il murmura :

— T'es un drôle, toi... on dirait que maintenant tu te moques bien de tout ça.

— Ah bon, tu crois peut-être que ça m'amuse ?

— Oui, vraiment, jeta rudement Galeran qui se sentait déjà pâlir de colère. Au fait, je ne sais toujours pas ton nom.

— Peu importe qui je suis.

— Tu as de la chance d'être mon prisonnier... grommela le jeune homme, sans quoi je te mettrais une nouvelle raclée pour t'apprendre à me parler correctement.

Comme le gars s'était brusquement renfermé dans un silence maussade, il reprit :

— Bon, écoute...

Et il expliqua ce qui s'était passé dans les bois de Kastell-Paol. L'autre se mit à rire :

— Alors, le gros Jodic s'est fait rouler, il court après son ombre. Morgué ! Il risque de galoper longtemps !

— Et maintenant, demanda Galeran, vais-je enfin savoir ton nom ?

— Je pourrais porter celui que tu as donné à Jodic, Dourduff, « l'eau noire », cela m'irait assez bien.

Il y avait tant d'amertume dans la voix du garçon que Galeran n'insista pas, il demanda, car c'était quelque chose qui l'avait intrigué :

— Pour ton âge, tu manies fort bien l'épée, tu sais. Tu m'as donné du fil à retordre. Avec qui as-tu appris ?

— Euh... avec des maîtres de passage, j'ai été élevé à Carhaix, chez...

Le garçon s'interrompit, posant sa main devant sa bouche comme s'il craignait de trop en dire.

— Mais que crains-tu à la fin ? s'énerva Galeran. Que peut me faire ton nom ou par qui tu as été élevé ?

Le prisonnier allait répondre quand la porte s'ouvrit sur le frère d'Haimon, Yann de Mordreuc.

Le chevalier Yann était l'aîné des six frères Mordreuc ; il était aussi blond, fin et racé qu'Haimon était brun, petit et laid. Yann secondait son père dans toutes ses affaires et passait pour un homme fort instruit, habile au maniement des armes et d'une grande intégrité. Il traversa la pièce et serra un long moment le jeune homme dans ses bras :

— Galeran ! Quel plaisir ! s'exclama-t-il d'un ton joyeux. Que fais-tu ici et où est Haimon ? Et qui est ton compagnon ?

— C'est Haimon qui m'a conseillé de venir vous trouver, messire Yann, répondit Galeran. Et ce n'est point malheureusement pour le plaisir.

Yann réalisa soudain qu'ils faisaient bien piètre figure tous deux. Il attrapa un tabouret et le visage soudain sérieux, déclara :

— Je t'écoute, mon grand, vas-y.

Et cette fois, Galeran raconta tout, depuis la chasse au sanglier de la veille, jusqu'à leur aventure à la baie de Goulven. Yann ne l'interrompit pas une seule fois. Au fur et à mesure du récit, son visage s'était fait grave.

— Tout ceci ne me plaît guère, lâcha-t-il enfin. Mon frère poursuivi par ces marauds de Lochrist, vous par le borgne. Il va falloir vérifier si cet homme sans foi est venu jusqu'ici, à Saint-Pol. Il est trop fin chasseur pour se laisser longtemps égarer sur une piste chaude.

Le chevalier se tut, songeur, puis enfin, se tourna vers le prisonnier.

— Nous ne pourrons te protéger efficacement sans savoir qui tu es.

— Je n'ai pas dit que je ne vous le dirai pas, messire Yann, fit le petit gars d'une voix soumise.

— Quoi ! Mais... protesta Galeran.

Yann lui posa la main sur le bras, lui enjoignant de se taire.

— Je vous le dirai, continua le jeune garçon, mais à vous, et à vous seul et sous le sceau du secret.

— Je rêve ! s'écria Galeran en se levant avec colère, je t'ai protégé jusqu'ici et c'est à lui, que tu ne connais pas d'hier, que tu vas te confier.

— Justement, fit l'autre en le regardant bien en face, justement, c'est parce que je ne le connais point comme je te connais.

— Qu'est-ce que ça veut dire ? gronda Galeran furieux, en marchant vers le prisonnier.

— Il suffit, Galeran ! L'heure est trop grave pour la passer en vaines disputes. Va attendre un instant dans le couloir, ordonna Yann.

Galeran jeta un regard furieux au garçon et sortit en claquant la porte derrière lui. Il n'était pas encore calmé que la porte se rouvrait et que Yann l'appelait.

# 15

Le visage du frère d'Haimon était sombre. Il prit Galeran par les épaules et lui dit en l'entraînant vers la petite fenêtre de la cellule :

— Vous allez passer la nuit ici, au prieuré, et demain, tu regagneras le château de ton père avec des amis à moi qui font route vers Landerneau. Ton prisonnier restera avec moi jusqu'à ce que j'ai trouvé une solution pour lui.

Galeran fronça les sourcils :

— Une solution, que voulez-vous dire ? Et pourquoi ne puis-je le ramener à Lesneven ? C'est mon prisonnier, après tout.

— Si ce qu'il m'a dit est vrai, et je le crois, il ne faut, en aucun cas, que les Lochrist puissent remettre la main sur lui. Il serait perdu et Dieu sait ce qu'ils lui feraient subir. Mon devoir, comme le tien, est de le protéger, non point de le garder prisonnier.

— Mais c'est un voleur, Yann ! Je l'ai vu prendre nos perles dans la rivière !

— Quand tu sauras tout, tu lui pardonneras, rétorqua calmement le chevalier.

— Et pourquoi ne s'est-il pas confié à moi ?

— Tout ceci n'a plus guère d'importance, Galeran, je t'assure.

Le visage de l'écuyer se ferma. Mais Yann fit mine de ne pas s'en apercevoir et continua avec bonhomie :

— Je te promets que quand tu sauras de quoi il retourne, tout ceci te fera plutôt rire.

— Ça m'étonnerait, mais si vous le dites, grommela le jeune gars, la mine maussade.

— Je crois que vous devez mourir de faim, fit vivement Yann, vous êtes attendus au réfectoire et à l'office. Il y a ici des pèlerins qui vont à Batz, auxquels vous vous joindrez. Quelques prières à « Celui qui Sait Tout » te rendront, j'espère, un peu de ta sérénité, Galeran, ajouta-t-il avec un demi-sourire.

# 16

La nuit venue, les deux jeunes gens se retrouvèrent seuls. Ils avaient fermé le volet de l'étroite fenêtre et une courte chandelle projetait leurs ombres sur les murs blanchis à la chaux de la petite cellule.

Galeran jeta ses vêtements en tas sur le lit et se lava le corps avec la bassine d'eau fraîche et le savon que lui avait fait porter Yann, puis il se rasa.

— Eh bien quoi, tu ne te laves pas ? fit-il moqueur, en regardant son compagnon allongé tout habillé sur son lit.

— Non, je me sens pas bien, répliqua le prisonnier, et puis j'ai froid.

— Ma parole, t'as été élevé dans un chauffoir avec les moines ! Regarde si j'ai froid, moi ! fit Galeran en exhibant fièrement sa nudité.

— Oh ça suffit, grommela l'autre. Laisse-moi dormir, tu veux !

Galeran feignit de n'avoir pas entendu et continua, tout en se jetant sur son lit et en s'enroulant dans sa couverture :

— C'est drôle, t'as pas encore de poil au menton, ni ailleurs ?

— Ben non, je suis trop jeune.

— Trop jeune ! T'as quel âge ?

— Douze ou treize ans, à ce qu'on m'a dit, lâcha l'autre en se tournant vers le mur.

— Eh, je te parle !

— Va te faire foutre !

Quelques instants plus tard, un ronflement s'élevait de la litière du frêle prisonnier. Galeran contempla un moment la silhouette emmitouflée dans les couvertures, puis souffla la chandelle. Quand un peu plus tard, les cloches sonnèrent complies, il dormait déjà.

## 17

Une main le secoua sans ménagement tandis que la voix de Yann résonnait à ses oreilles :

— Morbleu, réveille-toi !

Il repoussa ses couvertures et se dressa d'un coup sur son séant :

— Quoi ? Quoi ?

— Un messager de Lesneven vient d'arriver, Galeran, il m'a apporté un mot de ta mère.

— Elle sait déjà que nous sommes ici ? s'exclama joyeusement l'écuyer.

— Non, elle sait que JE suis ici, répondit laconiquement Yann.

C'est à ce moment précis, peut-être à cause de l'intonation de sa voix et de la pâleur de son visage, que Galeran comprit qu'il n'y avait pas là matière à se réjouir. Il arracha des mains du chevalier le parchemin qu'il lui tendait.

Aussitôt, il reconnut l'élégante calligraphie de frère Benoît, mais son esprit refusait de comprendre le sens du message dicté par sa mère. Il relut deux fois avant que les mots n'arrivent à faire leur chemin en lui.

« ... *mon fils a disparu et je redoute le pire. Je sentais que nous avions à craindre quelque malheur mais que Dieu nous épargne de tant de cruauté... Une femme seule ne peut venir à bout de cadets de cet âge, ils ont trop la bride sur le cou. Pourquoi ont-ils été traîner du côté de cette maudite rivière quand on le leur interdit ? Je déteste cet endroit, je crois bien qu'il est infesté de gobelins et de kourigans malfaisants.*

*Cette nuit, les chiens ont hurlé si fort que j'ai envoyé des hommes d'armes voir de quoi il retournait. Devant la poterne gisaient deux corps sanglants, éclairés par les flambeaux de mes gens. Pardonnez-moi de n'avoir su protéger, messire Yann, celui que vous aimiez tant, mais l'un des corps était celui de votre frère Haimon, l'autre, un de nos jeunes laboureurs, Alan.*

*Frère Benoît dit que tous deux sont morts des suites de leurs blessures. Haimon a été tué à coups de masse d'armes, quant à Alan, il avait un membre broyé par les crocs d'une bête et son corps avait dû être traîné derrière un cheval...* »

La lettre continuait, mais Galeran ne put en lire davantage : le parchemin lui échappa et il tomba assis sur sa paillasse. Il ne dit pas un mot, ne versa pas une larme et demeura là, à demi inconscient, les yeux fixés sur les cicatrices de son poignet.

Le prisonnier, que tout ce vacarme avait réveillé, s'était dressé sur son lit. Yann de Mordreuc ramassa le parchemin et le lui tendit :

— Sais-tu lire, petit ?

Le garçon hocha la tête, prit la missive et la déchiffra lentement, le visage crispé. Enfin, il murmura si bas que seul Yann l'entendit :

— C'est de ma faute, de ma faute. Si je ne m'étais enfui, ces deux-là seraient encore vivants.

Yann secoua la tête :

— Oh non, et tu le sais bien, cela n'est pas si simple.

— Il faut que je retourne là-bas...

— Et que la mort de mon frère et de son ami n'ait servi à rien ? s'exclama soudain Yann avec colère. Moi vivant, jamais, vous entendez, jamais !

La phrase avait claqué avec tant de force, que Galeran releva la tête et son regard croisa celui de Yann. Le chevalier avait ouvert la porte.

— Rejoignez-moi à la salle commune dès que vous serez prêts tous les deux, nous avons à parler.

# 18

— Il faut que vous sachiez que le borgne est à Kastell-Paol, depuis hier. Peut-être attend-il ses fils et des hommes d'armes, je ne sais pas. J'ai discuté avec le prieur, il pense que vous n'êtes pas en sécurité ici au prieuré, pas avec la bande des Lochrist ! Ceux-là seraient bien capables de mettre à sac la ville pour vous retrouver.

— Mais que nous veulent-ils à la fin ? s'exclama Galeran. Cela ne leur suffit pas d'avoir tué deux des nôtres ? Ils veulent la rivière, ils veulent les perles ?

— Je crois que c'est lui qu'ils veulent, fit Yann en désignant le prisonnier.

— Lui, mais pourquoi ?

— Il va falloir lui dire, déclara Yann.

— Non, protesta le garçon, vous avez juré !

— Pour l'heure, gronda Galeran, peu importe, c'est mon prisonnier. J'ai promis à Haimon de le garder, je le ferai.

Yann approuva.

— Nous allons repartir, continua Galeran. Mon père m'a montré un endroit où nul ne viendra nous chercher, un endroit maudit, que les hommes évitent. Nous irons là-bas et même plus loin, s'il le faut.

— Je vous accompagne, lâcha Yann.

— Non, jeta Galeran.

Yann ne parut pas s'offusquer du refus brutal du jeune homme.

— L'endroit auquel tu penses est vraiment sûr ?

— Oui.

— Et les molosses ? Tu oublies les chiens d'enfer de ce damné borgne ! Ils sont capables de retrouver vos traces. De quel côté comptez-vous partir ?

— Vers l'estuaire de la Penzé.

— Bon, voilà ce que je te propose, je pars à l'île de Batz avec plusieurs de mes compagnons et j'entraîne derrière moi le borgne, lui faisant croire que c'est par là que vous avez fui.

— Il est à moi ! cria impulsivement Galeran. Je reviendrai pour le tuer.

— Tu oublies que le sang d'Haimon coule dans mes veines !

— Dans les miennes aussi, déclara Galeran en lui tendant son poignet.

— Je vois, dit Yann, alors nous sommes bien d'accord. Je garde avec moi ton cheval et quelques-uns de vos vêtements pour appâter les chiens du Jodic et je pars le premier : nous servirons de leurre. Dans quelques jours, quand tout sera résolu, je viendrai vous rechercher. Tu connais la pointe de Penn al Lann ?

— Oui.

– Il y a là-bas la cabane d'un ermite. J'y serai. D'ici là, soit les Lochrist seront morts, soit j'aurai assez d'hommes pour raser leur château et répandre tant de sel sur leurs terres qu'elle sera stérile à jamais !

## 19

C'était un petit matin gris et glacial. Le vent était tombé et des bandes de brume stagnaient, immobiles, au-dessus du sol. Déjà, des ombres se dirigeaient vers la cathédrale pour l'office matinal. Un écuyer attendait les deux jeunes gens avec les chevaux près du « campo santo », le grand ossuaire de Kastell-Paol.

— Plutôt que de courir, peut-être devrions-nous nous asseoir là pour attendre l'Ankou, murmura d'un ton sinistre le prisonnier en regardant une fosse fraîchement creusée le long du mur d'enceinte. Cette nuit, j'ai entendu le hurlement du *hopper-noz* qui me venait prévenir en rôdant autour du prieuré.

— Qu'est-ce que tu dis ? demanda Galeran.

— Rien.

— Alors, avance un peu plus vite, veux-tu ? Il faut que nous partions avant le grand jour et l'office de tierce.

Yann avait bien fait les choses. L'homme leur avait remis une bourse emplie de deniers, et dans des sacoches, des couvertures, des pluvials, des provisions, deux gourdes de bon vin et même une petite marmite.

97

Les montures étaient reposées, ferrées de neuf, leurs robes lustrées par les soins des frères convers et le chien, en les voyant, leur fit fête.

Ils partirent donc, sans se retourner, laissant derrière eux les maisons de bois et de torchis de Saint-Pol.

Depuis leur conversation avec Yann, hormis pour murmurer quelques paroles inaudibles, le jeune prisonnier demeurait muet. Il se laissait mener sans protester, la tête basse, les traits contractés. Au moindre bruit, il tressaillait et blêmissait, comme s'il s'attendait à voir surgir le borgne et ses chiens.

Pendant un moment, ils chevauchèrent ainsi côte à côte, longeant l'estuaire de la Penzé, Tan courant loin devant eux. La mer reflétait le gris terne du ciel et le froid était vif.

Attentif au chemin qu'il ne connaissait pas si bien qu'il l'avait prétendu, Galeran ne remarqua pas que son prisonnier devenait de plus en plus livide. De grosses gouttes de sueur coulaient sur son front et il faisait de louables efforts pour se maintenir en selle.

— Galeran ! appela-t-il soudain d'une voix étranglée. Il faut que je m'arrête.

Quand l'écuyer se retourna, l'autre était déjà descendu de cheval.

— Qu'est-ce qui t'arrive ? s'exclama Galeran. T'es plus blanc qu'un linceul !

— Je me sens pas bien..., ânonna l'autre en tournant sur lui-même, avant de tomber face contre terre.

— Ah ça, mais qu'est-ce qu'il me fait ! s'écria Galeran en sautant de selle et en se précipitant vers le garçon.

Il l'adossa à un rocher et se mit à le secouer rudement.

— Eh, l'ami ! fit-il. Réveille-toi.

L'autre ouvrit les yeux et protesta d'une voix faible :

— Arrête de me remuer comme ça ou j'vais vomir.

— Bon, tâche de rester éveillé. Je vais te chercher de l'eau à la rivière.

Quand il revint, un instant plus tard, avec sa gourde pleine, le prisonnier semblait plus mal encore et se mordait les lèvres pour ne pas gémir.

— Qu'est-ce que t'as, à la fin ?

Soudain, les yeux de Galeran s'étrécirent : une tache écarlate allait en s'élargissant sur les braies du jeune garçon.

— Par Dieu, mais tu saignes ! fit-il en se penchant. Laisse-moi voir ça. Hier, je ne t'ai pourtant pas blessé avec ma lame.

L'autre le repoussa et se redressa maladroitement.

Galeran le contemplait avec stupeur. Son regard allait des cheveux courts et bouclés au petit visage récalcitrant. Quelque chose de très doux l'envahissait, auquel il ne trouvait pas de nom. Il ne sut pas combien de temps s'écoula avant qu'il ne sorte de cette espèce de torpeur. Enfin, il dit d'une voix rauque :

— Tu es Morgane ! Morgane Lochrist, n'est-ce pas ?

Elle releva la tête : ses grands yeux gris ne se détournèrent pas des siens et ils eurent l'impression de commencer un long voyage ensemble, un voyage dans le passé, sur les rives de la rivière d'izel-guez, au temps où un garçon de sept ans appelait « ma douce » une petite fille qui aimait s'asseoir sur la berge d'en face et là, les pieds dans l'eau, jouait en chantonnant avec ses longs cheveux tressés de fleurs. Un temps où Galeran lui adressait « soniou » et « gwerziou », qu'elle écoutait gravement.

Un jour – le dernier où il l'avait vue –, il avait franchi la rivière pour lui offrir une perle rose et l'avait baisée sur les lèvres pour sceller leur serment d'amour.

Seulement, ce jour-là, Jodic avait surgi de la forêt toute proche. Ses épais sourcils s'étaient froncés à la vue des deux enfants serrés l'un contre l'autre.

Sur son ordre, ils s'étaient écartés presque docilement. Galeran savait qu'il n'avait pas à être là, sur les terres ennemies. Quant à la petite, elle l'avait fixé une dernière fois de son regard couleur de brume, avant de se détourner et de marcher fièrement vers son seigneur. Tant d'arrogance avait déplu au redoutable borgne, qui fit claquer son fouet en injuriant la fillette. La mèche fouailla la chainse, lui arrachant un cri de douleur.

Attrapant son penn-baz, Galeran avait bondi vers le chevalier, le traitant de lâche, lui enjoignant de se battre. Jodic aurait pu le tuer ce jour-là, il ne le fit pas. Avec un grand rire, il avait empoigné brutalement la petite qu'il avait jetée en travers de sa selle et talonnant son cheval, était parti au grand galop.

Jamais Galeran n'avait su ce que la fillette était devenue. Comme il s'obstinait à aller traîner vers la rivière dans l'espoir de la revoir, Gilduin et dame Mathilde l'avaient envoyé rejoindre son oncle en Gascogne, chez les d'Argombat.

Galeran revint peu à peu à la réalité et contempla Morgane.

— Foutre, jeta-t-il brusquement, pourquoi ne m'as-tu rien dit ?

Elle baissa la tête.

— Je croyais que tu m'avais oubliée. J'avais peur aussi que tu me haïsses comme ceux de ma mesnie...

Il rougit violemment mais ne répliqua point, réalisant soudain qu'elle vacillait sur ses jambes, il se précipita pour l'aider.

— Assieds-toi, je vais te chercher quelque chose.

Après avoir regardé autour de lui, il se dirigea vers un amas rocheux où se dressait un bouquet d'arbres. Il disparut un moment entre les rochers, puis revint d'un pas tranquille.

— Tiens ! Les filles du château, quand elles ont pas de linge, elles mettent ça à la place.

Morgane regarda sans un mot les mains du jeune gars, pleines de lichens. Galeran, qui ne la quittait pas des yeux, murmura :

— Je sais pas comment j'ai fait pour ne pas voir que t'étais une fille... pour ne pas te reconnaître.

Puis, plus fort :

— Je pose ça là et je m'en vais. Tu m'appelleras quand tu voudras que je revienne.

La petite ne répondant toujours pas, Galeran ajouta maladroitement :

— Ce soir, nous pourrons laver tes braies, si tu veux, je ferai un feu.

# 20

La neige s'était mise à tomber. Elle tourbillonnait autour des deux cavaliers, les engourdissant peu à peu. Au loin, ils entendaient la mer se briser sur les récifs de la côte avec un bruit de tonnerre.

Galeran pensait qu'ils ne pourraient continuer long-temps ainsi quand il aperçut, juste devant eux, sur les hauteurs de Locquénolé, la silhouette d'une longère en ruines. Le jeune homme se tourna vers sa compagne :

– Il faut qu'on s'arrête. Je ne connais pas assez bien le chemin pour continuer avec cette neige et tu es épui-sée. Je vais voir si on peut s'abriter là-dedans.

Un large pan de la façade s'était effondré mais l'autre tenait encore debout, presque intact. À l'intérieur, il restait quelques bottes de paille, des fagots couverts de toiles d'araignées et une mangeoire en bois rongée par les vers.

Le toit de roseaux ne laissait pas passer les flocons et les ruines de la partie effondrée faisaient rempart, empê-chant que le froid et le vent ne pénètrent trop dans l'abri. Le jeune homme secoua la neige qui couvrait son mantel ; il n'y avait plus qu'à s'installer. Il fit entrer Morgane et plaça les chevaux au fond de la longère.

Après les avoir dessellés, il leur jeta une botte de paille puis tendit les sacs et les gourdes à la jeune fille qui restait pâle et muette, au milieu des gravats de la maison en ruines.

— Prends ça, Morgane, tu veux bien. Je vais essayer de nous faire du feu, ainsi tu pourras te réchauffer et avec ce temps, je ne pense pas que quiconque nous trouve ici. Dehors, on n'y voit pas à une toise et la neige efface nos traces, alors cesse de trembler.

Dans un coin, il découvrit sur le sol les restes d'un foyer fait de quelques pierres. Il y disposa des brindilles, puis sortit de son aumônière un peu de mousse bien sèche et deux petits bouts de bois dur. Accroupi sur ses talons, il se mit à les frotter vivement l'un contre l'autre.

Après un long moment, une étincelle jaillit des bois échauffés puis une autre. Enfin, de timides flammèches parcoururent la mousse. En retenant son souffle, Galeran la déposa près des brindilles qui prirent feu d'un coup.

— Viens, approche-toi, dit-il gaiement.

Morgane obéit sans un mot, s'agenouillant docilement près du foyer, sur lequel le jeune homme avait jeté un fagot.

— Tu es muette, demanda Galeran, t'ai-je fâchée ?
Elle fit non de la tête.

— Il faut que je me lave, lança-t-elle d'une petite voix.

— Eh bien, la neige ne manque pas ! déclara-t-il en allant remplir la petite marmite, qu'il posa sur l'âtre. Je vais aller soigner les chevaux, ils ont besoin d'être pansés. Si tu veux, je suspends mon mantel à cette poutre, ainsi, tu seras plus à ton aise.

— Tu peux venir, appela Morgane un moment plus tard.

Galeran écarta le rideau que formait son mantel. Enroulée dans l'une des couvertures, Morgane était assise près du feu et Tan s'était allongé tout contre elle, son museau posé sur ses pattes. Les braies de la petite séchaient sur le bord de la mangeoire avec ses chausses.

Il alla s'asseoir en face d'elle et la regarda songeur. Un peu de couleur était revenue à ses joues et elle semblait aller mieux.

— Tu te réchauffes, on dirait.

Elle hocha la tête.

— Il faut qu'on se parle, ajouta-t-il, tu sais qu'on a bien des choses à se dire, nous deux.

Elle releva la tête, sa voix était triste quand elle demanda :

— As-tu oublié le nom que je porte, Galeran ?

— Non, mais pourquoi répètes-tu ça ?

— Cela ne suffit pas à te repousser, de savoir que le sang du borgne coule dans mes veines ?

— N'aie crainte, Morgane, ton sang a fait taire le sien. Je le sais. Et pourquoi fuyais-tu le borgne ?

La petite rougit et baissa la tête. Elle murmura si bas que le jeune homme l'entendit à peine :

— Il m'a voulu forcer.

Le jeune homme se détourna et se levant brusquement, alla s'accouder à la poutre où pendait son mantel.

105

Si Yann ne le faisait, il tuerait celui-là comme un porc. Il avait trop de sang sur les mains et trop du sang de ceux qu'il aimait.

Sentant le regard de la jeune fille sur lui, il se pencha, ramassa l'une des sacoches, sa gourde, et revint s'asseoir près du feu.

— Il faut que tu manges, ordonna-t-il en sortant une miche de pain et un gros morceau de lard.

— J'ai pas très faim.

— Eh bien, il faut que tu manges quand même. C'est toi qui as mon coutel, je crois.

— Oui, approuva-t-elle en lui tendant la courte lame.

Après avoir mangé et bu un peu de bon vin, Galeran se sentit en paix. Le grand chien, qui avait eu sa part du festin, s'était endormi près du feu. Derrière les jeunes gens, les chevaux mangeaient la paille sèche et dehors, la neige continuait à tomber, étouffant tous les bruits.

— Tu sais, dit tout à coup Galeran, je suis seulement revenu l'année dernière de Gascogne, où j'étais depuis bientôt huit ans, j'aimerais bien savoir ce que tu as fait pendant tout ce temps.

La jeune fille tourna vers lui ses yeux tristes.

— Moi aussi, j'avais quitté le pays et je suis revenue, il y a quelques mois à peine, à cause de ma mère qui se mourait. Je ne voulais pas qu'elle parte sans m'embrasser. Tu sais, c'est grâce à elle que j'ai été élevée par une de mes tantes à Carhaix. Elle m'a appris à lire et j'ai été baptisée, ajouta-t-elle avec fierté, parce que le borgne, il voulait pas que j'entre dans les églises. Ce furent des années heureuses.

— Mais Jodic, ça lui plaisait ?

— Il n'en a rien su. Il me traitait de pisseuse, de bouche inutile, de moins que rien, mais ne me prêtait point encore attention. Alors, une nuit, ma bonne mère s'est rendue à la poterne où l'attendait mon oncle et m'a confiée à lui.

— C'est à Carhaix que tu as appris à si bien manier l'épée ?

— Oui, mon oncle était chevalier et comme il n'avait pas de fils, c'est à moi qu'il a appris à ferrailler.

— Et il te l'a fort bien appris, remarqua Galeran qui ne la quittait des yeux.

La petite rougit :

— Je ne voulais te blesser, mais tu me chargeais avec tant de fureur, il fallait bien que je me défende.

— Qui étaient ceux qui t'accompagnaient et pourquoi volais-tu nos perles, Morgane ?

La petite baissa la tête.

— C'est long à conter.

— Je veux savoir, fit doucement Galeran, il le faut.

— Eh bien, voilà. Quand j'ai appris que ma mère était mourante, j'ai décidé de la rejoindre pour l'assister dans ses derniers moments. Afin qu'on ne me reconnaisse, je me suis habillée en gars. J'ai coupé mes cheveux, car je ne voulais point être en butte aux vilenies des hommes. Quand je suis arrivée au château de mon père, j'ai vu que tout était pire que dans mes souvenirs. Les Lochrist ont renié Dieu et leur donjon ressemble à l'enfer où on entasse les damnés. Des hurlements et des cris sauvages secouent nuit et jour la bâtisse. C'est qu'il y a là toutes les femmes du borgne et celles de ses fils, avec leurs enfants qui se haïssent et se battent entre eux jusqu'au sang.

» Une fois ma pauvre mère morte et enterrée, je ne pensais plus qu'à m'enfuir mais il était trop tard. À cause de mes larmes, le borgne avait compris qui j'étais et ne m'a point laissée partir. Pour me punir et peut-être aussi pour me cacher à la vue des siens, il me jeta au cachot.

» Et puis il a appris que le seigneur Gilduin, ton père, était parti pour un long temps avec la moitié de ses hommes d'armes. Du coup, il est devenu comme fou : il brandissait sans arrêt son glaive en hurlant que pour les Lesneven, l'heure de l'Apocalypse était arrivée et qu'il allait exterminer votre race. Pour commencer, il vous bouterait hors de la rivière.

— Mort de ma vie, gronda Galeran en serrant les poings, mais continue, je t'en conjure !

— Cette brute a donc eu l'idée de m'envoyer, avec trois de ses gars, piller les mulettes dans le ruisseau afin de vous provoquer. Nous devions à votre arrivée, nous ensauver et vous entraîner vers les bois sur le territoire des Lochrist, peut-être même voulait-il que nous soyons tués aussi, je ne sais pas. Après ça, fort de son bon droit, Jodic aurait mis vos terres à feu et à sang et pris votre château.

» J'ai assommé votre garde, que les gars qui m'accompagnaient voulaient tuer, et après, j'ai pensé aux perles et en ai volé une bourse dans la cabane. Tu comprends, le borgne m'avait pris tout ce que j'avais et il me fallait un peu d'argent pour m'enfuir et regagner Carhaix. Car je ne pensais qu'à ça et n'avais accepté l'offre de Jodic que pour pouvoir m'ensauver. Comme tu le sais, les choses n'ont pas tourné comme prévu.

Galeran hocha la tête, puis demanda d'une voix blanche :

— Pourquoi dis-tu que tu as pensé aux perles ?

— À cause de ça, fit Morgane en sortant un bijou de sa chainse.

Au bout d'une chaîne pendait une bulle d'argent ouvragée.

— Là est le nom de mon promis, là est son présent.

— Il est heureux celui que tu aimes et que tu portes ainsi sur ton cœur..., lâcha-t-il, une vilaine douleur lui fouaillant soudain la poitrine.

Morgane secoua la tête. Elle ouvrit le bijou, révélant un petit morceau de parchemin roulé et une perle rose.

— Mais non, fit-elle en lui tendant le vélin, tiens, prends !

Les doigts tremblants, Galeran le déplia : une plume y avait tracé, en grandes lettres maladroites, un nom à demi effacé qui n'était autre que le sien.

— Eh bien, c'est toi qui es tout pâle à présent, se moqua Morgane.

Il secoua la tête, n'arrivant pas à articuler une parole. Aussitôt, la fillette profita de son avantage :

— Alors, messire, je suis toujours votre prisonnier ?

Il se leva d'un bond et se mit à arpenter la salle d'un pas furieux. Enfin, il se planta devant elle :

— Morgué ! s'exclama-t-il. Tu sais bien qui est prisonnier de l'autre ! Maintenant, écoute, avec moi, tu n'as rien à craindre pour ton honneur. Je serai bientôt chevalier et ferai vœu de protéger la veuve et l'orphelin.

Elle se contenta de lui jeter un regard en coin :

— Et même l'orpheline ? demanda-t-elle avec une petite grimace.

Il eut un bref mouvement de colère, puis tomba à genoux près d'elle.

— Surtout l'orpheline... Comment fais-tu pour m'adoucir ainsi ?

Comme elle se taisait, il se leva, couvrit le feu puis alla quérir les pluvials dans les sacoches et les étendit sur la terre battue.

« Décidément, songea Galeran, Yann a pensé à tout. » Ces grandes pièces de tissu, rendues imperméables par un long bain dans de l'huile chaude, les protégeraient efficacement du froid et de l'humidité.

— Viens te coucher, ordonna rudement le jeune homme.

Il avait placé son épée bien à plat, entre les deux pluvials.

— Pourquoi mets-tu ton épée ici ? demanda Morgane.

— C'est ainsi que l'on fait pour sauvegarder l'honneur des dames, fit Galeran, qui était en sueur et commençait à s'inquiéter sérieusement de ce qui se passait en dessous de sa ceinture.

Ils s'étendirent de part et d'autre de l'arme et, épuisés, s'endormirent d'un coup.

# TROISIÈME PARTIE

« Amour a gouverné mon sens ;
Si faute y a, Dieu me pardonne ;
Si j'ai bien fait, plus ne m'en sens.
Cela ne me toult ni me donne.
Car au trépas de la très bonne
Tout mon bienfait se trépassa.
La mort m'assit illec la borne
Qu'oncques puis mon cœur ne passa. »
Alain Chartier
*La Belle Dame sans merci* - XIVᵉ siècle

## 21

Une lumière très blanche pénétrait dans la longère, glissant sur les deux formes endormies l'une près de l'autre. C'était l'aurore, il ne neigeait plus et dans le ciel sans nuages, des étoiles étincelaient encore faiblement. Au-dessus de l'estuaire du Dossen, mouettes et goélands tournoyaient par centaines en poussant des cris assourdissants.

Galeran ouvrit brusquement les yeux et s'appuya sur son coude en bâillant. Il avait mal dormi, croyant entendre, à chaque fois que le sommeil le prenait, le pas d'un destrier qui s'arrêtait devant la maison en ruines.

Une neige dure et brillante recouvrait encore le faîte du mur effondré et une maigre fumée s'échappait de l'âtre recouvert de cendres. Tourné vers lui, son chien l'observait, sa grosse tête posée sur ses pattes.

Galeran soupira. La pensée que le plan de Yann puisse échouer le taraudait. Jodic était un vieux renard, il ne se laisserait pas facilement rouler. Il fallait qu'ils repartent au plus vite et là aussi, les choses se présentaient mal.

Avec cette maudite tempête et le malaise de Morgane, ils n'avaient guère chevauché la veille et maintenant, non seulement ils étaient trop près de Kastell-Paol mais en plus, retrouver leurs traces dans la neige fraîche serait un jeu d'enfant pour leurs poursuivants.

Galeran se tourna vers la fillette qui dormait.

« L'épée est toujours là, séparant nos deux corps et c'est bien ainsi, songea-t-il. Que dure éternellement la douce pitié que j'ai de Morgane. Morgane qui a connu tant de souffrances et de vilenies... »

Il retira l'épée et caressa tendrement les petites mèches brunes qui couraient sur la nuque de la jeune fille.

— *Dimezell vrao*, damoiselle jolie, réveille-toi, murmura-t-il à son oreille.

Elle bougea un peu, se pelotonnant davantage et serrant les paupières comme une enfant qui ne veut qu'on la réveille. Il la baisa sur la joue et s'écarta à regret :

— Je vais ranimer le feu et préparer à manger, ma douce.

La petite ouvrit les yeux et le regarda faire, sa tête sur son bras replié, songeuse.

« Comme il a changé, songea-t-elle, son corps et son visage ne sont plus ceux du garçon de jadis et pourtant, quand il s'est battu près de la moulière, je l'ai tout de suite reconnu. »

Elle s'était souvenue de ce mélange de violence et de douceur, qui l'expliquait tout entier et faisait que c'était celui-là qu'elle avait aimé et aucun autre depuis.

Les flammes s'élevaient à nouveau. Galeran réchauffa un peu de vin dans un gobelet d'étain puis l'offrit avec du pain tranché à Morgane.

— Comment te sens-tu ? Tu n'as pas froid ? Tu as bien meilleur visage, ce jourd'hui.

La brunette lui sourit en s'étirant.

— Cette nuit, j'ai fait un rêve. Nous chevauchions côte à côte, dans une lande parsemée de rochers dressés ; nous avions deux palefrois brun bai, des bêtes superbes et puis, soudain, je me suis retrouvée seule, tu avais disparu avec les chevaux et je marchais pieds nus, en pleurant, vers un autel qui se dressait au milieu des bruyères. À côté se tenait un ange tout transparent.

Elle se tut.

— Et après ? demanda Galeran.

— Après, rien, je me suis réveillée et heureusement, tu étais à nouveau près de moi, conclut-elle en rougissant soudain. Oh, je n'aime point les rêves, ils prédisent toujours des malheurs, des violences, de la cruauté...

— Eh bien moi, proclama Galeran, je ne suis point un rêve et je t'annonce du bonheur, de l'amour, des richesses et mille merveilles !

La petite dit gravement :

— Si tu n'es pas un rêve, alors serre-moi bien fort !

Il obéit et ils restèrent un long moment immobiles, oublieux de tout, sauf du plaisir de se perdre dans les bras de l'autre.

Enfin, la brunette dit à mi-voix :

— Il faut bien que nous repartions, n'est-ce pas ?

— Oui, je veux que tu sois à l'abri, vraiment à l'abri, répondit Galeran en se mettant debout.

Il allait et venait, ramassant leurs affaires, rangeant les provisions qui restaient dans les sacoches.

— Ou vas-tu m'emmener ? demanda Morgane. Tu peux me le dire maintenant.

Il se tourna vers elle et murmura :

— Oui, je peux te le dire, c'est au Karn Barnenez, un endroit que m'a montré jadis Gilduin, mon père.

— Le Karn Barnenez, répéta la petite. Et pourquoi y serions-nous plus à l'abri qu'ici, à Morlaix ou à Kastell-Paol ?

— Parce que c'est à l'écart de tout et qu'en plus, les gens du pays n'osent y aller voir. Ils racontent que c'est un lieu maudit, que ceux qui s'y risquent n'en sont point revenus, qu'ils ont été transformés en pierres parmi les pierres et sont maintenant glacés comme elles... ce qui est sûr, c'est qu'il y a là un très vieux cairn, et qu'on ne sait quelles idoles les païens pouvaient adorer, ni quels sacrilèges ils commettaient pendant le décours de la nouvelle lune !

Morgane avait pâli en écoutant le garçon. Elle demanda soudain :

— Mais c'est comme pour les rêves, tu n'y crois point, à ces maléfices, dis-moi ?

— Mais non, je ne crois qu'en nous, Morgane ! Je ne crois qu'en nous et que Dieu me pardonne, cela seul compte. J'ai perdu mon seul et unique ami et deux chers compagnons, il n'est personne qui m'attache en ce monde que toi.

La petite fronça les sourcils et dit d'une voix ferme :

— Tu devrais pas parler comme cela, Galeran.

— C'est pourtant vrai.

Comme il ne disait plus rien, elle lui tendit gentiment le gobelet de vin et un morceau de pain.

— Tu n'as encore point mangé, fais-moi plaisir, prends au moins ça.

Le jeune homme obéit, et mordit à pleines dents dans le pain avant d'avaler une rasade.

— Apprête-toi, Morgane, je vais seller les chevaux et il faudra partir. Je serai plus tranquille quand nous serons arrivés là-bas. Essaye d'effacer nos traces ici. Mais je ne me fais pas d'illusions, avec ce foutu chien qui traîne partout...

Tan avait déjà décampé et fait une douzaine de fois le tour de la longère en aboyant joyeusement.

Galeran attrapa son mantel toujours suspendu à la poutre, le jeta sur ses épaules et boucla la petite broche d'argent qui le fermait.

Les chevaux tendaient le col pour attraper de lointains brins de paille. Il les détacha et les tira vers la sortie. Une fois sellés et chargés, il appela Morgane.

Elle apparut parmi les ruines, vraiment semblable à un jeune garçon. « Enfin, pas si viril que ça », songea Galeran avec un demi-sourire.

Une légère buée s'échappait des lèvres de la petite. Sa nuit de sommeil lui avait redonné des forces, les couleurs étaient revenues à ses joues et il s'en sentit lui-même ragaillardi.

Elle regarda le ciel bleu puis, d'un air brave, se tourna vers son compagnon :

— Le soleil nous bonjoure ce matin et il fait moins froid qu'hier, je ne crois point qu'il neigera encore.

— Non, au contraire, s'il continue à faire beau, la neige va fondre mais il va être difficile de brouiller nos traces, répéta Galeran. Viens, je vais t'aider à monter en selle.

— Tu as oublié que je suis bonne cavalière et, ajouta-t-elle moqueuse, tu étais moins galant quand j'étais ton prisonnier.

Il ne répondit point. Elle posa la pointe de son pied sur la paume qu'il lui offrait et sauta légèrement en selle.

22

Après avoir traversé l'estuaire gris-bleu du Dossen, les
deux cavaliers évitèrent les chaumines du bourg de
Morlaix. Malgré le soleil, il faisait encore froid et si, au
village, de minces colonnes de fumée montaient des
toits, ils ne croisèrent âme qui vive sur les chemins. Par
endroits, là où le soleil frappait, la neige fondait, faisant
ressurgir une herbe rousse qui se redressait lentement.

Talonnant leurs bêtes, ils prirent la corniche menant
à la rivière du Dourduff. *L'eau noire* était plus transpa-
rente que de la glace et sur les pierres qui bordaient ses
rives, dans les recoins d'ombre, la neige s'amassait
encore. Jaillissant des coteaux boisés, la petite rivière
coulait jusqu'à l'estuaire, creusant son sillon dans les
vasières où s'agitaient des bandes affairées de barges
rousses et de pluviers. Les hennissements des chevaux se
mêlaient aux aboiements du chien qui les précédait, le
nez au vent.

Ils avançaient maintenant sur une étroite sente qui
longeait les falaises de granit rose, battues par les vagues.
Çà et là se dressaient quelques bosquets d'ajoncs, encore
poudrés de neige.

– Alors c'est vrai, tu ne crois pas à nos légendes ?
lança soudain Morgane.

– Pourquoi me redemandes-tu ça ?

– Moi, j'y crois un peu, tu sais, avoua simplement la
brunette. Peut-être parce que je me promène souvent
en rêve dans nos villes englouties sous la mer. À Occis-
mor, qui fut où est Saint-Pol, à Tolente qui fut où est
Plouguerneau, à Lexobie, où est aujourd'hui le Coz-
Ieodet, à Ker-Ys, la maudite, toutes ces villes habitées
par des morts... et puis, je crois aux méchants gobelins,
mais aussi aux bonnes dames et surtout aux anges.

– C'est normal, fit Galeran gravement, puisque tu
en es un.

Morgane grimaça.

– Galeran, je parle sérieusement.

– Mais, moi aussi ! On dit que celui qui rêve est
celui dont l'âme se promène. Tu es libre, Morgane.

– Ceux qui ont dit ça se sont trompés, parce que tu
sais, entre mes cauchemars et ma vie, je ne vois pas bien
la différence... alors quant à être libre !

Il détourna la tête.

– Regarde, Morgane, nous arrivons, là devant, c'est
le Karn Barnenez.

## 23

Ils se trouvaient maintenant sur un vaste promontoire jailli au milieu de la mer. D'un côté, était l'estuaire du Dossen, de l'autre la baie de Térénez. Rien ici ne poussait, que quelques bruyères sauvages et des ajoncs. Sur les rochers, en contrebas, se brisaient de hautes vagues.

De la sente où ils se tenaient, ils pouvaient apercevoir, au loin, l'île Stérec et le lieu de leur rendez-vous avec Yann de Mordreuc, la pointe de Penn al Lann. Mais pour l'instant, ils fixaient avec attention une sorte d'énorme colline de pierres sèches, d'où la neige fondue s'écoulait en longues traînées noires. Ils poussèrent les chevaux et s'approchèrent au pas de ce qui était censé leur offrir une cachette introuvable. À la base de la colline, des blocs dressés, aussi hauts et larges que des menhirs, bloquaient l'entrée d'un antre obscur.

— Viens, proposa Galeran en sautant à terre, nous allons en faire le tour.

Impressionnée, Morgane descendit de cheval et leva le nez pour apercevoir le sommet du cairn.

Il était vrai que ce tumulus ne ressemblait à aucun autre, ni par sa taille ni par sa forme. On y avait, sans relâche, des générations durant, empilé des centaines de pierres sèches pour bâtir une montagne mortuaire. Un cimetière couvert, capable d'abriter, dans ses nombreuses chambres funéraires, les cadavres de bien des guerriers.

Galeran entrava les chevaux et attrapa la main de la petite.

— C'est donc cela notre refuge ? murmura Morgane en se laissant entraîner.

— Oui, répliqua Galeran. Mais pourquoi parles-tu si bas ?

— Je n'aime point cet endroit, répondit Morgane comme pour elle-même. Il n'est pas possible que ce soit un cairn, qui aurait-on enterré là-dessous ? Un géant comme Gawr, qu'il a fallu plier neuf fois sur lui-même pour le faire tenir sous la montagne de Loqueffret... ou bien des centaines d'hommes, de femmes et d'enfants...

Galeran sourit, mais la petite ajouta, l'air sombre :

— Oui, c'est cela, ce sont les ruines horribles d'une ville maudite par Dieu et ceci est la dernière demeure de ses habitants.

Les vents s'étaient calmés et, comme pour donner raison à Morgane, le grand chien roux se coucha à l'entrée du cairn et gémit doucement, les oreilles basses, l'échine hérissée. La petite secoua la tête et insista :

— Galeran, tu vois, même ton chien n'aime point cet endroit, allons-nous-en, je t'en prie.

Il se tourna vers elle et la regarda avec étonnement :

— Est-ce que ma fière Morgane aurait peur, par hasard ?

Elle redressa son petit menton et planta son regard dans le sien.

— Non, Galeran, mais je n'aime point ce lieu. Pourquoi ne pas revenir sur les rives du Dourduff, ou bien aller à Penn al Lann, au rendez-vous de ton ami Yann ? Nous pourrions l'attendre à la cabane de l'ermite.

— Viens, ne sois point sotte, je vais te montrer où nous allons nous abriter, répondit le garçon en resserrant la pression de ses doigts sur ceux de son amie.

À l'entrée du cairn, les roches dressées laissaient un passage suffisant pour qu'ils puissent se glisser à l'intérieur.

— En plus, tu veux que je rentre là-dedans ? s'écria Morgane.

— Morgane, il le faut. J'ai vu un endroit où cacher les chevaux, et quant à nous, personne ne viendra nous chercher là.

— Et pourquoi pas ? Ce n'est pas un château fort, ce n'est qu'un cairn ! Crois-tu vraiment que cela suffise à effrayer un mécréant comme le borgne ?

Galeran soupira ; il ne trouvait plus son idée aussi bonne, mais avec son entêtement habituel, ne le voulait montrer :

— Bon, écoute, ce sera pour une nuit seulement, et après, c'est promis, nous irons à Penn al Lann. Viens, insista-t-il en l'attirant à lui.

Grimpant sur les pierres moisies, ils réussirent à se glisser derrière les blocs dressés et pénétrèrent dans le cairn.

Un rayon de soleil éclairait les premières toises d'un couloir boueux qui s'enfonçait dans l'obscurité. De part et d'autre, s'ouvraient des bouches d'ombre d'où leur parvenaient des glissements furtifs.

— Tu sens cette puanteur ? demanda Morgane en se rapprochant insensiblement de Galeran, la main sur le manche du petit coutel qu'il lui avait laissé.

Venant des profondeurs du cairn, un souffle glacé leur apportait une puissante odeur de décomposition.

— Et alors ?

— Cela sent le charnier, répondit la fillette, les yeux fixés devant elle sur le long cloaque qui se perdait dans l'obscurité. Même mon ombre a peur de ce lieu.

— Sans doute quelque bête venue mourir là, voilà tout. Il doit y avoir des centaines de blaireaux et de renards, là-dessous.

— Si ce n'était que ça, rétorqua sombrement la jeune fille en se signant. J'ai l'impression d'être enterrée vivante. Laissons l'Ankou à sa besogne et partons tout de suite.

— Bon, je suis d'accord, ce n'est pas bien gai, protesta le jeune garçon, mais pour une nuitée...

— Non, tu entends, non ! le coupa Morgane en faisant demi-tour. Je m'en vais maintenant.

Galeran la rattrapa :

— Morgane, attends.

La jeune fille voulut répliquer, elle n'en eut pas le temps. Dehors retentissaient les aboiements furieux de Tan. Puis plus rien, le silence était retombé.

Les jeunes gens se regardèrent, le cœur battant à tout rompre et Galeran vit tant d'angoisse dans les yeux de son amie qu'il l'étreignit un court instant, la serrant très fort, la couvrant de baisers.

# 24

Ils ne surent jamais comment le borgne les avait retrouvés, mais il était là, seul, et il les attendait devant l'entrée du cairn, immobile et massif, sur son grand destrier noir.

À ses pieds gisait le grand chien roux, un coutel planté dans la gorge.

— Un prêté pour un rendu, Lesneven ! cria Jodic. J'ai perdu un de mes dogues, je boirai le sang du tien.

— Tu sais donc qui je suis ?

— Oui-da, on me l'a dit à Kastell-Paol, les gens sont causants. Il paraît que ta mesnie te cherche dans tout le pays, il n'était pas difficile de deviner que tu étais le dernier de ces marauds de Lesneven. Allez, suffit, sortez de là, tous les deux. Morgane, va chercher ton cheval, tu viens avec moi.

— Plutôt mourir ! fit la jeune fille que toute peur semblait avoir abandonnée.

— Tu ne nous sépareras plus, Lochrist. Plus jamais ! assena Galeran en se plaçant devant Morgane, l'épée à la main.

Ignorant le jeune garçon, le borgne s'adressa à nouveau à sa fille ; sa voix était douce, le ton insinuant :

– Vaut mieux que tu viennes avec moi, Morgane. Vaut mieux, ma belle.

– Non, jamais !

La voix de la jeune fille avait claqué avec sécheresse, comme jadis le fouet de son père.

Le visage de Jodic se contracta de rage, mais il se reprit, s'efforçant au calme et répétant une troisième fois du même ton :

– Y faut que tu viennes. Tu me dois obéissance, ma fille, ne l'oublie pas !

Morgane s'était avancée d'un pas et l'air farouche, déclara :

– Depuis que tu as tué ma mère par tes mauvais traitements, je ne te dois plus rien, si ce n'est sa mort !

– Par Dieu, tu es sourd, le borgne ? Morgane ne reviendra pas avec toi, ajouta Galeran en levant son épée.

Une vilaine grimace déforma à nouveau les traits de Jodic, qui hurla soudain :

– Lesneven, par le diable qui m'entend, il ne restera tantôt de toi que des os épars, que Gilduin n'arrivera même pas à rassembler pour te donner sépulture !

– Jamais un Lesneven n'a reculé devant un Lochrist !

– Un Lesneven, jeta l'autre en crachant par terre. Tu voudrais que je tremble peut-être ? Si je voulais, tu serais déjà mort comme ton bâtard de chien !

Et avant que Galeran ait pu bouger, un coutel avait volé vers lui, se plantant dans le sol entre ses pieds. Un gros rire s'éleva de la poitrine du borgne.

— Tu vois, mon mignon, ricana-t-il, tu ferais mieux de retourner te cacher dans les jupons de ta foutue garce de mère.

Poussant un cri de rage, Galeran bondit sous le ventre du grand destrier. Comme il l'avait vu faire à son père, bien des années auparavant, lors d'un duel à mort, il trancha les jarrets de la bête d'un furieux coup de lame. L'animal s'effondra et le borgne tomba lourdement sur le sol.

Mais avant que Galeran n'ait pu profiter de son avantage, il s'était relevé d'un bond. Malgré sa corpulence, le « diable noir » était resté d'une agilité surprenante.

Les deux hommes se dévisagèrent un court instant, se jaugeant du regard. Le lambeau de paupière qui masquait mal l'orbite vide de Jodic se souleva, tandis qu'avec son œil unique, il fixait le garçon. Avec sa stature de géant et ses jambes arquées sous le poids de son torse énorme, sa tête hirsute enfoncée dans ses épaules, sa peau vérolée, l'homme en faisait trembler plus d'un, à sa seule vue.

— Prends ton épée ! hurla Galeran.

L'homme alla à son cheval qui gisait immobile, et détacha la masse d'armes pendue à l'arçon. De plus de trois pieds de long, elle était recouverte de pointes aiguisées comme des coutels.

— C'est une arme de vilain que tu as là ! gronda Galeran.

— Je ne prends l'épée que pour les hommes ! rétorqua l'autre en marchant sur lui. Estime-toi heureux si je ne te finis pas au coutel.

Galeran se jeta de côté, évitant de justesse un premier coup de masse.

Le combat commença. Morgane, les lèvres serrées, s'était reculée, son coutel bien en main, attentive aux moindres gestes des deux adversaires. Le borgne fit à nouveau tournoyer sa masse au-dessus de lui.

— Ah, on va rire ! hurla Jodic ar Troadec en fonçant vers le garçon ramassé sur lui-même.

Galeran l'esquiva, essayant en vain de toucher le géant.

Et le combat continua, la vivacité du jeune garçon compensant son manque d'expérience. Il tournait comme une guêpe autour du vieux Lochrist, l'aiguillonnant de son épée, mais le temps passait et le colosse ne semblait guère faiblir. La face violacée, il soufflait, éructait, vomissait des injures, mais continuait à se battre avec autant d'énergie. À chaque passe d'armes, il se faisait plus pressant, repoussant peu à peu Galeran vers le cairn.

La masse d'armes se leva soudain, frôlant la tête du garçon avant de heurter la roche, dans un jaillissement d'étincelles. Galeran roula sur le côté, et se releva d'un bond, essayant de reprendre son souffle.

Son cœur cognait à tout rompre dans sa poitrine. Jamais, il n'avait affronté si rude combattant et encore moins dans une joute à mort. Déjà l'autre revenait sur lui, le visage en sueur, jouant avec sa massue.

Galeran se recula rapidement : il savait qu'il lui fallait éviter à tout prix le corps à corps et que son seul atout était la rapidité.

— Alors, la pucelle, se moqua Jodic, on s'amuse bien tous les deux ? Il paraît que ton ami a pas duré longtemps, face à mon Withur. Il criait merci et pleurait comme une fillette quand il lui a défoncé le crâne avec son tinel...

— Tu mens ! hurla Galeran, en se jetant sur l'autre.

C'était ce que le borgne attendait, la masse d'armes s'abattit, arrachant l'épée des mains du jeune gars et la projetant à une toise de là.

Galeran avait l'air si décontenancé sans son arme que le borgne éclata de rire. Mais son rire s'éteignit aussi vite qu'il était né. Changeant sa massue de main, le colosse s'approcha à pas lents de Galeran désarmé.

Il avait oublié Morgane.

La jeune fille ne les avait pas quittés des yeux durant le combat. Quand elle vit son ami acculé, elle se jeta sur son père et, tenant son coutel à deux mains, le lui enfonça de toutes ses forces entre les deux épaules.

La lame traversa la broigne de cuir et demeura plantée dans le dos du colosse. En un éclair, Jodic se retourna et, frappant au jugé, heurta violemment la tempe de Morgane.

La petite s'effondra sans un cri, le crâne enfoncé.

En la voyant qui gisait immobile, le borgne lâcha son arme et tomba à genoux. Des larmes de rage et de douleur coulaient sur ses joues rugueuses. Il ne se souciait plus de Galeran que la stupeur avait figé sur place.

Jodic pleurait, mais comme le chasseur qui voit d'un seul coup lui échapper le gibier qu'il a traqué pendant de longs jours. Il n'avait jamais su qui était Dieu ou le diable et sa cruauté lui était aussi naturelle que celle de ces gamins qui s'amusent à martyriser les animaux, à torturer les faibles.

L'amour, pour lui, c'était le viol. Le plaisir, les cris de douleur de ses victimes, et voilà que celle qu'il désirait comme il n'en avait jamais désiré aucune, ne souffrirait plus. Elle lui avait échappé en fuyant le château et voilà qu'elle s'en allait maintenant, là où il ne pourrait jamais la rattraper.

Son hurlement de rage résonna longtemps, répercuté par la paroi du cairn.

Jodic avait trop souvent vu l'Ankou à l'œuvre pour ne pas reconnaître sa marque. Morgane était morte. Le sang se coagulait déjà en vilains caillots noirs autour de la plaie qu'elle avait à la tête. Ses doigts ne griffaient plus le sol.

Elle était livide et ses yeux révulsés regardaient loin au-dessus de lui.

— Tu n'as pas le droit ! hurla-t-il en se couchant sur elle, tu n'as pas le droit de te sauver ainsi. Tu es à moi, Morgane, tu entends, à moi ! Je t'ai faite, tu es ma chair et mon sang et tu ne peux t'enfuir !

Mais si, elle le pouvait, il le sentait maintenant à ce froid glacial qui le gagnait aussi.

Il la serrait contre lui, fouaillant fébrilement les braies de la petite.

Sa blessure ne le faisait point souffrir, mais dans son dos, où le coutel était resté planté, la tache de sang s'élargissait et une immense fatigue gagnait le colosse. Il n'entendit pas hurler Galeran.

— Maudit, écarte-toi d'elle ! Par Dieu, écarte-toi !

Jodic ne bougeait plus, il demeurait vautré sur le corps de sa fille. Quand d'un coup, Galeran retira le coutel, un flot de sang jaillit de la plaie ouverte comme le vin d'une barrique qu'on débonde.

# 25

— Tout est fini et bien fini, prononça Galeran d'une voix sourde.

Les dents serrées, il avait trouvé la force de soulever le cadavre dégouttant de sang du colosse et de le traîner loin du corps de Morgane. Puis, après avoir achevé le destrier de Jodic, il s'était dirigé vers les chevaux qui broutaient paisiblement l'herbe rase et avait sorti des sacoches l'un des pluvials, sur lesquels ils avaient dormi la nuit précédente.

Enfin, il avait osé ce qu'il n'avait point encore osé jusque-là : regarder Morgane.

De là où il se tenait, seul son visage était visible, à peine souillé, les yeux fixes, démesurément ouverts. Au-dessus de lui, le ciel était d'un bleu implacable et les grands oiseaux livides y continuaient leur ronde.

Pour la première fois de sa vie, Galeran sentit combien le monde est indifférent au malheur des hommes. Une phrase terrible lui revint : « Le temps ne passe pas, c'est nous qui passons. »

Jodic était passé avec son cortège de crimes, sa tendre Morgane était passée, le fidèle Haimon, les joyeux Alan et Jakez s'éloignaient déjà de lui en compagnie de Tan, tous aussi fragiles désormais que des songes...

Il enveloppa la petite dans le pluvial, la prit dans ses bras et, ainsi chargé, la hissa tant bien que mal au sommet du grand tumulus. Il la posa tout au bout de la plate-forme, sur un lit de mousse, puis redescendit et alla quérir le cadavre de Tan qu'il étendit aux pieds de Morgane.

« De là, songea-t-il, ils ne seraient prisonniers que du vent qui les caressait. »

Il ferma les yeux de la petite et, avec un peu de neige fondue, nettoya doucement son visage. Ainsi, avec sa plaie cachée par les plis de sa capuche, elle ressemblait à nouveau à la jeune fille endormie de la longère.

Il s'assit tout près d'elle, les jambes croisées, et prit sa petite main glacée dans la sienne.

– Comme les morts sont froids, murmura-t-il en frissonnant.

L'horreur qui avait surgi dans sa vie le laissait incapable de faire un mouvement de plus.

La fin de la matinée s'écoula sans même qu'il s'en rende compte, puis le soleil alla rouler derrière l'horizon, au-delà des récifs. Le grand duc lança dans le crépuscule son cri strident et de lourds oiseaux de nuit passèrent en quête de nourriture. Le vent était léger. La lune et les étoiles brillaient faiblement.

La tête de Galeran retomba sur sa poitrine et le sommeil le prit brutalement.

Quelque chose qui voletait contre sa joue l'éveilla soudain. Il faisait jour et le corbeau qui l'avait frôlé était venu se poser un peu plus loin, le fixant de son œil rond. Presque aussitôt, un autre le rejoignit, puis un troisième... Galeran n'y prit garde.

Du bord du tumulus montait un vacarme assourdissant. Il se pencha et vit qu'une armée de charognards aux becs acérés s'attaquait à la dépouille de Jodic et à celle de son cheval.

Quand le jeune homme se redressa, une trentaine de choucas, de freux et de mouettes se dandinaient déjà sur le tumulus, s'approchant du cadavre de Tan, aux pieds de Morgane. Se fiant à sa quasi-immobilité, certains s'envolèrent en criant, s'abattant sur lui, le soufffletant de leurs ailes et le grêlant de mille coups de bec.

Il se redressa d'un bond en hurlant, faisant de grands moulinets avec ses bras. Les oiseaux s'envolèrent en protestant, allant se poser au fin bout de la colline de pierres. Il leur lança des caillasses jusqu'à ce qu'ils s'éloignent, puis revint vers Morgane d'un pas lent. L'heure de la séparation définitive était arrivée. Il s'agenouilla près de la jeune fille.

De son cou, il détacha sa chaîne, ouvrit la petite bulle d'argent. Le parchemin et la perle rose y étaient toujours. Il les baisa et les remit en place. Ensuite, il joignit ses mains raidies sur sa poitrine et l'enveloppa complètement de son pluvial avant de poser sur elle une première pierre.

Quand elle eut disparu tout à fait sous son linceul rocheux, il murmura pour lui seul ce qu'elle aimait chanter étant enfant :

135

« Ahès, breman Morgân,
E skeud an oabr, d'an noz, a gân. »
*Maintenant, Morgane,*
*À la lueur du firmament, dans la nuit, chante.*

En bas du cairn, corbeaux et mouettes s'acharnaient en criant sur le cadavre de Jodic. Il alla les chasser à grands coups d'épée, puis tira le corps mutilé du colosse vers la falaise et le poussa dans le vide.

Le grand cadavre rebondit en se disloquant d'une roche à l'autre, jusqu'à l'eau où il disparut dans une gerbe d'écume.

Une fois remonté sur le cairn, Galeran s'assit à nouveau tout contre la tombe de Morgane, le visage tourné vers la mer qui se retirait et un long moment, il suivit du regard le corps de Jodic qui s'éloignait entre deux eaux, escorté par la nuée bruyante des rapaces et des charognards.

## 26

À l'horizon, le soleil s'était couché une nouvelle fois. Galeran n'avait pas bougé.

Il était engourdi et un sommeil perfide l'envahissait. Il ne sentait ni le froid ni la faim et il savait qu'on peut mourir ainsi, sans même s'en apercevoir. Il l'avait décidé. Il ne survivrait ni à Morgane ni à Haimon. C'est lui qui, sans le vouloir, avait causé leurs morts, alors il les suivrait, là où ils étaient maintenant. En enfer, s'il le fallait...

Un brusque sursaut de colère le tira soudain de son état de prostration et il s'entendit hurler :

— Mais qu'est-ce que je fais là ? Qu'est-ce que tout ça veut dire ?

Un rire qui lui parut venir de très loin lui répondit.

— *Felix qui potuit rerum cognoscere causas !* Heureux celui qui a pu pénétrer les causes secrètes des choses ! Ah ! Ah ! Voilà une question véridique que je me suis posée bien souvent !

Galeran ouvrit tout à fait les yeux. Depuis combien de temps, l'homme était-il là, devant lui, immobile et silencieux à l'observer, il n'aurait su le dire. Et comme l'autre riait toujours, il finit par demander d'une voix cassée :

— *Piou zo azé* ? Qui est là ?

Il s'attendait à ce que l'Ankou, *l'oberour ar maro*, l'ouvrier de la mort, lui réponde, mais ce n'était pas la mort qui se dressait devant lui. Ce n'était pas non plus le fantôme du borgne ou un *baléer-bro*, un batteur de routes : c'était apparemment un chevalier. Dans la mi-obscurité, il était impossible à Galeran de distinguer les traits du personnage.

Le jeune homme vit seulement qu'il était d'une taille hors du commun et habillé comme les croisés, d'un bliaud orné d'une grande croix de tissu rouge. Le grand mantel qui recouvrait ses épaules évoquait un linceul et il était armé d'une longue épée bien réelle, qui lui battait les mollets. Ce détail réveilla tout à fait le jeune homme, tandis que l'autre poursuivait d'un ton joyeux :

— *Primum vivere, deinde philosophari* ! Vivre d'abord, philosopher ensuite ! Il ne faut point revêtir la couleur des morts comme ces païens enterrés sous nos pieds !

Puis il désigna la tombe de Morgane :

— Celle que tu aimes a revêtu la couleur des anges, pour elle le soleil de la justice s'est levé, portant le pardon dans ses ailes... elle a oublié ce qui assombrissait sa vie comme on oublie un mauvais rêve...

En l'écoutant, il sembla à Galeran qu'il se détendait. Malgré la douleur provoquée par sa longue immobilité, il allongea une jambe et tenta en vain de se lever. Son étrange compagnon vint à la rescousse et Galeran put enfin voir ses traits. Il avait le teint hâlé, un visage mobile aux pommettes saillantes et des cheveux blancs coupés très court. Mais ce que Galeran n'oublia jamais, c'étaient ses yeux d'un noir brillant, à demi cachés par d'épais sourcils. Des yeux au regard amusé et pénétrant, qui l'observaient sans ciller.

Le chevalier se pencha, massa ses membres endoloris, puis il le mit brusquement sur pied.

— *Inter homine esse ! Inter homine esse !* Être parmi les hommes ! Tant qu'on est vivant, faut s'occuper des vivants, déclara-t-il en riant toujours. Tiens, as-tu pensé à tes chevaux ?

Galeran hocha la tête en silence.

— Bon, je m'en suis occupé, reprit l'autre, maintenant viens, je t'emmène !

Galeran ne comprit jamais pourquoi, mais il obéit. Ne demandant pas même à l'autre qui il était, ni où ils allaient. D'ailleurs, peu lui importait.

# 27

Il est, dans certains récits contés par les Anciens, d'insolites voyages que l'on accomplit en un jour alors qu'il en aurait fallu vingt. Et pour Galeran, celui-là fut ainsi.

Il chevaucha derrière le chevalier quatre jours durant, suivant des sentiers côtiers qu'il ne connaissait pas, longeant sans les voir des falaises de granit, des grèves et des landes battues par les vents. Il s'arrêtait quand le chevalier s'arrêtait, repartant de même, muré dans son silence. Cela ne gênait guère son étrange compagnon qui, comme la plupart des solitaires, avait l'habitude de parler tout seul. Si bien qu'au bout de quelque temps, Galeran se mit à le regarder et à l'écouter, d'abord avec indifférence puis, il dut se l'avouer, avec un certain intérêt.

C'est que le chevalier semblait en permanence plongé dans un merveilleux bonheur, paraissait sans cesse absorbé par des idées nouvelles, des questions incohérentes qu'il posait à haute voix, d'un ton définitif. Mais le sentiment qui, de toute évidence le dominait, c'était l'admiration pour ce qui l'entourait.

— La création ! Les créatures ! s'exclamait-il souvent.

Quel âge pouvait-il avoir ? se demandait Galeran. Malgré ses cheveux blancs, son visage bruni était lisse, son corps souple et vigoureux. L'homme était lettré, mais était-il *compos sui* ou bien fou ? Le chevalier avait-il reçu un « coup de lune », comme disaient les Gascons des malheureux pèlerins qui, de retour de Jérusalem, gardaient dans leur tête les stigmates de leur grande épreuve ?

Plus les deux cavaliers avançaient, plus le printemps se manifestait avec rapidité et plus l'excitation du chevalier était grande. Il saluait les oiseaux, la couleur de l'herbe nouvelle, l'églantine des haies...

— C'est curieux, marmonnait-il en contemplant une fleur qu'il avait cueillie au passage, elle est bleue... enfin, je la vois comme ça... mais pourquoi est-ce que je dis qu'elle est bleue ?

Sa tête retombait sur sa vaste poitrine. Il se taisait un moment et Galeran, vaguement honteux, se demandait lui aussi, pourquoi la fleur était bleue, l'herbe verte, pourquoi l'eau des torrents dévalait dans le labyrinthe des roches, pourquoi certaines étoiles tombaient du ciel et pas d'autres ? Et, peu à peu, Morgane prenait sa place dans ce monde nouveau, auquel Galeran n'avait jamais pensé.

Pourquoi l'avait-il aimée si tendrement, lui qui jusque-là s'était montré incapable de choisir entre la violence et ce qu'il est bon de respecter ? Elle n'avait pas eu besoin de robe de brocart et de bijoux pour le conquérir. Il se revoyait simplement lui tendant une poignée de lichens et elle, si honteuse de sa faiblesse de femme, si jolie aussi.

Une accablante tristesse envahit soudain Galeran et des larmes se mirent à ruisseler sur ses joues mal rasées.

# 28

— Nous sommes arrivés au terme de notre voyage, dit le chevalier en se tournant vers son jeune compagnon.

Ils étaient parvenus à l'extrémité de la plaine de Dol et devant eux, s'étendait une baie immense. Tout ici était à la démesure du ciel. Des milliers d'oiseaux s'envolaient devant eux, survolant une longue grève où s'ébattaient des centaines de phoques gris. La mer était silencieuse et ne ressemblait point à celle du pays d'Armor.

— On dirait un champ de bataille, murmura Galeran.

— Et c'en est un ! Voilà une terre qui se bat avec les eaux depuis la nuit des temps et quiconque y pose le pied peut s'y perdre sans recours... c'est là aussi que l'Archange de lumière, le peseur des âmes, a vaincu le démon sorti des noires profondeurs.

Le chevalier se tut un moment, puis tendant le bras, désigna l'horizon.

— Tu vois cette nef, là-bas, dressée au milieu des eaux, c'est là que nous allons !

Galeran plissa les yeux : il ne voyait rien d'autre que la ligne sombre des nuages, la mer couleur de plomb et au loin, baignée dans la lumière, une grande ombre, à moins que ce ne soit une île ou cette nef dont parlait le chevalier...

— Ici l'archange Michel a choisi sa demeure.

Ils passèrent la nuit sur la grève, les chevaux broutant paisiblement l'herbue gorgée de sel. Le chevalier s'était assis face à la mer et soliloquait, le regard perdu au loin. Galeran s'enroula dans son mantel et s'adossant à une vieille souche, ferma les yeux. Comme d'habitude, il ne savait si son compagnon pensait tout haut ou bien s'il s'adressait à lui.

— Ici, jadis, était une forêt qu'on nommait Quokelunde. On dit que sous la toison des vagues, gît encore celle des chênes centenaires. Au cœur de cette forêt, était ce Mont que la mer transforma en écueil et les hommes en abbaye.

La voix s'était tue. Un crissement de pas sur le sable tira Galeran de sa léthargie. Il ouvrit les yeux et aperçut la haute silhouette du chevalier qui s'éloignait sur la grève. Au ciel brillait la lune et s'allumaient les premières étoiles.

Quand il s'éveilla d'un sommeil sans rêve, Galeran vit que le paysage de la veille avait disparu.

Là où hier était l'étendue mouvante de la mer, il n'y avait plus qu'un désert de sable blond et au milieu, tout proche, tant il se découpait sur le ciel clair du matin, le Mont-Saint-Michel. Le jusant avait entraîné les flots bien au-delà du Mont, ne laissant derrière lui que des tangues livides où s'agitaient des centaines d'échassiers.

Les deux hommes se mirent en selle. Loin devant eux, sur la grève, sinuant sur une piste qu'ils ne pouvaient voir, s'éloignait un groupe d'hommes et de femmes. On entendait l'écho de leurs chants porté par le vent.

— Ce sont des Miquelots, les pèlerins de saint Michel, expliqua le chevalier qui semblait sorti de son état d'excitation. Ils suivent le chemin du paradis pour rejoindre le Mont.

Galeran hocha la tête.

— Nous allons descendre de cheval et les rattraper. Les sables sont fourbes et la baie n'aime point ceux qui hésitent, surtout en cette saison de pluie et de grandes marées. Aussi, il te faudra aller comme moi. Si je cours, il te faudra faire de même, si tu t'enfonces, couche-toi !

Le chevalier ôta ses bottes, ses chausses et ajouta, avant de s'engager sur la tangue :

— N'oublie pas de poser tes pieds où je poserai les miens.

Il marchait vite, contournant les chenaux que creusait le cours perpétuellement changeant du Couesnon. Il tâtait par endroits le sol du bout du pied, courant quand la souille se faisait plus liquide sous ses pas, s'arrêtant parfois pour trouver un gué ou s'assurer que son compagnon le suivait bien. Il montra à Galeran la lointaine silhouette d'une colonne de pierres, plantée dans les sables.

La « Croix des Grèves », ainsi qu'on l'appelait, était familière aux Miquelots, avec ses cent pieds de haut.

Elle était la dernière borne sur le chemin montois et leur rappelait qu'ils étaient proches de la demeure de l'Archange.

Ils rattrapèrent enfin le groupe de pèlerins et aperçurent le guide qui les précédait, fouaillant tout comme eux le sable avec sa « fouine », sorte de trident à long manche, zigzaguant et revenant parfois sur ses pas, mais toujours courant, ses pieds nus semblant à peine effleurer le sol.

Remontant en selle, le chevalier et Galeran suivirent les Miquelots, laissant faire leurs bêtes qui trottaient dans le sable mou et marchaient au pas sur la tangue durcie.

Enfin, de gué en gué, ils parvinrent aux abords du Mont.

— Là, précisa le chevalier, on se croit arrivé et on est tenté de couper court. Cette erreur est fatale à bon nombre de malheureux, car là se trouve justement le passage le plus pourri de la baie.

Ils allèrent donc très en aval, à l'endroit où le Couesnon forme une sorte de delta et où on peut le traverser sans danger. Ils croisèrent en chemin des pêcheurs à pied. Armés de tridents et de bichettes à cornes, la hotte d'osier sur le dos, ils fouaillaient la vase et les souilles en quête de poissons et de coquillages. Les hommes s'écartèrent en maugréant à leur approche, la mine rude, le regard hostile.

Si le chevalier le remarqua, il ne le montra pas ; quant aux pèlerins, ils n'y prirent garde, trop heureux d'être enfin arrivés et d'avoir franchi sans encombre les pièges mortels de la baie.

Femmes et hommes tombèrent à genoux dans la boue, en poussant des cris d'allégresse et des alléluias. Puis tous se relevèrent, se donnant l'accolade et remerciant le guide, avant de reprendre en chantant le chemin du village.

# 29

Quand on demande aux gens du pays d'où vient ce bourg si curieusement assis au pied de l'abbaye, ils vous content qu'il y a bien longtemps, effrayés par les navires dragons des Danois, hommes, femmes et enfants, vinrent se réfugier auprès de l'Archange combattant. Sous sa protection, ils construisirent ce village et jamais plus n'en repartirent.

Depuis cette lointaine époque, les maisons s'étaient ajoutées aux maisons. Les abbés avaient fait construire un moulin et un four et grâce aux pèlerins, qui venaient de plus en plus nombreux, il y avait maintenant une auberge et des boutiques d'artisans, ainsi qu'une forge. Selon la tradition, les femmes du Mont tissaient ou s'occupaient aux cuisines de l'abbaye ; les hommes quant à eux, étaient serviteurs ou pêcheurs.

Les maisons adossées aux parois rocheuses, étaient faites d'empilements de pierres sèches et de bois flotté, certaines étaient construites de ces troncs noirs et durs comme de l'ébène qu'on appelle les « bourbans ». Les Anciens disent que ces bois, que l'on trouve enfouis dans les sables de la baie, sont les restes des chênes de l'antique forêt de Quokelunde. Çà et là, sur les pentes, s'empilaient des matériaux de construction : pierres de Sainteny, sable, ardoise, granit de l'île de Calsoi, bois merrain... car le nouvel abbé, Bernard du Bec, avait entrepris de restaurer et d'agrandir les bâtiments conventuels et l'abbaye.

Pour le reste, le village, la « Pendula villa » ainsi que le nommait les moines et dont certaines maisons grimpaient jusqu'au moutier, ne possédait qu'un seul rempart contre les invasions, celui des flots et des sables mouvants. Une fois ceux-ci franchis, il n'était besoin pour y entrer, que de passer la poterne d'une simple palissade.

Ce jour-là, les rues du bourg étaient étrangement désertes et les volets clos. Seul le gémissement du vent qui s'était levé et le pas des arrivants éveillaient quelques échos entre les masures serrées frileusement les unes contre les autres.

Si quelque regard curieux suivit les nouveaux venus, ceux-ci ne virent personne et personne ne se montra, pas même ces gamins sans vergogne qui, dans les villes de pèlerinage, se précipitent d'habitude pour proposer leurs services ou soutirer quelques sous aux voyageurs. Un chien galeux fila entre les jambes des pèlerins et ce fut là leur seule rencontre.

Les deux cavaliers laissèrent derrière eux les Miquelots dont le guide frappait sans succès à la porte de l'auberge. Sur le moment, Galeran ne prêta guère attention à tout cela.

C'est plus tard, bien plus tard, lorsque éclata la tra-gédie qui devait ensanglanter le Mont, qu'il se souvint de l'absence des habitants du village et de l'hostilité des pêcheurs.

## 30

Comme d'habitude, le chevalier semblait fort bien savoir où il allait. Il emprunta sans hésiter les degrés qui grimpaient vers l'ouest de l'abbaye.

La montée était rude : une longue suite de raidillons et de venelles s'allongeait entre les masures aux toits couverts de mousse et de bouquets de ravenelles. De minuscules jardinets s'accrochaient à flanc de rocher, protégés du vent par des haies d'épineux.

Il faisait plus froid et de gros nuages couraient dans le ciel, projetant leurs ombres qui se déplaçaient en glissant sur les sables blonds de la baie. Portée par la brise, une odeur de sel et de vase emplissait les ruelles.

Tenant son destrier par la bride, le chevalier montait d'un bon pas, ne s'arrêtant que pour contempler de temps à autre les reflets changeants de la baie. Si le souffle lui manquait, il ne le montrait pas.

Enfin, au-dessus d'eux, se dressa telle une falaise, l'à-pic de la muraille ouest de l'abbaye. Les oiseaux qui tournoyaient en criant dans le ciel accentuaient encore le vertige qu'on avait à contempler les rudes contreforts de pierre tachés d'une floraison de lichens jaunes.

Les deux hommes passèrent sous une série de grandes arcades et tout au bout, se heurtèrent à une vaste porte aux vantaux bardés de gros clous. En leur centre se trouvait un guichet, protégé par une grille de fer noircie.

— Holà, ouvrez à de gents pèlerins ! s'écria le chevalier en frappant du poing contre l'huis.

L'étroit volet s'entrebâilla en grinçant et un œil les fixa à travers le grillage. Enfin, dans un grand bruit de barres que l'on repousse, le vantail bougea.

— Bienvenue en notre sainte maison, messire chevalier, salua le moine qui se présenta devant eux. Je suis le frère portier Anselme. Que saint Michel veille sur vous et sur les vôtres.

— Et sur vous-même, mon frère, répondit le chevalier non sans brusquerie.

— Ce novice va emmener vos chevaux à l'écurie que nous avons au village, continua Anselme en désignant un jeune convers. Ils seront pansés et nourris tant que durera votre séjour parmi nous.

Le chevalier s'inclina en signe de remerciement et le frère portier poursuivit :

— Frère Raymon va vous conduire.

Un autre moine s'était approché ; il attendit, le dos courbé, ses traits cachés par sa capuche, qu'on le veuille bien suivre.

Le chevalier se tourna vers lui et lui glissa son sceau dans la main.

— Remettez ceci au père abbé de ma part, murmura-t-il, et dites-lui qu'un chevalier désire le voir.

Sans qu'aucun geste ne montre son étonnement, le frère glissa l'objet dans son aumônière.

— Cela sera fait, messire, fit-il d'une voix sourde, mais je crois que notre père vous attend déjà. Il m'a averti de votre venue et m'a dit que fort probablement, vous vous présenteriez à l'huis aujourd'hui.

— Qu'il en soit ainsi, fit le chevalier en se détournant. Nous vous suivons, mon frère.

Le religieux les guida vers un large escalier aux marches verdies par l'humidité. Respectant son silence, les deux hommes montèrent derrière lui.

Par endroits, à la place des pierres taillées et des briques, apparaissait la roche nue sur laquelle s'élevait l'abbaye. D'étroites meurtrières, donnant sur le large, dispensaient une faible clarté.

Galeran se sentit soudain mal à l'aise dans ce demi-jour où tout le poids du rocher semblait peser sur ses épaules.

Il allongea le pas pour rattraper le chevalier et le moine qui, déjà, disparaissaient à un tournant, puis s'arrêta net. Le frère qui les guidait avait disparu et le chevalier l'attendait, debout devant une porte qu'il poussa.

Il y avait là une église souterraine accolée à la muraille. Au fond d'une étroite nef, sous un arc appareillé de briques plates, brillait la lueur jaune d'une lampe à huile.

L'endroit était désert. Une longue rangée de tentures et de piliers en barrait le côté. Des bancs étaient alignés contre le mur du fond mais hormis cela, il n'y avait point d'autres meubles, ni d'ornements. Seule une petite Vierge sculptée dans le bois noir de Quokelunde semblait veiller sur les lieux.

— Nous voilà à Notre-Dame-sous-Terre, murmura le chevalier en l'entraînant vers l'autel, simple dalle de granit recouverte d'un linge blanc. C'est ici que tout a commencé, ici que saint Aubert a construit son premier oratoire dans une grotte ronde comme celle du Monte Gargano, en Italie. On dit que l'orientation de ce sanctuaire est la même que celle du Mont Dol que, par beau temps, on voit à l'horizon.

Le chevalier se tut, il avait courbé sa haute stature devant l'autel et priait. Galeran se laissa tomber à genoux à ses côtés, ému malgré lui par ce lieu ancien. Un courant d'air agita les tentures puis une main les écarta et une silhouette, revêtue de la robe noire des Bénédictins, se glissa dans la chapelle.

Plus tard, ils devaient apprendre que dans la nef jumelle de Notre-Dame-sous-Terre, un escalier menait directement à l'abbatiale au-dessus d'eux.

Le moine qui venait d'entrer plia un genou devant l'autel, se signa, puis se redressa et demeura immobile. Le capuchon du scapulaire cachait ses traits et pourtant, le chevalier sembla le reconnaître aussitôt. Il se releva et s'approcha de lui, s'inclinant respectueusement avant de le suivre à l'écart.

— Il est bien que nous nous retrouvions ici, en ce lieu où jadis, tout commença, murmura le religieux en rejetant sa capuche sur ses épaules.

— Il ne pouvait en être autrement, mon père, fit le chevalier avec un petit rire.

Galeran n'en entendit point davantage, il avait entr'aperçu avant qu'il ne s'éloigne, les traits du religieux. Seul le murmure de leurs voix lui parvenait et le conciliabule dura longtemps.

Ce ne fut que le lendemain, alors qu'il assistait à une messe dans l'abbatiale, qu'il reconnut en ce simple moine venu les rejoindre en secret, celui devant qui tous ici s'inclinaient, le père abbé du Mont-Saint-Michel, Bernard du Bec.

# 31

La fin de cette première journée s'écoula paisiblement. Ils assistèrent à l'office de sexte puis partagèrent le repas des pèlerins au réfectoire, et enfin montèrent sur la terrasse qui dominait la baie. Un murmure confus venait de la mer qui avançait vers les terres.

Ils s'accoudèrent à un muret, le regard perdu au loin. Le temps s'était mis au gris et il bruinait. Des pêcheurs à cheval revenaient lentement vers le Mont.

La marée montait ; ses courtes vagues boueuses, remplissant les criches, dessinaient d'improbables îles de sable qu'elles enserraient avant de les submerger. Puis le murmure devint une assourdissante rumeur. Autour des deux hommes, d'innombrables oiseaux s'envolaient pour arracher leur nourriture aux flots qui, maintenant, avaient cerné le Mont.

Et la mer continuait sa progression rapide vers le rivage, se précipitant dans le Couesnon, la Sée et la Sélune dont elle remontait à toute vitesse les chenaux.

Le regard de Galeran glissa à la surface des eaux, s'égarant vers le pays d'Armor, dont il apercevait la ligne basse et noire à l'horizon.

— Ah ! Ah ! Tu es bien loin de chez toi, n'est-ce pas ? observa le chevalier qui avait remarqué son mouvement.

Galeran hocha la tête ; aucun voyage n'aurait pu l'éloigner davantage du château de Lesneven que celui qu'il avait entrepris au côté de cet homme, dont il ne savait rien. Même le visage de sa mère s'effaçait au fil des jours. Il n'y avait place pour rien d'autre dans son esprit que pour Jakez, Alan, Haimon et Morgane. Seuls comptaient leur sang versé et ce remords planté dans sa poitrine comme un fer de lance. Il n'avait pas payé le prix du sang, le prix de son sang, et n'attendait plus ni repos ni pardon.

À la nuit tombée, après avoir assisté à un dernier office religieux, les deux hommes regagnèrent la cellule que l'abbé leur avait fait attribuer. Une petite lampe à huile éclairait les murs passés à la chaux et les paillasses où ils avaient déposé leurs harnois. Un air froid et humide entrait par le volet laissé ouvert.

Se frottant les mains l'une contre l'autre, le chevalier alla fermer le vantail puis se tourna vers le garçon. Son visage maigre était tranquille, toute agitation semblait l'avoir quitté.

— Ici aussi, mon fils, fit-il laconiquement, peut-être plus que là-bas sur les sablons, il te faudra poser les pieds où je pose les miens.

Galeran sentit que ces paroles étaient vraies et même s'il n'en comprenait le sens, son intérêt s'éveilla malgré lui. Comme si la douleur qui le tenaillait, s'éloignait peu à peu. Le chevalier dut le comprendre car son regard s'emplit de compassion et il reprit avec douceur :

— Il te faut dormir maintenant, de rudes journées nous attendent.

Galeran ne répondit pas. Cela faisait si longtemps, en fait, depuis leur départ de Barnenez, qu'il n'avait prononcé un mot, qu'il n'en ressentait plus ni le besoin ni l'envie.

Il s'enroula dans sa couverture et s'allongea sur sa paillasse, suivant du regard la haute silhouette du chevalier qui, assis en face de lui, avait sorti un petit livre de son aumônière. Il en tournait délicatement les pages et, comme à son habitude, se mit à parler tout seul, mais si bas que Galeran ne pouvait saisir le sens de ses paroles. La lueur dansante de la lampe éclairait son profil aigu, allumant des reflets dans sa chevelure blanche.

Puis tout se brouilla, les yeux du garçon se fermèrent et le sommeil le prit.

## 32

Galeran se réveilla en sursaut et se dressa sur sa couche, le cœur battant à tout rompre et le front en sueur. On avait hurlé et il ne savait si c'était dans ses cauchemars où ici, en l'abbaye.

Il faisait encore nuit et la petite lampe grésillait en consumant ses dernières gouttes d'huile. Il s'aperçut que le chevalier, debout au milieu de la cellule, avait enfilé ses braies et sa chainse. On entendait des portes claquer et des gens qui couraient.

– Ah ! Ah ! Mon garçon, là où sont les hommes, point de repos en ce bas monde ! marmonna le chevalier en bouclant son ceinturon. Je ne dormais point quand j'ai entendu ce raffut. Je vais aller voir de quoi il retourne. Reste ici et ferme derrière moi.

Obéissant, Galeran repoussa le vantail et mit la barre. Il avait juste eu le temps d'apercevoir, dans le couloir, les silhouettes des moines qui couraient en tous sens. Presque au même moment, la petite flamme vacilla et s'éteignit dans un dernier grésillement.

Tout aussi soudainement, le silence retomba.

Galeran colla son oreille à la porte mais il n'entendit plus que le grondement du sang qui battait à ses tempes.

## 33

Dehors, au pied du mur de l'abbatiale, une assemblée disparate s'était regroupée. Il y avait là des moines, des pèlerins et des serviteurs, attirés par les cris qui avaient troublé le silence des dortoirs.

Un vilain crachin et un petit vent froid faisaient fumer les torches. Les gens se serraient frileusement dans leurs mantels, piétinant le sol pour se réchauffer.

Fendant la foule, le chevalier se glissa au premier rang, observant au passage les visages angoissés ou curieux de ceux qui s'écartaient devant lui. Les moines se signaient et rompant leur règle de silence, se parlaient à voix basse.

Devant le chevalier, était une des larges citernes destinées à recueillir les eaux de pluie.

À ses pieds, effondré sur le sol, un oblat sanglotait. C'était lui dont les cris aigus avaient réveillé l'abbaye. Lui, qui avait vu le premier ce que tous voyaient maintenant à la lueur des torches.

Une masse sombre qui flottait, le ventre en l'air, dans l'eau verdie de la citerne : le cadavre d'un moine de

167

forte corpulence dont on distinguait le visage noirci, à la langue tirée comme celle d'un pendu.

Et cela était si singulier que le chevalier eut un bref mouvement de recul.

Un grand tumulte le fit se retourner. La foule s'écarta pour laisser passer le père abbé et les doyens du Mont.

Agitant sa canne devant lui, le vieux prieur dispersait l'assemblée d'une voix aiguë, ordonnant aux moines de retourner à leurs cellules en silence tandis que l'aumônier raccompagnait d'autorité la foule des pèlerins en l'hôtellerie. Il ne resta bientôt plus, près de la citerne, que cinq personnes, dont le père abbé et le chevalier au bliaud brodé de la croix du Christ.

Le cadavre du moine fut agrippé par deux frères convers et hissé hors de l'eau. Le frère infirmier se pencha sur lui. Une mince cordelette de cuir enserrait le cou du mort. Elle était tellement incrustée dans les chairs que l'infirmier eut du mal à la couper pour la lui retirer. Il la tendit sans un mot à l'abbé qui s'en saisit maladroitement, la regardant comme il eût regardé quelque répugnant reptile.

Après avoir donné des ordres pour qu'on porte le corps à l'infirmerie, Bernard du Bec fit demi-tour sans saluer personne et s'éloigna vers l'abbatiale, sa silhouette soudain voûtée comme par le poids d'une faute irréparable.

# QUATRIÈME PARTIE

*« Les vents ont soufflé et se sont déchaînés*
*et elle n'a pas croulé,*
*car elle avait été fondée sur le roc. »*
Matthieu

## 34

Le son aigre des crécelles avait annoncé la mort du religieux à tous ses frères et les moines, chantant le *Credo in unum Deum*, s'étaient rendus en procession à la chapelle. Mandé par le père abbé, le chevalier ne s'était point recouché et l'avait rejoint à l'infirmerie.

Des flambeaux étaient fixés le long des murs de la petite salle et il ne faisait pas encore assez jour pour se passer de leur lumière vacillante.

Aidé d'un convers, le frère infirmier Gautier avait déposé le cadavre à même une large dalle de pierre. Malgré le froid, une forte odeur de décomposition flottait déjà autour d'eux.

Sur ordre de l'abbé, l'infirmier avait soigneusement examiné la gorge marbrée de noir, avant d'essuyer des restes de sang coagulé dans la bouche et les narines du mort. Enfin, ainsi que le prescrivait la coutume bénédictine, les deux moines l'avait soigneusement lavé à l'eau chaude.

Les mains derrière le dos, Bernard du Bec allait et venait d'un pas nerveux dans la pièce, se tournant tour à tour vers le soignant, puis vers un autre religieux au

171

dos courbé par l'âge, assis sur un tabouret près de l'unique fenêtre.

— Approchez-vous, messire, approchez-vous, fit l'abbé en voyant entrer le chevalier.

Ce dernier obéit, referma la porte et attendit que le religieux explique ce qu'il attendait de lui. Pour l'heure, l'abbé s'était immobilisé au milieu de la pièce et sans mot dire, scrutait le visage du chevalier.

Connu pour sa vaste culture, la *Gallia Christiana* le disait : « Très sage, très droit et d'éloquence supérieure, l'abbé était avant tout un homme d'action. »

L'aspect du nouvel arrivant balaya ses dernières hésitations et il déclara d'un ton péremptoire :

— Je sais que ce n'est point courant, messire, mais l'affaire ne l'est pas non plus. J'ai donc décidé de solliciter votre aide. En ces terribles circonstances, nous avons besoin, le prieur Raoul, ici présent, et moi-même, du bras armé d'un soldat de Dieu.

— Je vous écoute, répondit simplement le chevalier en prenant place sur l'escabeau que lui désignait l'abbé.

— J'irai droit au fait, continua abruptement celui-ci en lui tendant le fin lacet de cuir qu'il avait gardé dans son poing serré. Vous avez vu, comme moi, que la mort de frère Thomas n'était pas accidentelle. Il a été étranglé à l'aide de ceci avant d'être jeté dans la citerne.

L'abbé marqua un temps puis désignant l'un des religieux qui maintenant essuyait le corps, ajouta :

— D'après le frère infirmier, il était déjà mort depuis longtemps, vraisemblablement depuis le matin, et son meurtrier a attendu la nuit pour se débarrasser du cadavre. Si personne ne s'en était aperçu, il aurait pu tout aussi bien empoisonner toute l'abbaye avec l'eau corrompue de la citerne.

L'abbé s'interrompit soudain ; il s'était tourné vers l'infirmier qui, avec le convers, s'apprêtait à soulever le lourd cadavre du moine.

— Pouvons-nous vous aider, frère Gautier ?

Le religieux marmotta :

— Point besoin, mon père, on va le porter sur cette table. On en aura bientôt fini et on pourra vous laisser.

Une fois le cadavre installé, l'infirmier et son aide lui enfilèrent une longue robe noire dont ils fermèrent l'étoffe à grands coups d'aiguille rapides et précis. Enfin, ils rabattirent le capuchon sur la face noircie et se tournèrent vers Bernard du Bec qui était resté à les observer en silence.

— Vous pouvez nous laisser maintenant, frère Gautier, fit l'abbé en congédiant les religieux qui s'inclinèrent avant de sortir.

— Je suppose, déclara le chevalier en désignant le corps, que ce moine avait accès à l'extérieur de la clôture, sans cela vous ne feriez appel à moi.

— Votre remarque est pertinente, messire. Bien qu'ici, à cause de la conformation du Mont, la clôture ne soit point si bien séparée du monde séculier que dans d'autres abbayes, frère Thomas — c'est son nom — faisait partie des rares religieux autorisés à rompre la règle de silence et à s'occuper des pèlerins. Il était réfectorier et œuvrait aussi en l'aumônerie avec notre père hôtelier. À ce sujet, il est bon que vous sachiez que notre prieur, ici présent, pense que le meurtrier se trouve sûrement parmi les Miquelots.

— Avez-vous une raison de penser cela, mon père ? questionna le chevalier en se tournant vers le prieur Raoul.

Le vieillard, arraché à quelque sombre rêverie, se redressa. Il jeta un regard de biais au chevalier avant de déclarer d'une voix grinçante :

— Il est tout simplement impensable, mon fils, que l'un de nos frères ait commis un pareil forfait. Pour quel motif l'un d'entre nous aurait-il tué le réfectorier ? Un saint homme que tout le monde aimait ici, observant la règle avec tant de rigueur et d'humilité qu'il était un exemple pour tous. Et puis...

Brusquement, la voix du vieillard s'éteignit, il s'appuya plus lourdement sur le pommeau d'étain de sa longue canne, comme s'il allait s'endormir. Il était sujet à des absences fréquentes et l'abbé dut le secouer sans plus de cérémonie, pour qu'il se ressaisisse et se tourne à nouveau vers le chevalier.

— Je vous entends bien, mon père, insista ce dernier qui n'avait quitté des yeux le vieux moine, mais à votre avis, pourquoi ce crime ?

L'autre haussa les épaules en signe d'impuissance.

— Je ne sais pas... Sans doute un vol, ou peut-être quelque manigance que le frère Thomas aurait surprise en l'aumônerie. Ceci est plus de votre ressort que du nôtre, ce me semble.

— En effet, coupa l'abbé qui donnait des signes d'impatience, de notre côté, croyez-le bien, messire, nous questionnerons tous les moines. Il en est certaine-

ment qui détiennent quelques parcelles de vérité suscep-
tibles de nous éclairer et je n'aurai de repos avant de
trouver qui a commis cet abominable forfait.

Le chevalier acquiesça.

— Il est donc temps d'agir. Si vous y consentez, mon
écuyer et moi-même allons nous joindre aux Miquelots
à l'hôtellerie. Mais auparavant, j'aimerais interroger le
jeune moine qui était près du corps et qui a donné
l'alerte par ses cris.

— Ah non, cela n'est pas possible ! cria le prieur en
frappant le sol de sa canne. Vous, un laïque, rompre la
règle de silence et interroger un jeune oblat... quelle
audace infernale !

Un geste autoritaire du père abbé coupa le flot de
paroles vindicatives. Le vieillard se tut brusquement,
l'air offusqué.

— Quand désirez-vous interroger l'enfant ? demanda
calmement l'abbé.

— Si vous n'y voyez d'inconvénient, ici et maintenant, mon père, répondit le chevalier.

— Et devant la dépouille de notre pauvre frère !
grinça encore le prieur en serrant ses poings décharnés.

— Cela ne durera guère, mon père, le rassura le chevalier, je vous en fais promesse. La vue de frère Thomas
apportera peut-être quelque lumière au jeune oblat.

— Qu'il en soit donc ainsi, conclut l'abbé en aidant
le prieur à se lever de son tabouret. Allez, frère Raoul,
nos religieux ont besoin de vous et pour moi, j'ai encore
quelques indications à donner au chevalier avant de
vous rejoindre pour l'office funèbre.

S'il fut surpris d'être ainsi congédié, le vieil homme ne le montra point et sortit sans protester. L'abbé referma la porte derrière lui et se tourna vers le chevalier.

## 35

— Il est bien entendu, messire, que personne, ici au Mont, hormis mon fidèle Raymon, n'est au courant de votre mission. Pour tous, vous êtes un chevalier à la solide réputation de probité et un défenseur de la foi. J'aurais préféré ne pas faire appel à vous ouvertement, mais je n'ai pas le choix, je n'ai, en cette maison, confiance en personne d'autre.

À ces mots, le regard de l'abbé s'était durci. Le chevalier s'inclina simplement :

— Je suis votre épée, mon père.

— Vous savez, messire, reprit Bernard du Bec, que je suis arrivé ici il y a seulement deux ans. Sur la requête de Mathieu, cardinal légat du Saint-Siège, mon prédécesseur l'abbé Richard de Mère avait été destitué par Henri Ier Beauclerc et je fus consacré, en l'an 1131, par l'évêque Turgis d'Avranches.

— Il me semblait que les moines du Mont s'étaient plaints eux-mêmes de l'attitude de leur abbé...

— C'est vrai, messire, et c'est pourquoi, au début, je pensais que ma tâche serait moins ardue. Je savais que la conduite de Richard de Mère avait été scandaleuse :

177

il a dilapidé pour son seul profit et celui de sa mesnie les revenus de l'abbaye, et souillé notre règle par des exactions sans nombre. Il s'était conduit comme un « presque laïque », et avait oublié son rôle d'« Abba », de père auprès des moines et des pèlerins. Il faudra sans doute bien des années encore avant que mes frères retrouvent la paix et je sais bien, ainsi que le dit notre règle, que « l'insensé ne se corrige pas par des paroles ». Aussi ai-je entrepris de grands chantiers en l'abbaye, alternant prières et rudes travaux. Mais ceci est ma tâche et ce n'est point pour cela que je vous ai fait mander, messire...

» Jusqu'ici, je l'avoue, malgré mes efforts, je n'ai point réussi à rétablir la confiance entre l'abbaye et le village ni d'ailleurs avec les différentes paroisses dépendant du Mont. Même à Avranches, il existe des résistances que je ne m'explique ou que l'on ne veut pas m'expliquer. À elle seule, la mauvaise conduite de mon prédécesseur ne suffit pas, il me semble, à justifier une telle situation.

— En arrivant, j'ai remarqué que vous fermiez les portes de l'abbaye dans la journée, mon père.

— Oui, mon fils, et c'est là grande honte pour nous, qui devrions pouvoir accueillir sans crainte ceux qui se présentent, ainsi que le veut notre règle. Mais dès mon arrivée au Mont, de nombreux incidents se sont produits, des bandes de voleurs et de routiers se mêlaient aux pèlerins et venaient piller les réserves de l'abbaye... On eût dit des chenilles sur un arbre. J'y ai mis bon ordre, mais j'ai dû faire appel pour cela aux hommes de l'évêque d'Avranches.

— Et maintenant ?

— Depuis six mois règne un certain calme, enfin un calme apparent.

— Si je comprends bien, vous avez besoin de moi pour aller à la racine du mal ?

— Oui, mon fils. Et pour cela, j'aimerais que vous rencontriez le vieux Renoulf, le chef des pêcheurs du Mont : je le sais honnête homme. Il a accepté, sur ma requête, de vous recevoir ce jourd'hui. J'espère qu'il sera plus disert avec vous qu'il ne l'a été avec moi jusqu'ici. Il est vrai, ajouta-t-il d'un ton résigné, qu'en ma qualité d'abbé, je n'ai jamais réussi à le voir en tête à tête, ce qui, je le crois, eût changé bien des choses. Et puis, j'avais trop à faire à l'intérieur sans, en plus, me soucier de l'extérieur. Là réside peut-être mon tort.

— J'irai donc le voir, mais je crois, mon père, que vous aviez autre chose à l'esprit en me demandant de rester.

— Oui, vous avez raison, messire.

Le ton de l'abbé se fit plus cassant. Apparemment, ce qu'il avait à dire lui était douloureux.

— La mort violente de frère Thomas, reprit-il d'une voix sourde, a éclairé d'un jour nouveau ce qui s'est passé ici depuis mon arrivée. J'ai l'impression que les écailles me sont tombées des yeux.

L'abbé se tut, jeta un bref regard au corps étendu puis, les mâchoires serrées, lâcha :

— Ces derniers temps, l'office funèbre a retenti deux fois en la chapelle.

— Que voulez-vous dire ? demanda le chevalier.

— Vous m'avez fort bien compris, messire, deux moines sont morts depuis que je suis là. Des morts accidentelles, bien sûr, mais j'en arrive à me demander si elles l'étaient vraiment...

— Expliquez-vous, mon père.

— L'un de nos religieux a basculé de la terrasse, un jour de grand vent et, à l'époque, j'avoue que je n'ai pas cherché d'autre cause à sa fin brutale. Un deuxième, un frère convers, a été pris par les sables mouvants alors qu'il revenait d'Avranches. Pourtant, il était de la région et connaissait la baie... on n'a pu retrouver son corps.

— Quels étaient leurs rôles en l'abbaye ?

— L'un était sous-camérier, il se nommait Philippe, il allumait et éteignait les lampes au dortoir et remplissait bien d'autres tâches concernant le service de ses frères. L'autre, le frère convers, Bruno, était chargé des viviers, y compris en nos ports de Cancale, des Genêts, d'Huisne et de Saint-Benoît-des-Ondes.

— Tous ces lieux sont des possessions de l'abbaye ?

— Oui, et parfois depuis sa création par saint Aubert, en l'an 709.

L'expression du chevalier était songeuse.

— Quand pourrez-vous me donner les renseignements que je vous ai demandés, mon père ?

L'abbé sortit un parchemin d'une bourse de panne de velours qu'il portait à la ceinture.

— Mon fidèle Raymon a recopié pour vous la liste des officiers de l'abbaye. La voici, il ne restera plus ensuite qu'à vous remettre celle des moines et des frères convers.

— Il faudrait aussi que vous me donniez celle des possessions du Mont : terres, bois, pêcheries, viviers... Pourquoi ne puis-je simplement consulter les registres de l'abbaye ?

— Je ne tiens pas à ce que votre rôle dans tout ceci soit trop apparent, messire. La solution proposée par frère Raymon me paraît la plus sage, ainsi nous n'éveillerons ni la suspicion du camérier ni celle du préchantre.

Le chevalier hocha la tête sans conviction, puis demanda :

— Qui est votre camérier ?

— Frère Trahern, un moine rigoureux, d'après le prieur. J'ai d'ailleurs pu le constater, il apporte grand soin à la tenue de nos archives.

— Et le préchantre ?

— Il se nomme Anastase, et vient de Venise.

— Il n'est guère aisé pour un laïque comme moi de rencontrer vos officiers, mon père, encore moins de les questionner. Pourquoi, si vous ne vouliez attirer l'attention sur mon rôle, ne pas avoir employé un *missi dominici*, un visiteur envoyé par l'évêque d'Avranches ou quelque plus haute instance ?

Un mince sourire se glissa sur les lèvres de l'abbé :

— Non, non, je sais vos qualités, messire, et pour ce qui est de l'enquête au sein de la clôture, j'ai mieux, vous verrez, j'ai frère Raymon. Il fait un *circatore*, un « curieux » parfaitement convenable.

— Frère Raymon, vous l'avez déjà mentionné plusieurs fois, je l'ai déjà rencontré ?

— Oui, c'est lui qui vous a conduit à Notre-Dame-sous-Terre, le jour de votre arrivée.

— Je ne me souviens point de son visage, remarqua le chevalier.

— C'est ce qui fait sa force, messire. Personne ne se souvient de Raymon, il est si « ordinaire », voyez-vous. Cependant, vous avez raison, il serait bon qu'au moins vous puissiez reconnaître les officiers de l'abbaye. Lors de la prochaine messe, je demanderai à Raymon d'arranger cela.

— Bien, une dernière question, si vous le permettez, mon père.

L'abbé hocha la tête.

— Connaissez-vous les moines qui réclamaient la destitution de votre prédécesseur ?

— J'y ai pensé. Les premières lettres parvenues à l'évêché étaient anonymes, la dernière, adressée au légat du pape, était signée de tous.

— Donc, rien à tirer de ce côté-là.

— Non, d'autant que le dossier est maintenant au Saint-Siège et que je ne puis en faire mention ou en demander l'examen sans susciter de commentaires gênants.

Le son lointain d'une cloche retentit.

— C'est l'office, chevalier, je dois vous laisser. Je vais vous envoyer l'oblat qui a donné l'alarme.

— Pourriez-vous d'abord faire quérir mon jeune écuyer ?

— J'y vais de ce pas, fit l'abbé, mais avant de nous séparer, dites-moi ce que vous pensez de la mort des deux moines ?

182

— Rien ne nous permet de croire, mon père, que ces accidents soient liés au crime qui nous préoccupe, cependant, si c'était le cas...

— Si c'était le cas, murmura l'abbé, cela voudrait dire que le mal est bien plus profond que je ne l'avais cru de prime abord. Dieu et l'Archange du Péril nous gardent, chevalier !

Un lourd silence s'installa entre les deux hommes.

Enfin, Bernard du Bec se dirigea vers la porte et, se retournant sur le seuil, articula d'une voix ferme :

— J'ai confiance en vous, messire, et je sais la force de la prière. Dès que vous en aurez fini avec le jeune oblat, des religieux viendront prendre le corps pour le mener en la chapelle. Il est temps qu'il gagne sa dernière demeure et qu'il repose en paix.

# 36

En entrant dans l'infirmerie, Galeran, mal réveillé, jeta un long regard au corps sans vie étendu sur la table puis au chevalier qui se tenait à côté.

— *Inter homine esse*! s'exclama ce dernier avec tristesse, il nous faut bien être parmi les hommes, mais quand j'y suis, toute joie m'abandonne, je ne suis plus heureux !

Un moment, il sembla rêver puis reprit avec une sombre violence :

— Le mal est si banal en ce monde depuis la nuit des temps... notre Christ pourrait revenir ici même, il se trouverait toujours un Judas pour le vendre, un Pierre pour le trahir, une populace pour lui préférer Barrabas, un tyran pour le condamner au supplice... sans même savoir ce qu'ils font !

Galeran écoutait en silence. Brusquement, le chevalier lui dit de s'installer dans la pénombre, au fond de l'infirmerie.

— Un oblat va venir, expliqua-t-il, je vais l'interroger. Ainsi, tu en sauras davantage sur ce qui se passe ici.

Le garçon que l'on amena un peu plus tard ne devait guère avoir plus de douze ans. Il avait un visage pâle aux oreilles rouges et décollées, quelques rares cheveux blonds rebelles à la tonsure frisottant au sommet de son crâne. Les pieds nus dans ses sandales de cuir, il flottait dans sa robe de toile et restait figé sur le seuil de la pièce, l'air sournois, les yeux gonflés par le manque de sommeil.

— Assieds-toi, fit le chevalier en le poussant doucement vers l'intérieur et en refermant la porte derrière lui. Le père abbé a dû te dire que tu pouvais me parler sans crainte.

Au lieu de s'asseoir comme l'y invitait le chevalier, le gamin, les yeux écarquillés, s'avança jusqu'à la table où reposait le corps de frère Thomas.

— Quel est ton nom, petit ? demanda le chevalier.

Le gamin ne répondit pas, un tremblement continuel l'agitait tandis qu'il contemplait la dépouille étendue devant lui.

— Quel est ton nom ? répéta le chevalier plus sèchement, ne peux-tu répondre quand je te parle ?

Le gamin sursauta et, avalant sa salive, murmura :

— Her... Hervé, messire.

— Tu es au Mont-Saint-Michel depuis combien de temps, petit ?

— Je... Cinq... Cinq années, enfin je crois, répondit en hésitant le jeune garçon.

— Tu es d'ici ?

— Si on veut, enfin, j'suis d'Avranches.

— Bien, assieds-toi maintenant, Hervé, ordonna la voix calme du chevalier. Si ton cœur est pur, tu n'as rien à craindre de moi ni de qui que ce soit, je t'en fais serment.

Le gamin obéit. Il se laissa tomber sur un escabeau et se tourna de façon à ne plus voir le cadavre. Croisant ses bras sur sa poitrine, il fixait d'un air pitoyable, le bout de ses pieds crasseux.

Un moment passa sans que ni l'un ni l'autre ne dise mot, puis le chevalier reprit :

— Qui t'a donné à l'abbaye, petit ?

— Ben, c'est ma mère. Mon père est mort à la pêche et elle m'a confié à l'abbaye après que ma petite sœur est montée au ciel le rejoindre.

— Il y a d'autres oblats avec toi, ici ?

— Oui... six.

— Qui est le *magister puerorum,* le maître des enfants ?

— C'est frère Jocelin.

Sentant que le gamin commençait à se détendre, le chevalier ajouta assez brutalement :

— Tu sais pourquoi je t'ai fait venir ici, n'est-ce pas ?

L'enfant secoua la tête. Ses doigts se croisaient et se décroisaient nerveusement.

— Tu étais au dortoir cette nuit avec les autres oblats ?

— Oui.

— Les oblats dorment au même endroit que les autres moines ?

— Non, on dort tout au bout, séparés par des tentures.

— Maintenant, tu vas me raconter ce qui s'est passé hier soir, ordonna le chevalier. Prends ton temps et n'oublie rien, va, je t'écoute.

Le gamin avala sa salive puis se décida, trébuchant parfois sur les mots :

— Je... je me souviens que je me suis levé après vigiles, messire, j'avais entendu les moines se recoucher. Nous... nous autres, les oblats, on... on célèbre pas tous les offices de la nuit.

Le chevalier lui fit signe de continuer.

— Eh bien, j'ai attendu de voir passer la lanterne du surveillant à travers le rideau et je me suis levé sans faire de bruit pour pas réveiller les autres. On dort tous ensemble sur une même paillasse, mais moi, je me mets au bord pour pouvoir sortir.

— Tiens donc ! Comment ça, tu sors ? Tu sais que c'est défendu pourtant ?

Le gamin hocha la tête :

— Même quand j'étais petit, j'ai jamais dormi bien longtemps, savez, messire. Avant, c'était la faim qui me laissait pas de repos, maintenant des fois, j'entends ma mère qui m'appelle. Alors, sans faire de bruit, je vais à l'église pour parler à saint Michel et lui demander de la prendre en son paradis.

Attentif, le chevalier observait le gamin, qui tout à son récit, semblait s'être calmé.

— Mais en sortant du dortoir, hier, continua l'oblat, ça s'est point passé comme d'habitude. À ce qu'il paraît, j'étais point tout seul à me promener la nuit.

Le gosse marqua un temps, son visage se crispa comme s'il revivait son aventure de la nuit.

— Si j'avais su, murmura-t-il, j'serais resté bien au chaud sous ma couverture.

— Continue, l'encouragea le chevalier.

— C'est à cause de la lune que je l'ai vu, avoua-t-il. Y'avait bien des nuages devant, mais de temps en temps, elle apparaissait et l'autre, qui se cachait, d'un coup, il a été éclairé en plein.

— Tu as vu son visage ?

Baissant soudain les yeux, le gamin protesta :

— Non, messire, il avait un mantel noir avec une grande capuche et puis, il était tout tordu comme un bossu, j'pouvais rien voir.

— Tu étais où quand tu l'as aperçu ?

— Près du narthex, mais il s'est vite rejeté dans l'ombre, au point que je doutais de moi. Quand il a réapparu, un peu plus loin, je me suis mis à le suivre.

— Tu n'avais donc plus peur à ce moment-là, murmura à mi-voix le chevalier.

Hervé ne parut pas entendre la remarque, et continua :

— J'ai compris après qu'il portait le mort sur son dos, c'est pour ça qu'il était si courbé et qu'il marchait drôle... c'est que le frère Thomas, il pesait son poids, v'savez...

Le gamin se tut brusquement, à nouveau conscient de la présence du corps étendu sans vie derrière lui.

— Va, va, encouragea le chevalier avec impatience.

— Ben, savez, avoua le gosse, j'ai pas vu grand-chose d'autre. Le bonhomme, il s'est penché au-dessus de la citerne et j'ai entendu un grand plouf et puis... plus rien. L'autre, il a pas attendu son reste et tout d'un coup, il a disparu et moi, je savais plus trop ce que je devais faire.

— Tu ne te rappelles de rien d'autre ?

Le gamin s'empourpra.

— Non, messire, non, j'suis allé voir ce qu'il avait jeté dans la citerne. Après, quand j'ai vu ce qu'y flottait là-dedans, j'ai crié. Le frère, il était pas vraiment beau à voir, il avait la grimace des pendus d'Avranches qui faisaient si peur à ma p'tite sœur.

Le garçon se tut, s'enhardissant à regarder le chevalier, à détailler sa mise et la croix brodée qu'il portait sur la poitrine.

— Quelles sont les premières personnes qui sont arrivées près de toi, tu t'en souviens ?

— Ben maintenant que vous me le dites, oui messire, parce que c'était comme s'ils sortaient tous de l'ombre et qu'ils étaient là avant. Y'avait mon maître Jocelin qu'est arrivé en même temps que le chancelier et un pèlerin. Après, je sais plus... si, je me souviens de vous aussi et du père abbé.

— Tu connaissais bien frère Thomas ?

— Non, à dire le vrai, je l'avais même presque jamais vu, on m'a dit qu'y s'occupait des pèlerins. Savez, on est beaucoup ici.

— C'est drôle, pourquoi as-tu dit qu'il pesait son poids, si tu ne le connaissais pas ?

— Euh, ben... ce que j'veux dire, c'est ce que j'ai pensé quand j'lai vu dans la citerne, voilà tout.

— De quoi as-tu peur, Hervé ? demanda brusquement le chevalier.

Le garçon se troubla, hésita, puis lâcha, le regard à nouveau fuyant :

— Ben, de rien, messire. Enfin si... j'ai bien compris que le frère, il est pas mort de sa belle mort, tiens ! On l'a aidé, et moi, j'suis le seul à avoir vu l'autre, alors...

— Mais puisque tu me dis que tu ne l'as point vu, Hervé !

— Ben, j'l'ai point vu, j'l'ai point vu, protesta le gamin,... mais il en sait rien, lui.

— As-tu parlé de tout ceci à quelqu'un ?

— Oh non ! fit vivement Hervé.

— Tu m'as vraiment tout dit ?

— Ah ouiche, jeta l'autre en crachant sur le sol à ses pieds, je vous le jure sur la tête de ma mère.

— As-tu donc si peur que je ne te croie, Hervé, que tu jures ainsi ?

Le gamin s'empourpra, secouant impatiemment la tête et le chevalier sut qu'il n'en tirerait rien d'autre.

— Va donc Hervé, et que le Seigneur te garde, conclut-il d'un ton sévère.

Le jeune oblat se dirigea lentement vers la porte. Une fois la main sur la poignée, il se tourna vers le chevalier comme s'il voulait ajouter quelque chose puis il se ravisa et sortit.

— *Qui habet aures audiendi, audiat.* Que celui qui a des oreilles pour entendre, entende, murmura le chevalier.

La porte s'ouvrit toute grande et deux moines tirant une brouette entrèrent dans la pièce. C'était la brouette à tartevelle, la brouette des morts. Ils y installèrent le cadavre et s'en allèrent, le son aigre de la crécelle les accompagnant au long des couloirs de l'abbaye.

## 37

Le long interrogatoire avait vivement intéressé Galeran. À plusieurs reprises, il avait même été tenté d'inter-
venir et de poser des questions à ce gamin sournois qui
en savait sûrement plus qu'il ne l'avait dit.

Soudain, la voix grave du chevalier le fit sursauter :

– Dorénavant, nous dormirons en l'hôtellerie de
l'abbaye avec les Miquelots. Tu y descendras nos affaires
et je t'y viendrai chercher. Il faut que je te parle sérieusement car la situation est plus grave que je ne le pensais.

Galeran hocha la tête. Cette nuit de veille l'avait
laissé épuisé.

Il alla ramasser les objets et les vêtements qui traî-
naient dans la cellule et les jeta dans les sacs, en colère
contre lui-même et contre ce silence qui lui emplissait
la bouche mieux que du repous, ce mortier préparé avec
de la poussière de pierre de taille.

Depuis qu'il était au Mont, d'étranges songes ne ces-
saient de l'assaillir, et il n'était pas besoin pour cela que
le sommeil le prenne. Ici, encore plus qu'ailleurs, il
rêvait tout éveillé mais ce n'était plus de batailles, de

griffons ni de gentes dames... Il sentait sur lui les centaines d'yeux de l'Archange du péril, des yeux qui scrutaient son âme et qui la pesaient comme s'il était déjà mort.

Quand il eut fini de rassembler le harnois, il se rendit donc à l'hôtellerie pour attendre le chevalier. Une fois là, il resta sur le seuil de la grande salle, ses sacoches à l'épaule, indécis et mal à l'aise de se retrouver brusquement au milieu d'une si nombreuse compagnie.

Tout était si différent de ce qu'il avait imaginé. Rien dans son enfance à Lesneven ou en Gascogne ne l'avait préparé à cette abbaye plantée dans la mer comme l'épée de saint Michel. Cette abbaye où se terrait un assassin.

Son regard fit le tour de la salle. Malgré l'heure matinale, une trentaine de pèlerins ainsi que des frères convers étaient occupés à charrier des brouettées de foin pour les litières ou à laver le dallage. Au centre de la pièce, des brandes de bruyère se consumaient dans des braseros. Par les étroites fenêtres, ouvertes sur la face nord de l'abbaye, entrait la faible lueur de l'aube. Un grand moine efflanqué, qui n'était autre que le frère hôtelier Adalbert, vint vers lui. Malgré la cordialité de son accueil, on le sentait préoccupé :

— Le père abbé m'a prévenu de votre arrivée, mon fils, jeta-t-il en désignant deux paillasses près d'un énorme pilier. Vous pourrez vous installer là-bas, ton maître et toi. Il y a des couvertures.

Comme le jeune homme ne répondait pas et se contentait de hocher la tête, le moine le regarda soudain avec plus d'attention, un éclair de satisfaction dans ses petits yeux noirs :

— Tu as fait vœu de silence, c'est bien.

Puis, il ajouta comme pour lui-même :

— J'aimerais que beaucoup fassent de même, ici. Car il est écrit : « La mort et la vie sont au pouvoir de la langue. »

Galeran suivit le regard de l'hôtelier qui s'était posé un peu plus loin sur un groupe particulièrement bruyant. Mais déjà frère Adalbert s'éclipsait.

— Si ton maître a besoin de moi, mon fils, il suffit de me demander au cellier ou en l'aumônerie, à côté de Notre-Dame-sous-Terre !

Enjambant des paillasses, où quelques hommes s'obstinaient à dormir, roulés dans leurs mantels, Galeran traversa la salle. « Ils ont du mérite », songeait le jeune homme : autour d'eux, l'assemblée était nombreuse et le vacarme assourdissant. Au passage, le garçon entendait quantité de dialectes qu'il ne comprenait point.

Il y avait là des hauts Normands, des Bretons, des Bocains, des Picards, mais aussi des Anglais, des Italiens et des Flamands.

Arrivés, pour certains, depuis plusieurs jours, les Miquelots s'expliquaient haut et fort dans une langue ou une autre, parlant par gestes des dangers de la route, des sables mouvants de la baie... stupéfaits et joyeux d'être enfin sains et saufs au terme de leur pèlerinage.

Galeran poursuivit son chemin, attentif aux visages et à la mise des hommes qu'il croisait. Au milieu de la salle se trouvait le groupe qui semblait si fort mécontenter le frère hôtelier.

Un jeune homme, habillé comme un prince de sang, d'un bliaud pourpre doublé d'hermine et d'un mantel de samit, y paradait devant les autres. Il était de si haute stature qu'il dépassait ses féaux de près d'une coudée et avec ça, mince, des épaules larges, des bras forts, la longue chevelure blonde et les yeux bleus des Normands.

Malgré la sainteté du lieu, les hommes qui l'entouraient et s'esclaffaient à ses boutades portaient tous l'épée au côté. Sous leurs bliauds luisait l'éclat métallique des cottes d'armes. Galeran contourna le groupe, évitant de justesse les dés que jetaient deux paysans assis sur le dallage.

À côté des paillasses qu'on lui avait désignées, un homme en prières se tenait agenouillé, son bâton de route posé à ses côtés. L'homme était aveugle et, ainsi que Galeran l'apprit plus tard, habitait le Mont-Dol. Il venait chaque année rendre hommage à l'Archange du Péril. Un solide serviteur qui, pour l'heure, se tenait assis à ses côtés, son regard vigilant posé sur Galeran, l'accompagnait.

Le jeune homme laissa tomber ses sacoches sur sa litière. La paille venait d'être changée, les couvertures étaient propres et il ne vit point grouiller de vermine. Posant les sacs derrière lui, il s'y adossa, allongea les jambes, et cessa d'observer les gens qui l'entouraient. Il somnolait déjà quand la main du chevalier le secoua rudement.

# 38

Quelques instants plus tard, après avoir assisté à l'office et déjeuné au réfectoire, les deux hommes quittaient l'abbaye.

Il faisait grand jour maintenant et de gros nuages noirs accouraient de tous les points de l'horizon. La mer s'était retirée, laissant derrière elle une vaste étendue de sable et d'eaux mortes qui scintillaient dans les criches et les chenaux. On distinguait au loin les silhouettes des pêcheurs à cheval qui s'aventuraient déjà sur l'estran, tirant derrière eux leurs filets ou allant chercher ce que la marée avait laissé dans leurs nasses.

En chemin, les deux hommes croisèrent un groupe de femmes qui montaient travailler à l'abbaye avec sur le dos, de grandes hottes d'osier emplies de linge. Il y avait là des vieilles à la peau recuite et des jeunes aux traits déjà flétris par les embruns mais aux corps vigoureux. Elles passèrent sans les regarder ni même répondre à leur salut. Seule une fillette à l'air dégourdi et aux pieds nus poudrés de sable s'enhardit à dévisager le jeune écuyer. Leurs yeux se croisèrent et, un court instant, Galeran crut voir le reflet d'un autre regard, celui de Morgane.

Ils traversèrent le village sans faire d'autres rencontres. Seul un grand chien jaune les escorta un bon moment avant de disparaître en aboyant dans une venelle obscure, à la poursuite d'un gros rat.

Enfin, ils arrivèrent à un groupe de masures accolées à la grange dîmière de l'abbaye. Le chevalier s'arrêta devant la porte de l'une d'elles.

C'était un abri bas et sans fenêtres, aux murs faits de pierres et de galets. D'un trou percé dans le toit de lauzes s'échappait un mince filet de fumée. Sur des claies, de chaque côté de la porte basse, séchaient les dépouilles des poissons éventrés et de longues algues brunes.

Le chevalier heurta l'huis avec le pommeau de son épée.

— Qu'est-ce que vous lui voulez, bandes de païens ? gronda une voix rauque derrière la porte.

— Voir Renoulf, je suis le chevalier envoyé par l'abbé.

La porte s'entrouvrit prudemment et une face barbue, ornée d'un gros nez violacé, apparut dans l'entrebâillement.

— Le Renoulf, c'est lui, marmonna l'homme, vous êtes le chevalier et celui-là, c'est qui ?

— Mon écuyer. Je veux juste vous parler, Renoulf, c'est tout. Nous pouvons entrer ?

Le pêcheur ne broncha pas, il resta un moment à les examiner puis ouvrit tout grand le battant.

— Entrez, fit-il simplement. Le Renoulf allait manger.

Les deux hommes durent se baisser pour passer le seuil et rester courbés, tant l'abri était bas de plafond.

Une fois ses yeux habitués à la pénombre, Galeran remarqua qu'il y faisait tiède comme dans un nid et que chaque interstice entre les pierres des murs avait été soigneusement bouché avec de la mousse. Les maigres flammes de l'âtre éclairaient des filets et des nasses pendus aux charpentes du toit. Le long des murs étaient alignés des tridents et des bichettes à cornes.

Un mélange de sable durci et de paille recouvrait le sol et hormis une paillasse, il n'y avait pour tout meuble qu'un coffre de bois. Dessus était juchée une corneille qui regarda les arrivants en clignant son œil jaune.

— C'est son oiseau, fit le pêcheur. Il l'a recueilli après une tempête. Ils se quittent plus.

L'oiseau poussa un juron bien senti et, quittant son perchoir, vint se jucher sur l'épaule de l'homme dont il picota gentiment le crâne de son long bec acéré.

Une soupe faisait son bouillon sur un feu de varechs et de brindilles. Un bol en bois et un coutel étaient posés à côté.

— Prenez place, fit le vieillard en désignant deux grosses pierres posées sur le sol. Il va manger.

L'homme jeta un peu de pain sec dans la marmite, touilla le mélange avec un bâton, puis y plongea l'unique bol qu'il tendit au chevalier.

— Tenez. Il a « bicheté » des coques dans la baie, hier, avec un peu de tranche-boyaux d'Avranches, ça fait chaud au corps.

Le chevalier remercia et avala la soupe brûlante, avant de rendre le bol à Renoulf qui le plongea à nouveau dans la marmite et le tendit à Galeran.

Enfin, quand le garçon eut fini, le vieux se servit et, assis sur sa paillasse, but lentement, tout à son affaire. De temps à autre, il tendait ses lèvres à la corneille qui y cueillait délicatement des morceaux de pain ou de poisson. Bientôt, le bol fut vide et l'oiseau alla reprendre son poste sur le grand coffre.

L'homme rota bruyamment puis tourna vers le chevalier deux yeux très clairs, presque blancs :

— Va falloir qu'il aille relever ses nasses, alors qu'est-ce que vous lui voulez ?

— J'ai besoin de vous, Renoulf, afin de comprendre ce qui se passe en la demeure de l'Archange.

L'homme se signa et murmura si bas que le chevalier eut du mal à l'entendre :

— Sans doute, il a affaire ailleurs, saint Michel, car y nous a oubliés pendant longtemps au Mont.

— Pourquoi dites-vous cela ?

Le vieil homme hocha la tête mais ne répondit point.

— L'abbé voudrait que la paix se rétablisse entre l'abbaye et le village, insista le chevalier.

— À lui tout seul ? grogna l'autre, la mine butée.

— Ce n'est pas un homme comme un autre, Renoulf, c'est le père abbé, le serviteur de saint Michel.

L'homme fronça les sourcils et le chevalier continua, sentant qu'il avait touché juste.

— Vous souvenez-vous de l'abbé Roger II ?

200

— Oui, souffla le vieil homme, je l'ai connu.

— À cette époque, rappelez-vous, fit le chevalier, un puissant baron, Thomas de Saint-Jean, avait déclaré la guerre à l'abbaye, ravageant ses possessions. L'abbé, ne voulant répondre à la force par la force, a décidé d'émouvoir le ciel et les hommes par la prière. Il résolut de célébrer une « Clameur » et chaque jour, sans en omettre un seul, devant l'autel de l'Archange du Péril, avec ses moines, il jetait ce grand cri vers Dieu. Et le baron, dit-on, s'en épouvanta tant qu'il vint en armes demander explication. Il fut accueilli par Roger II, lui-même, sur le seuil de l'abbaye aux portes grandes ouvertes.

La voix du chevalier s'éteignit et celle du vieil homme reprit ce qu'il avait de ses yeux vu, voilà bien longtemps :

— « Pourquoi as-tu crié jusqu'à Dieu contre moi et mes frères ? » demanda le baron. Et l'abbé répondit : « Parce que tu as dépouillé et volé mon maître saint Michel. » À ce nom, Thomas et ses hommes se sont jetés à genoux...

Le silence retomba dans la petite maison. Galeran remarqua que les mains du vieil homme tremblaient.

— L'abbé a besoin d'hommes comme vous, Renoulf. On lui cache tant de choses, s'il les savait, il pourrait agir.

— C'était grand malheur pour nous, quand le mauvais abbé est venu.

— Richard de Mère ?

Le vieux branla du chef. Le chevalier reprit.

201

— Richard de Mère a été chassé voilà maintenant deux ans et l'abbé Bernard est un homme de bien, vous le savez.

— Avez-vous déjà vu un homme qu'a la lèpre ? demanda brusquement Renoulf.

— Oui, bien sûr.

— Ici, cause que c'est une île, on a pas de léproserie mais j'en ai vu des lépreux, à Avranches. Au début, ils s'aperçoivent de rien, et puis la graisse jaune vient. Le mal s'étend, les chairs gonflent, les os pourrissent et tombent en lambeaux.

Le vieux regarda le chevalier dans les yeux et déclara en ricanant :

— Le mauvais abbé est parti, mais la lèpre, elle est toujours là. C'est rien qu'un moignon qu'est tombé, mais le mal, il est dans tout le corps.

Sans se démonter, le chevalier s'approcha du vieil homme et ordonna :

— Expliquez-vous !

Le visage de Renoulf se contracta. Galeran crut même y discerner de la peur.

— Il faut que nous en sachions plus pour pouvoir porter remède, insista le chevalier.

— Foutre non ! s'écria le vieux, y va pas se mettre là-dedans le Renoulf, il est point curieux. Croyez qu'au village, il a pas déjà son compte ? Nous autres, on peut pas vivre sans l'abbaye. Quand elle est malade, on l'est aussi. Et d'abord, ajouta-t-il, qui c'est qu'est mort, cette nuit là-haut ? On a entendu la cloche.

— Un moine est tombé dans une des citernes, jeta laconiquement le chevalier.

— Vous lui dites pas la vérité au Renoulf, observa le vieil homme d'un ton de reproche, et vous voudriez qu'il vous aide !

— La vérité, Renoulf, c'est que ce moine a été étranglé avant d'être jeté dans la citerne.

— Étranglé, souffla le vieux, étranglé !

— Parlez-moi du village, insista doucement le chevalier.

— Nous autres, pêcheurs, on est redevables à l'abbaye de maintes corvées et aussi d'une partie de notre pêche. En échange, elle doit nous accorder protection, soigner les malades, enterrer les morts et nous permettre l'accès au four et à la forge. Seulement voilà, quand l'abbé Richard de Mère est arrivé, il a exigé de nouvelles redevances et encore plus de travail et aussi, que nous venions tous, à chaque printemps, lui rendre hommage en la cour de l'abbaye.

— Comment ça ?

— Il fallait qu'on se présente, nos tâts sur l'épaule, et qu'on s'incline les uns après les autres devant ce crapaud sacrilège. Ceux qui s'y refusaient étaient punis. Mais tout ça, ç'aurait pas été grand-chose, s'il n'y avait pas eu son ramassis de soldats. Ces marauds, ils cherchaient après nos bonnes femmes et elles ont plus voulu monter faire leur office là-haut. Et ça a commencé à aller de plus en plus mal. Sur ordre de l'abbé, des soldats sont venus pour les emmener de force et nos gars les ont attendus avec leurs tridents et tout ce qui leur tombait sous la main et nos femmes s'y sont mises aussi.

» À la suite de ça, des pêcheurs ont été jetés en prison et on les a jamais revus. Après, plus rien n'a été pareil.

Pour calmer son monde, le Richard a dit que seuls les hommes travailleraient dorénavant à l'abbaye.

» Quand il est parti avec sa bande de suppôts, on l'a pas regretté. Mais ça s'est pas arrêté là. Y'a eu bien des voleurs qui voulaient profiter du désordre de l'abbaye. On laissait plus nos portes ouvertes comme avant...

— Et maintenant ?

— Maintenant... on paye toujours ces foutus deniers et y'a encore des marauds...

Le vieil homme se tut soudain.

— Que voulez-vous dire Renoulf ? Quels marauds ?

— Il en a déjà trop dit, le Renoulf ! fit le vieil homme en se levant et en allant ouvrir la porte. Il en dira pas plus que ça.

Le chevalier hocha la tête, se leva à son tour et fit signe à Galeran de le suivre.

— Merci le Renoulf. Dieu vous préserve, vous et les vôtres.

— Dieu et saint Michel préservent le Mont ! répondit le vieux pêcheur en refermant brutalement le vantail.

# 39

Une fois dehors, le chevalier regarda autour de lui puis, posant la main sur l'épaule de Galeran, il l'entraîna à l'écart.

— Il faut que nous parlions.

Une fois assis sur un rocher, au pied des bois de l'abbaye, sur la face nord du Mont, face à l'immensité des grèves, le chevalier commença ainsi :

— Je ne pensais t'exposer, en t'entraînant ici, à rien d'autre qu'à la prière. Il n'était pas dans mon dessein que tu risques peut-être ta vie à mes côtés.

Ces paroles devaient rester gravées dans la mémoire de Galeran ainsi que la vision qu'il avait du chevalier à ce moment-là, assis en tailleur sur le rocher, avec ce visage bruni couronné de cheveux blancs et ses yeux qui ne cillaient pas et regardaient droit devant. Et Galeran se souvint d'avoir su aussitôt qu'il resterait à son côté, quoi qu'il arrive.

— Peut-être vaudrait-il mieux que tu retournes vers ton pays, continua le chevalier, auprès des tiens qui doivent être dans la peine.

– Je reste ! prononça Galeran, tout étonné d'entendre sa propre voix.

Un sourire éclaira le visage de l'homme de guerre.

– Quel est ton nom ?

Comme si un bouchon avait sauté, le jeune homme articula lentement :

– Galeran de...

Le chevalier leva la main.

– Galeran suffira pour l'instant ! Alors, écoute, tu as compris que ma mission est d'aider le saint abbé à sauver la maison de l'Archange.

Le jeune écuyer hocha la tête.

– Je crains fort que nous n'en ayons pas fini de si tôt avec la « lèpre », comme dit Renoulf. Pour venir à bout du mal, ton aide me sera précieuse. Mais sache que celui ou ceux que nous avons en face ne reculent devant rien : ils viennent de le prouver.

» Tu sais presque tout ce que je sais. Pour m'assister, il te faudra beaucoup écouter et si tu le peux, faire parler ceux qui voudront bien se confier à toi. En attendant, apprends ce Mont comme s'il était tien. Pour moi, je dois retourner à l'abbaye. Je te laisse libre, retrouvons-nous sur le parvis, avant l'office du soir.

– Qui êtes-vous ? demanda soudain le jeune homme que cette question taraudait.

Une expression ambiguë envahit les traits de l'homme aux cheveux blancs. Il répondit en se levant :

– Tu l'apprendras en temps utile. Sache seulement que j'ai ma foi jurée à l'Archange du Péril.

# 40

Galeran était resté là, à suivre des yeux la haute silhouette du chevalier qui s'éloignait vers le village et disparut bientôt au milieu des éboulis et des taillis d'épineux.

Situé sous les contreforts de l'abbaye, le promontoire où se tenait le jeune homme était solitaire. Ni les moines ni les pêcheurs ne s'étaient, en effet, risqués à construire sur cette face nord du Mont exposée aux vents dominants et dont les falaises abruptes plongeaient directement dans la mer.

Un moment, le regard de Galeran embrassa la pâle étendue de la baie sans la voir vraiment. Il songeait, non sans fierté, à la mission que lui avait confiée le chevalier, puis il se mit à calculer le temps qui s'était écoulé depuis son départ de Lesneven et ce calcul lui parut rapidement impossible.

Il en était là, quand une explosion de cris furieux le ramena brutalement à la réalité. Cela venait de derrière les hautes broussailles accrochées aux parois de la falaise.

— Lâche-moi, j'te dis, jamais je le ferai, hurlait une voix suraiguë.

— Et moi, j'te dis que tu l'feras, sale pute, ou sans ça..., grondait une autre voix, menaçante et grave.

— Sans ça quoi ?

— Sans ça, j'te crève !

— Lâche-moi, j'te dis...

D'un bond, Galeran se leva. Il franchit les broussailles et se retrouva dans une minuscule clairière enfouie au cœur des taillis. En arrivant, il eut tout juste le temps d'entrevoir une robe de bure qui dévalait la pente parmi les éboulis. Il se retourna.

Devant lui se tenait la même gamine qu'il avait croisée avec les femmes de l'abbaye et qui l'avait si hardiment dévisagé.

— Tu n'as pas mal ? demanda-t-il. Qui est ce maraud qui te traite comme ça ? Qu'est-ce qu'il te voulait ?

Elle ne répondit pas. Elle avait toujours son air effronté, mais il comprit brusquement que c'était surtout un air de profond désespoir et c'était cela qui lui avait si fort rappelé Morgane. Elle n'avait guère plus de douze ou treize ans et, sous l'espèce de chiffon jaune qui lui servait de coiffe, son petit visage était pâle et défait. Les pointes de son pauvre jupon étaient attachées à la ficelle qui lui servait de ceinture, découvrant ses longues jambes hâlées de dévoreuse de grèves.

— N'aie point peur, fit doucement Galeran, je suis franc écuyer et ne te ferai de mal !

Les sombres propos de Renoulf lui étaient revenus en mémoire et, un peu naïvement, il pria pour qu'elle ne le confonde pas avec les soudards qui avaient répandu la terreur chez les femmes du Mont quelques années plus tôt.

Comme elle se taisait toujours, il demanda encore :

– Tu es du village ? Comment te nomme-t-on ?

Elle hocha la tête et semblait prête à lui répondre quand l'appel rauque d'un faucon la fit sursauter. Elle regarda nerveusement autour d'elle, puis tendit la main vers l'estran où, aux abords d'un îlot de granit accroupi comme une bête au milieu de la baie, se découpaient des silhouettes humaines. Quand il se retourna pour lui demander de quoi il s'agissait, elle avait disparu.

Il eut beau regarder autour de lui, il ne l'aperçut pas. Elle s'était fondue dans les taillis aussi sûrement et silencieusement qu'un lézard. Il haussa les épaules et contempla à nouveau la grève.

« Pourquoi lui avait-elle montré cet îlot ? Était-ce simplement pour détourner son attention afin de s'enfuir ou bien pour quelque cause qui lui échappait encore ? Ces hommes, là-bas, n'étaient-ils pas des pêcheurs ? » se demandait Galeran en plissant les yeux. Au loin, il ne discernait plus rien d'autre que les maigres broussailles qui recouvraient la petite île et se demandait s'il n'avait pas rêvé.

Il haussa les épaules et décida d'emprunter une sente étroite qui serpentait parmi les buissons d'épineux. Après s'être débattu contre les branchages qui, à chaque détour, lui barraient le passage, il se retrouva devant un abri de pierre d'où jaillissait un filet d'eau claire.

C'était, il l'apprit plus tard, la source de saint Aubert. Il ignorait aussi la magie de son origine telle que les textes anciens la rapportent. Il n'y avait pas d'eau douce sur le Mont, lorsque le saint fondateur résolut d'y construire l'oratoire dédié à saint Michel.

Alors, le premier abbé toucha une pierre du bout de sa crosse et il en jaillit, à la limite des vagues, une eau douce et pure, dépourvue de sel. Une eau qui coulait toujours, cinq siècles plus tard, et qui abreuvait les moines et leurs hôtes.

Près de la fontaine, remarqua le jeune homme, se dressait une tour de guindage, grossier mât de bois dont les épais filins rejoignaient le cellier de l'abbaye, tout en haut de la falaise. Grâce à un poulain, sorte d'énorme roue de bois servant de treuil, les moines de l'abbaye pouvaient hisser jusqu'à eux, au moyen d'une longue corde de quatre-vingt brasses de long, les vivres que déchargeaient des barques à fond plat et l'eau potable, tirée à la source de saint Aubert.

Galeran se pencha pour boire, faisant une coupe de ses mains jointes. L'eau était délicieusement fraîche.

Quand le jeune homme se redressa, il se rendit compte que le vent avait tourné et lui apportait le son lointain de la cloche de l'office de sexte mais aussi, tout proche, le bruit d'une conversation. Il tendit l'oreille. Cela venait de l'escalier, grossièrement creusé dans la roche, qui reliait l'abbaye à la source. De là où il se tenait, Galeran ne pouvait être vu mais il ne pouvait rien voir non plus.

Au-dessus de lui, les voix se faisaient plus précises, des mots lui parvenaient, portés par le vent :

– Cela a assez duré ! s'exclama une voix d'homme.

« Décidément, se dit Galeran en se réfugiant derrière un éboulis, les gens aiment venir par ici pour régler leurs comptes. »

— Vous entendez, il me le faut ! reprenait la même voix. J'ai trop attendu ! Vous avez promis et si vous ne tenez votre serment...

La phrase resta en suspens, lourde de menaces.

— Si je ne tiens serment..., fit une seconde voix au timbre assourdi. Mais vous osez me menacer, moi qui vous ai fait !

— Appelez cela comme vous voulez ! jeta l'autre avec colère. Si vous ne tenez votre parole, je vous donne la mienne que je demande audience à l'abbé ou même à l'évêque, et vous savez que je tiens toujours parole !

Les hommes étaient maintenant tout proches et Galeran se plaqua davantage au rocher, essayant de ne rien perdre de cet insolite dialogue.

— Vous feriez cela ? reprit l'autre.

Un lourd silence s'installa entre les deux hommes.

Galeran aurait bien voulu risquer un regard, voir qui se tenait là, mais il n'osait pas... pas encore. « Patience, patience », songea-t-il en essayant de garder en mémoire le timbre de ces deux voix.

— Bien, vous aurez votre dû, reprit le second personnage, mais j'ai deux ou trois petites affaires à régler auparavant. Donnez-moi encore quelques jours.

— Qui est ce mort dont on nous rebat les oreilles ? le coupa l'autre. Une de vos petites affaires, peut-être ?

— Peut-être, lui répondit-on, mais cela ne vous regarde point. Ce qui se passe ici est de mon fait, point du vôtre.

La première voix répliqua d'un ton mordant :

— Égorgez qui vous voulez, comme vous dites, c'est votre affaire, mais en tout cas, faites-le vite. Je quitte le

Mont, mais sachez que ma prochaine visite sera pour Bernard du Bec.

Galeran n'en perçut pas davantage. Des cailloux roulèrent, il entendit un bruit de pas qui s'éloignait rapidement, puis plus rien, le silence était retombé. En hâte, il risqua un œil au-dessus de sa cachette. L'escalier était vide. Les deux hommes avaient disparu aussi sûrement qu'une ombre en plein midi.

Galeran poussa un juron ; dans sa poitrine, son cœur battait à grands coups. Se pourrait-il qu'il y ait eu là, tout près de lui, les assassins de frère Thomas ? Il se calma progressivement et réussit même à sourire : finalement, pour un début, il ne se tirait pas si mal de son travail d'enquêteur et, en peu de temps avait appris bien des choses !

# 41

La terrasse et le parvis de l'abbaye attiraient bien du monde. Le soir, les pèlerins, avant de se rendre au dernier office, aimaient à s'y retrouver et il n'était guère de meilleure place pour se parler tant l'esplanade était vaste et dégagée. Le chevalier y avait déjà ses habitudes, aimant à s'asseoir à l'écart, sur un muret de granit gris d'où il contemplait la mer et, au loin, la côte.

– Alors, peux-tu me dire si tu en sais un peu plus ? Mais je crois que c'est le cas ! ajouta le chevalier en souriant.

Les mots se bousculaient sur les lèvres de Galeran, tandis que son aîné l'écoutait en silence, la tête penchée sur la poitrine, dans son attitude habituelle. Quand le garçon eut terminé son récit, il déclara tranquillement :

– Tu n'as point perdu ton temps. Comme nous l'a conté le vieux Renoulf, le mal est dans la place. Dommage que tu n'aies pu voir le visage de ces deux hommes.

– Oh, mais je me souviens de leurs voix !

– Et maintenant, demanda le chevalier, de quel côté comptes-tu te diriger ?

Galeran demeura un instant muet, le visage sérieux puis dit calmement :

— Ma foi, messire, les deux près de la fontaine, surtout, si y'en a un qui quitte le Mont, je vous les laisse, par contre...

— Par contre ?

— Eh bien, les deux autres, ceux-là sont comme qui dirait, dans mes moyens.

— Explique.

— Je n'en jurerais pas, mais j'ai cru distinguer que celui qui menaçait la petite était vêtu comme un moine, quand il est parti en courant au travers des fourrés. Et pourtant, je verrais pas un moine courir comme un conin ! Non... ça m'a fait penser plutôt à des mômeries.

— Continue, encouragea le chevalier.

— Bon, moi je crois que la fille s'est acoquinée avec lui et que lui, c'est un jeune moine, peut-être un novice ou un convers. Alors c'est par là qu'il faut que j'aille voir, ajouta Galeran en levant les yeux vers le chevalier.

— Tu vas vers les moines ou vers la petite ?

— Vers la petite d'abord, parce qu'elle n'était pas loin de m'en dire plus long, quand nous étions restés seuls.

Le chevalier ne donna aucun signe d'assentiment. Il se contentait de regarder Galeran d'un air pensif. Enfin, il dit avec simplicité :

— Sais-tu que tu es vraiment l'homme qu'il me faut ?

Galeran rougit jusqu'aux cheveux, mais déjà le chevalier se détournait. Il regardait à nouveau vers la mer que cachait maintenant un brouillard rose qui allait en s'épaississant, annonçant la venue de la nuit.

— Après l'office, ne m'attends pas, va à l'hôtellerie et repose-toi. La nuit porte conseil et les jours à venir ne seront pas de tout repos.

— Mais vous-même, ne venez point avec moi ?

— J'ai encore à voir l'un de ceux qui prétend nous aider à découvrir certaines vérités.

Alors le chevalier se leva et remonta en silence vers l'abbaye, Galeran sur ses talons.

## 42

L'écuyer avait regagné l'hôtellerie et complies étaient passées depuis longtemps.

La crypte saint Martin semblait déserte quand le chevalier y entra. Il s'agenouilla devant l'autel où scintillaient des cierges et resta un moment en prières, avant de se redresser. La voûte et les parois de la chapelle souterraine étaient rehaussées d'une fresque aux tons ocre, blanc et rouge, et le regard du chevalier s'y arrêta. On y voyait saint Martin en train de couper son manteau pour en donner la moitié à un miséreux. Le peintre avait si bien su rendre l'expression des visages, qu'il s'attarda un long moment à les contempler.

Un léger frôlement derrière lui le ramena à la réalité. Un religieux, son scapulaire cachant ses traits, venait de le rejoindre.

— Ici sont inhumés les bienfaiteurs du Mont, murmura le moine en rabattant son capuchon. Cette chapelle leur est presque exclusivement réservée. Permettez-moi de me nommer, je suis frère Raymon, ajouta-t-il en s'inclinant brièvement devant l'homme d'armes.

Le chevalier hocha la tête.

« Ainsi, songea-t-il avec consternation, voilà l'homme qui a toute la confiance de Bernard du Bec. »

Le moine qui se tenait devant lui respirait la fourberie. Le dos légèrement voûté, il n'offrait guère aux regards que le sommet de son crâne tonsuré.

— L'abbé m'a dit grand bien de vous, fit le chevalier avec brusquerie.

— Il est trop bon, je ne le mérite guère, murmura l'autre d'une voix sifflante. Tenez, chevalier, il m'a remis votre sceau, qu'il avait oublié de vous rendre lors de votre entrevue. Ce temps ne me vaut rien, ajouta-t-il en toussaillant. Tout d'abord, messire, sachez que pour la liste des possessions de l'abbaye, cela me prendra plus de temps que je ne le pensais. Le camérier est d'un naturel méfiant et il n'aime guère à ce que je traîne dans son domaine. Il me faudra faire le nécessaire pour l'éloigner, afin de consulter ses livres en son absence.

— Bien, bien, j'attendrai donc. Il serait bon aussi que vous vérifiiez les redevances levées sur le village par Richard de Mère et maintenues depuis.

Un imperceptible mouvement d'étonnement se dessina sur les traits du moine tandis que le chevalier poursuivait :

— Et pour la mort de frère Thomas, avez-vous du nouveau ?

— Hélas, messire, pas grand-chose. Thomas était un grand ami de frère Alaric, notre cellérier. Ils étaient souvent ensemble, ce qui est contraire à la règle. Alaric semble fort affecté de sa mort mais il m'a assuré qu'il ne l'avait point vu ce jour-là, sauf à l'office du matin.

» Quant à frère Adalbert, l'hôtelier sous les ordres duquel travaillait Thomas, il m'a dit que celui-ci lui avait semblé malade et qu'il l'avait envoyé à l'infirmerie. Ensuite, toujours d'après lui, il ne l'a plus revu et a pensé qu'il y était resté. Ce qui est étonnant, c'est que l'infirmier, lui, affirme n'avoir pas vu frère Thomas. En fait, on peut même penser qu'il a été agressé juste après avoir quitté l'hôtellerie.

Le chevalier murmura, comme pour lui-même :

— Et Adalbert n'a pas vérifié où il était ? Cela paraît étonnant qu'un moine puisse s'absenter une journée entière, sans que personne ne s'inquiète de savoir où il est.

— Oui et non, messire. Comme vous l'avez pu voir vous-même, beaucoup de pèlerins sont arrivés ces jours-ci au Mont et l'hôtelier ne savait plus où donner de la tête.

— D'ailleurs, à propos du monde qu'il y avait en l'hôtellerie, fit le chevalier qui suivait son idée, quel est le nom du seigneur que j'y ai vu avec ses féaux ?

— Nous accueillons actuellement deux seigneurs au Mont... l'un se nomme Philippe de Beaumont, l'autre Roger d'Avranches, mais celui qui a nombreuse et brillante escorte, c'est Roger, le fils d'un ancien bienfaiteur de l'abbaye.

— Philippe de Beaumont... Beaumont, cela me rappelle quelque chose.

— C'est le cousin d'un architecte, Raoul de Beaumont, qui a jadis travaillé ici.

– Rien d'autre donc... Votre prieur avait l'air de dire que frère Thomas était un religieux exemplaire, est-ce l'avis de tous ici ?

Le moine releva les yeux :

– Pour le prieur Raoul, messire, tous les moines du Mont sont exemplaires... même l'ancien abbé Richard de Mère. Quant aux autres religieux, ils s'accordent à dire que frère Thomas observait la règle et qu'il était d'une piété sans faille.

Le chevalier hocha la tête.

– J'ai vu dans votre liste que des moines, et même des officiers de l'abbaye, étaient liés par le sang.

– Oui, c'est vrai, bien que cela ne soit point si courant. Vous pensez au cellérier Alaric et au camérier Trahern. C'est un fait, Trahern est le cadet d'Alaric et ils viennent d'Avranches, comme nombre d'autres moines. Ici, ils sont tous plus ou moins cousins. Mais vous avez pu le noter, nous avons aussi un chancelier Robert qui vient de Cantorbéry et un préchantre, Anastase, Vénitien de souche, un homme d'une grande finesse.

– Oui, j'ai noté cela, répondit le chevalier qui, les sourcils froncés, semblait penser à autre chose. Thomas aussi était d'Avranches, comme son ami Alaric, n'est-ce pas ?

– Oui, à quoi pensez-vous donc ? demanda le moine.

– À rien de bien précis, frère Raymon, à rien de précis, je l'avoue humblement. J'ai l'impression de contempler une tapisserie par un trou de serrure. Je ne vois encore qu'une infime parcelle du motif. Si vous le voulez bien, demain à l'office, arrangez-vous pour me désigner les officiers de l'abbaye. Il en est encore dont je ne connais les traits.

— Je vous rejoindrai pendant la messe, fit à mi-voix frère Raymon. Mon métier de surveillant me donne bien des libertés.

— À vous revoir, mon frère, salua le chevalier en se détournant.

Mais il se ravisa et revint sur ses pas :

— Au fait, mon frère, vous ne m'avez dit ce que vous pensez de la mort du réfectorier ?

— Ma fonction, et le révérend abbé l'a toujours désiré ainsi, fit le moine en remettant sa capuche, est d'observer et de rendre compte, point de penser, messire.

## 43

Cette nuit-là, Hervé hésita longtemps avant de se lever. Il se sentait lourd et son front lui brûlait comme si la fièvre le tenait. La faible lueur du lucubrum, ce minuscule brin d'étoupe baignant dans la cire, éclairait vaguement la salle.

Appuyé sur un coude, il réfléchissait. La litière était tiède et même les ronflements des autres n'arrivaient à le chasser de sa couche. Et pourtant, il devait se rendre au rendez-vous nocturne ; il savait bien que c'était cela qui lui donnait ces sueurs froides qui lui coulaient au creux des reins.

Un bruit de pas le fit sursauter. Il s'enfonça sous sa couverture, retenant son souffle, les yeux obstinément fermés.

Le moine surveillant apparut, levant sa torche pour mieux voir les silhouettes endormies des garçons. Au bout d'un moment qui parut interminable à Hervé, le pas du moine s'éloigna.

Après avoir jeté un regard circonspect autour de lui, le garçon se mit debout, dissimula un paquet de chiffons sous sa couverture et contempla son œuvre avec satisfaction. Quand le surveillant repasserait, il le verrait toujours là. Puis, ses pieds nus frôlant à peine le carrelage, il s'en fut vers le cloître.

L'abbé avait en projet un grand cloître mais pour l'instant, les moines devaient se contenter d'un minuscule espace, coincé entre le dortoir et le bras nord du transept. Il y avait là, encerclé par un promenoir couvert d'un toit de bardeaux, un minuscule jardinet où poussaient des buissons de romarin et un petit amandier qui, à l'approche de la belle saison, fleurissait le long des murs de granit.

Ce soir-là, le cloître ne parut plus au jeune garçon si plaisant qu'à son habitude, les ombres y étaient nombreuses et le moindre souffle de vent y gémissait comme un damné aux enfers. Hervé frissonna, et s'arrêta sur le seuil. « Peut-être l'autre ne viendrait-il pas ? » espéra-t-il à part lui.

C'est à ce moment précis qu'une main se posa lourdement sur son épaule. Il sursauta et se retourna, tout tremblant.

— Je t'ai fait peur ? demanda une voix sourde.

Le garçon rétorqua en secouant la tête :

— Ben oui... on n'a pas idée !

L'autre l'entraîna à l'abri de la galerie couverte.

— Quelle idée de rester planté sur le seuil ! On te voit comme le nez au milieu de la figure de frère Gautier. Et puis, tu en as mis du temps à venir.

— C'est que j'en avais pas bien envie, avoua Hervé qui se rasérénait vaguement. Avec tout ce qui s'est passé hier...

— Je voulais seulement que nous parlions un peu, fit l'autre, pour le reste, on verra plus tard. J'ai appris que le chevalier t'avait interrogé. Il se doute de quelque chose ?

Le gamin haussa les épaules :

— Ben non, pourquoi qu'y s'douterait !

— T'as rien dit ?

— J'suis point si bête ! rétorqua Hervé qui reprenait un peu d'assurance.

— Mais enfin, que voulait-il, ce chevalier ? insista l'autre. Il en avait après toi ?

— Rien d'autre que savoir pourquoi j'ai donné l'alerte. Y voulait que je lui raconte.

— Et comment t'as expliqué que t'étais dehors ?

— J'ai dit que je dormais jamais bien et que j'allais souvent prier la nuit pour que ma mère entre au Paradis : il a gobé ça comme un œuf !

— Bon, bon, ricana l'autre. Tu sais que si tu parlais, je serais très en colère après toi.

La phrase resta en suspens et le gosse avala sa salive. Il n'aimait point le regard de l'autre et se demanda tout à coup...

# 44

Le lendemain matin, on ne trouva dans la couche d'Hervé qu'un vieux tas de chiffons. On le chercha partout, mais en vain.

L'alarme fut donnée. Moines et serviteurs, sur ordre de l'abbé, se relayèrent pour le retrouver.

Le soir, on dut se rendre à l'évidence, nulle part en l'abbaye ni sur le Mont, il n'y avait trace du jeune garçon.

Ce n'est que le lendemain, alors qu'Alaric, le cellérier, demandait qu'on lui remonte des provisions arrivées par bateau, qu'on retrouva le malheureux.

On n'avait pas eu idée de regarder dans le cellier, encore moins d'aller fouiller à l'intérieur de l'énorme roue de bois du poulain.

Les six moines qui devaient actionner l'engin, ce matin-là, s'allaient glisser à l'intérieur quand le premier d'entre eux appela les autres à l'aide. Un corps était recroquevillé tout contre la paroi.

Ils le tirèrent tant bien que mal hors du tambour, faisant attention à ne pas blesser celui qu'ils croyaient simplement évanoui. Mais ce n'était point le cas, l'un des religieux poussa un cri d'horreur en voyant le visage noirci de l'oblat. Autour de son cou était serré un mince lacet de cuir.

# CINQUIÈME PARTIE

*« Il (saint Michel) vaincra et enchaînera le dragon*
*pour mille ans et le précipitera dans l'abîme*
*et l'y enfermera et mettra dessus un sceau*
*jusqu'à ce que les mille ans*
*soient accomplis. »*
Apocalypse, 20.

# 45

Une des particularités du Mont était le cellier, qui communiquait directement avec l'hôtellerie par une large porte. L'abbé donnait ordre de la laisser ouverte pendant le jour, souhaitant montrer ainsi le caractère sacré de son hospitalité en offrant, au vu et à l'appétit des pèlerins, les réserves de l'abbaye.

Or, ce matin-là, il eût mieux valu, pour tous, que le vantail fût clos. Miquelots, serviteurs et frères convers, alertés par les cris de ceux qui avaient découvert le corps d'Hervé, franchirent en se bousculant le seuil de la vaste salle.

En apercevant la forme recroquevillée qui gisait au pied du treuil et les silhouettes courbées des moines qui l'entouraient, ils s'arrêtèrent net et un murmure inquiet s'éleva de leurs rangs.

L'un des hommes, un Avranchin, allait s'avancer, quand Alaric le cellérier et ses aides, de robustes gaillards habitués aux travaux de force, les repoussèrent sans ménagement et fermèrent la porte malgré leurs protestations.

Une fois le calme revenu et en attendant l'arrivée de Bernard du Bec, les moines étendirent sur le sol un cilice, cette grossière chemise de crin que les religieux portent à même la peau. Ils y tracèrent une croix de cendre, *in cenere et cilicio,* sur laquelle ils déposèrent le corps d'Hervé.

Agenouillés autour de la dépouille, ils se mirent en prières. Plus pâle que le linge qui recouvrait le visage du jeune oblat, Alaric relevait sans cesse la tête, guettant les pas de l'abbé qu'il avait envoyé prévenir.

Quand Bernard du Bec entra suivi de frère Raymon, il se leva précipitamment, bafouillant presque en venant à sa rencontre :

— Révérend ! Révérend ! C'est... c'est un horrible malheur... un horrible malheur !

Le regard de l'abbé se posa sur la forme allongée près du treuil, derrière les moines, puis sur le religieux qui lui faisait face.

— Silence ! ordonna-t-il sèchement en frappant le sol du bout de sa longue crosse. Faites immédiatement quérir l'infirmier et vous, mes fils, sortez, voulez-vous ! Pas vous, frère Alaric, restez !

Une fois la porte refermée, l'abbé alla se pencher au-dessus du corps. Il souleva l'étoffe qui masquait ses traits et resta un moment à le scruter avant de se redresser en s'appuyant plus lourdement sur sa crosse. Enfin, serrant les poings, il reporta son attention sur le cellérier, immobile au milieu de la salle, la tête baissée.

— Eh bien, frère Alaric, avez-vous quelque chose à dire ? fit-il d'un ton sévère.

À ces mots, le moine sursauta et se précipita soudain aux pieds de Bernard du Bec. Agenouillé devant lui, il baisait les plis de sa robe et frappait son front sur le dallage en répétant :

— Pardon ! Pardon ! J'ai fauté, mon révérend, j'ai fauté !

— Il suffit ! Debout, mon fils ! ordonna sèchement l'abbé qui ne goûtait guère ce genre de scène.

Quand le cellérier se redressa, Bernard du Bec put contempler ses traits ravagés. En proie à une violente émotion, l'homme n'était plus lui-même. Le teint pâle, blond aux yeux bleus comme son frère cadet Trahern auquel il ressemblait comme un jumeau, Alaric semblait avoir perdu toute retenue.

Pourtant, depuis deux ans qu'il était au Mont, Bernard du Bec avait apprécié son calme, même si celui-ci frisait parfois l'indifférence. Rien ne semblait l'émouvoir. Le cellérier supportait tout avec le même sang-froid, qu'il s'agisse de rebuffades ou de compliments...

L'assassinat de frère Thomas avait tout changé et sa fin tragique avait marqué pour Alaric, la fin de son apparente sérénité. Depuis, il se montrait inquiet, sursautait au moindre bruit, et perdait patience pour un rien. Les frères qui travaillaient avec lui en avaient été si étonnés qu'ils s'en étaient ouverts à l'abbé pendant le chapitre des coulpes. D'un ton plus amène, Bernard du Bec demanda :

— Que vous arrive-t-il et que voulez-vous donc que je vous pardonne, mon fils ?

Le moine ne répondit pas. Il restait planté là, en proie à des secousses nerveuses qui lui faisaient trembler tout le corps.

— La mort de frère Thomas vous a durement éprouvé, reprit l'abbé, un pli soucieux barrant son front. Hervé était d'Avranches comme Thomas et vous-même, le connaissiez-vous bien ?

Le cellérier lâcha d'une voix presque inaudible :

— Oui, mon père.

— Mais encore ? Parlez, je vous l'ordonne !

— Jadis, articula Alaric avec difficulté, sa famille servait la mienne et c'est Trahern qui a conseillé à sa mère de nous le confier.

— Je vois, fit brièvement l'abbé.

Puis d'une voix plus forte, il s'écria soudain, faisant sursauter Alaric :

— Enfin, non ! À vrai dire, je ne vois pas, à moins que... N'est-ce pas plutôt la façon dont on a tué Thomas et Hervé qui vous inquiète si fort, mon fils ?

À ces mots, le cellérier devint si pâle que l'abbé crut qu'il allait s'effondrer. Il insista néanmoins, sentant qu'il y avait là quelque secret qu'il fallait débusquer et il ordonna :

— Répondez !

Il y avait tant d'égarement sur le visage d'Alaric, qu'il ajouta plus doucement :

— Allez, mon fils, allez. Vous pouvez tout me dire.

— Le... voilà... bafouilla le cellérier, il faut que je vous dise, le jour où frère Thomas est mort, j'avais rendez-vous avec lui, mon père.

Alaric se tut, mais l'abbé se garda bien de reprendre la parole, lui qui connaissait les vertus du silence.

— Au réfectoire, ce matin-là, reprit soudain Alaric comme s'il revivait la scène, Thomas m'avait annoncé qu'il irait à l'infirmerie et que je l'y pourrais voir. Il m'a dit que j'étais en danger.

— En danger ! Mais pourquoi ?

— Il devait me le dire, mon révérend, murmura le cellérier d'un ton sourd, et c'est lui qui est mort.

— Foin de tout cela ! fit l'abbé qui commençait à perdre patience. Je crois que vous en savez plus que vous ne me le dites, mon fils, et qu'il est temps de vous confier à moi. Le jeune Hervé, vous l'avez remarqué, a été tué de la même manière que Thomas, alors, si vous savez quelque chose sur celui qui est capable de tels crimes, vous devez me le confier avant qu'il ne soit trop tard et que d'autres, peut-être, ne périssent !

Alaric secoua la tête, les yeux baissés :

— Non... non, mon révérend, je ne sais rien, je ne sais rien.

— Bien, puisqu'il en est ainsi, fit rudement l'abbé, vous partirez après l'office pour Tombelaine avec deux de vos frères. Cela vous donnera l'occasion de réfléchir à l'opportunité de vous confier à moi. À votre retour, nous reprendrons cet entretien et le finirons, quoi qu'il vous en coûte !

— Deux... deux de mes frères, bégaya Alaric d'un ton mal assuré, mais...

— Mais quoi ? Est-il des frères dont vous craignez la compagnie par hasard ?

— Non, non...

— Sachez que vous irez là-bas avec notre prieur, Raoul et frère Jocelin.

— Oui, mon révérend, marmonna Alaric entre ses dents, je vous obéirai.

Des coups retentirent à la porte.

— Allez ouvrir, mon fils, ce doit être le frère infirmier.

## 46

Pendant ce temps, des novices parcouraient l'abbaye, allant du scriptorium aux cryptes, du cloître à la tour-lanterne, faisant tourner sans répit leurs crécelles. Le son obsédant des moulinets de bois rappelait à chacun que celui qui, deux jours plus tôt, avait découvert le cadavre de frère Thomas, avait, à son tour, été expédié dans l'au-delà.

Un décès de plus, songeaient avec horreur les moines, un décès à inscrire sur le rouleau des morts que l'un d'eux porterait, comme il était coutume, dans toutes les maisons bénédictines.

Les crécelles de bois se faisaient plus pressantes, appelant les frères à arrêter sans délai leur ouvrage *sin aliqua excusatione*, sans invoquer d'excuse. Et bientôt, d'un bout à l'autre de la clôture, cette enceinte où ils vivaient en retrait du monde, les quarante moines du Mont furent rassemblés.

Et tout avait recommencé, deux oblats avaient chargé le corps d'Hervé sur la brouette à tartevelle et l'avaient mené à l'infirmerie. Lavé, revêtu d'une robe de bure blanche, enveloppé dans sa natte de jonc, ils le portèrent sur un brancard vers la basilique, précédé de l'abbé et de ses officiers.

Les crécelles se turent, remplacées par le glas qui retentissait jusqu'au fin bout du Mont et au-delà, porté par les vents vers les sables de la baie et les grèves de la côte normande.

En entendant le sinistre appel, Galeran, qui avait décidé de retourner non loin de la fontaine saint Aubert, releva la tête et aperçut, sur le chemin qui montait à l'abbaye, deux oblats qui se hâtaient. Les jeunes moines, leurs robes relevées sur leurs mollets, couraient vers la poterne et l'écuyer fit de même, se demandant ce qui était encore arrivé. Il savait que le jeune Hervé avait disparu et avait pensé un moment qu'il pouvait avoir quitté le Mont. Mais pour aller où ?

Il sccoua la tête. La mère d'Hervé l'avait donné aux religieux et ne le reprendrait point et il savait pour en avoir discuté avec le chevalier, que le garçon n'avait pas d'autre famille. Alors ?

Il pressa le pas, essayant de rattraper les deux oblats, mais ils avaient disparu et dans les couloirs, il se retrouva pris au milieu du flot des fidèles qui gagnaient la basilique. Villageois et pèlerins, regroupés sur la grande esplanade, attendaient de se joindre au cortège.

Cherchant le chevalier du regard, Galeran se glissa au milieu des gens. Au passage, il observait la mine inquiète des femmes qui se pressaient les unes contre les autres. Il entrevit la gamine de l'autre jour, qui, se sentant observée, lui jeta un bref regard avant de se fondre précipitamment dans la foule.

Galeran s'arrêta un moment, prêtant l'oreille aux propos d'un groupe de serviteurs

— Deux malemorts en si peu de temps... V'là que ça recommence comme avec l'abbé Richard, c'est une honte.

— Malemort, malemort, c'est vite dit !

— C'est sûr, mon cousin qu'est aux cuisines, il a vu les corps... et même que le second, c'était qu'un gamin...

— C'est la faute aux mauvais anges, fit une voix, y sont de retour...

— Les mauvais anges, qu'est-ce qu'il raconte ? murmura Galeran tout en continuant à fendre la cohue à la recherche du chevalier.

Un peu à l'écart, il vit un groupe de pêcheurs, leurs outils encore à l'épaule, qui parlaient entre eux à mots couverts, Renoulf était au milieu d'eux. Appuyé sur sa longue canne, le vieil homme leur ordonna tout à coup de faire le silence car le cortège venait de déboucher sur l'esplanade.

Des femmes tombèrent à genoux, les hommes se signèrent, la mine hostile et s'écartèrent pour laisser le passage. On murmurait maintenant que cette fois, c'était un enfant qui était mort, un de ces « donnés à Dieu » mis sous la protection de l'abbé, peut-être l'enfant d'une de leurs familles ou d'une famille proche.

Les silhouettes sombres des religieux pénétrèrent sous les arcades du narthex, gravirent les marches menant à l'immense nef à sept travées. Un novice marchait devant eux, balançant à bout de bras un encensoir d'où s'échappait une entêtante odeur de myrrhe.

Les frères se dirigèrent vers les transepts, l'abbé et ses officiers suivis du brancard, montèrent les escaliers menant au chœur. L'écho bruyant des pas se répercuta sous les hautes voûtes. Passant au travers des vitraux multicolores, un rayon de soleil illumina brusquement le sanctuaire.

Les moines déposèrent le corps devant l'autel de « saint Michel en la nef » et l'abbé leva sa crosse pour imposer le silence à tous. L'office commençait.

Debout au premier rang, cerné par la foule qu'il dominait de sa haute stature, le chevalier détaillait les visages des hommes et des femmes qui l'entouraient. Il avait aperçu, à l'ombre d'un pilier, le Renoulf et ses rudes compagnons, Galeran aussi, un peu plus loin près du transept nord et frère Anselme, le portier qui les avait accueillis le jour de leur arrivée, sous les arcades du bas-côté... enfin son attention se reporta sur les religieux.

Il connaissait maintenant, grâce à l'aide du singulier frère Raymon, les traits des principaux officiers du Mont et son regard attentif passa de l'un à l'autre.

« Ces gens ont peur, songea-t-il, il règne ici une peur à couper au couteau. Combien, parmi ces moines qui se prosternent, pensent à autre chose qu'à se tirer d'affaire ? Combien sont coupables, combien sont innocents ? Combien garderont en mémoire le visage de ce malheureux gosse qui a passé cinq ans parmi eux ? Ce môme qui aimait un peu trop se balader la nuit... »

Il en était sûr, Hervé en savait plus qu'il ne lui en avait dit. Il avait voulu attendre pour l'interroger à nouveau. Mal lui en avait pris, le jour où il s'était enquis de lui, on lui avait appris sa disparition. Et ce matin, c'est sa mort qu'on lui avait annoncée...

Haussant les épaules, le chevalier murmura pour lui-même :

— Ainsi en a décidé Dieu, « ... toute chose reçoit dans la marche de ce monde, sa juste part de lieu et de temps... »

Un bruit de toux et le raclement des pieds sur le dallage le ramenèrent au présent : la messe s'achevait et l'on emportait pour le veiller, le corps de l'oblat vers la crypte saint Aubert.

Le regard du chevalier s'arrêta soudain sur un religieux à l'attitude singulière. Alors que ses frères s'étaient agenouillés au passage du brancard mortuaire, l'homme était resté debout. Le chevalier reconnut Jocelin, le maître des enfants, et de là où il était, même s'il ne pouvait voir son expression, il le trouva aussi pâle que le linceul qui enveloppait le cadavre du garçon.

Soudain, Jocelin se fraya en titubant un passage parmi ses frères et sans qu'un seul pense, ou n'ose le retenir, s'avança vers le chœur.

Il marchait lentement, s'appliquant en vain à poser ses pieds l'un devant l'autre, faisant des écarts puis se reprenant. Enfin, il gravit avec difficultés les larges degrés menant vers l'autel. Alors que des moines se précipitaient vers lui, il s'effondra, roula sur les marches jusqu'au sol où il resta inconscient, sans mouvement, le visage inondé de sang.

Dans la nef, ce fut la panique, les femmes hurlaient et la foule reflua en désordre. Dans la bousculade, une gamine tomba et un pèlerin la releva de justesse avant que des hommes affolés ne lui marchent dessus.

– Il est mort ! Dieu l'a foudroyé, hurla une villageoise en s'enfuyant vers la sortie.

Des pèlerins faisaient le coup de poing avec des pêcheurs qui leur barraient le passage. Il fallut toute l'autorité de Bernard du Bec pour ramener un peu de calme. Les moines, eux-mêmes, durement admonestés pour avoir rompu la règle de silence, regagnèrent la clôture derrière le prieur, tandis que les derniers fidèles quittaient la nef, fermement évacués par des moines surveillants. On avait emmené Jocelin et enfin, la paix revint dans le grand sanctuaire.

Sur l'esplanade, les gens formaient encore, çà et là, des groupes agités. Galeran, qui était sorti parmi les derniers, aperçut le chevalier qui, assis sur le muret, contemplait l'horizon.

— Que s'est-il passé, chevalier ? De là où j'étais, je n'ai rien pu voir. Est-il mort, qui était-ce ?

Le chevalier éclata de son grand rire puis, une fois calmé :

— Non, je ne pense pas, mon fils, à moins que sa chute ne l'ait tué, mais ce serait malchance. Il est dit dans les coutumiers des Bénédictins qu'il faut s'asseoir et tenir son verre à deux mains... celui-là voulait sans doute mettre trop souvent en pratique ces dignes usages !

— Vous voulez dire... ? s'exclama Galeran, interloqué.

— Oui, je veux dire, fit le chevalier, que celui-là a dû boire à en vider le cellier ! Mais ce qui est important, poursuivit-il plus bas, ce serait de savoir pourquoi il a bu. C'était Jocelin, le maître des enfants.

— Ivre ! Et moi qui croyais... commença Galeran.

— Silence ! coupa le chevalier, voici quelqu'un qui en a après nous.

En effet, frère Raymon venait vers eux. Il salua courtoisement les deux hommes et déclara de sa voix sifflante :

— Messire, notre abbé désire vous voir. Permettez que je vous conduise auprès de lui.

— Bien sûr. Venez, Galeran.

Frère Raymon s'interposa :

— L'abbé n'a pas dit que vous veniez avec votre écuyer.

— Je ne saurai pourtant me passer de lui, mon frère, répliqua le chevalier.

Pour toute réponse, le moine se contenta de s'incliner brièvement devant le chevalier :

— Il en sera fait selon votre désir, messire.

Pour la première fois depuis leur arrivée au Mont-Saint-Michel, frère Raymon les conduisit par un passage de l'abbaye que seuls les moines empruntaient. Saisissant une torche, il écarta une tapisserie et ouvrit une porte dont les deux hommes n'avaient pas soupçonné l'existence. Une bouffée d'air humide les prit à la gorge, tandis qu'ils s'engouffraient à la suite du religieux, dans une étroite galerie voûtée. Elle était creusée à même l'épaisseur des murs et des meurtrières s'y ouvraient de loin en loin, donnant tantôt sur l'extérieur, tantôt sur les salles du monastère.

Tout en avançant, Galeran remarqua les bouches noires de nouveaux tunnels. Il n'avait jamais soupçonné qu'il puisse y avoir ici, en l'abbaye, de tels passages secrets. On se serait cru à l'intérieur d'un chemin de ronde, dans les gaines d'une courtine ou mieux encore, dans les méandres d'un immense labyrinthe.

« C'était là, songea-t-il, un excellent moyen de se déplacer sans attirer l'attention. Peut-être même un moyen que les assassins de Thomas et d'Hervé avaient utilisé pour cacher les corps de leurs victimes ou se dérober rapidement aux regards, une fois leurs forfaits accomplis. »

Brusquement, le chevalier, dont les pensées devaient avoir suivi le même cours, demanda à Raymon qui marchait devant lui, d'un pas pressé :

— Y a-t-il beaucoup de passages comme ceux-ci, mon frère ?

— Oui, messire, mais de nos jours, ils ne sont plus guère utilisés. Les premiers abbés du Mont les avaient fait construire pour échapper à d'éventuels assaillants, ensuite, comme ces passages faisaient partie de la clôture, les moines les prenaient pour ne rencontrer personne. Aujourd'hui, comme vous pouvez le sentir, ils ne servent plus que de latrines ! D'autant que nous sommes ici moins nombreux que du temps de Roger II.

— Et il y a de ces couloirs secrets dans toute l'abbaye ? insista le chevalier.

— Non, pour autant que je sache. On en trouve surtout de ce côté-ci. Ils permettent de joindre la partie ouest du monastère à la partie nord. Par endroits, comme dans l'aumônerie, vous l'avez peut-être remarqué, ils sont percés de guichets d'où l'on peut surveiller les pèlerins. Mais je vous l'ai dit, on ne les utilise plus guère.

Les trois hommes parvinrent bientôt à une porte fermée et Raymon frappa trois coups sur le vantail :

— C'est nous, mon révérend, fit-il. Pouvons-nous entrer ?

La porte s'ouvrit lentement et le chevalier fronça les sourcils en voyant l'état de la pièce où Bernard du Bec les attendait.

Les murs étaient souillés de longues traînées jaunâtres. Les rares meubles, une table et deux escabeaux, étaient brisés et gisaient en morceaux sur le dallage. Dans un coin de la pièce, un jeune moine se tenait le nez en grimaçant de douleur, essayant en vain d'arrêter le sang qui s'en échappait à flots.

Quant à frère Gautier, l'infirmier, il achevait d'attacher avec l'aide d'un convers, les poignets de Jocelin. Celui-ci ne bougeait pas. Il était assis par terre, ramassé sur lui-même, l'air égaré et le frère ajustait maintenant avec précaution le bandage ensanglanté qui lui ceignait le front.

Bernard du Bec paraissait encore sous le coup d'une violente émotion et c'est d'une voix blanche qu'il s'adressa au chevalier :

— Le Seigneur a choisi de nous éprouver plus que de raison, messire. Voilà que le maître des enfants, le malheureux Jocelin, a perdu l'esprit et d'après l'infirmier, sa blessure au front n'y est pour rien. Après avoir rendu tripes et boyaux à son réveil, il a été pris d'une crise nerveuse et malgré sa petite taille, a bien failli nous mettre à mal tous les quatre.

Frère Gautier, très pâle lui aussi, approuva en se redressant :

— Son front a beaucoup saigné comme toutes les plaies en cette partie du corps, mais cela n'est point profond. Par contre, il semble en proie à des visions terrifiantes, et se débat pour leur échapper. Il voulait se jeter de la terrasse et vient de tomber dans cette hébétude où vous le voyez maintenant, messire.

Tandis que le chevalier et Galeran s'approchaient de Jocelin, l'infirmier alla vers le jeune moine blessé et, après l'avoir examiné, lui ordonna de se rendre à l'infirmerie.

— Cela n'est point trop grave, lui dit-il, vous n'avez rien de cassé. Allez vous asseoir, demeurez penché en arrière et serrez sous votre nez une compresse de charpie, le sang devrait s'arrêter de couler. Je vous rejoindrai dès que possible.

Le frère sortit sans se faire prier, refermant soigneusement la porte derrière lui. Galeran, qui examinait Jocelin, remarqua que ses traits étaient relâchés et qu'une mousse blanchâtre faisait des bulles sur ses lèvres noircies. Quant à ses yeux, ils étaient grands ouverts et révulsés et l'on n'en voyait que le blanc strié de rouge.

— On dirait qu'il est atteint du haut-mal, murmura Galeran.

— Tu as raison, fit le chevalier, on le dirait, cependant, je suis sûr qu'il y a autre chose.

— Il est rudement maigre, observa encore l'écuyer, on lui voit les os plus qu'à un mort, et regardez comme il souffle !

En effet, la respiration de Jocelin était saccadée et avec ses os saillants et ses poignets décharnés, on l'eût pris pour un vieillard. Seulement cet homme-là, le chevalier l'avait vu dans les registres, n'avait pas trente ans. Il lui attrapa le menton, remarqua les cernes noirs, la peau livide parcourue d'un réseau de petites veines bleuâtres.

— Il est très affaibli, remarqua-t-il à voix haute en se tournant vers les religieux.

— Au réfectoire, il mange fort peu, avoua Gautier d'un air contrit.

— Et depuis combien de temps boit-il comme cela ? fit calmement le chevalier.

À cette question, Bernard du Bec sursauta.

— Que dites-vous, messire ?

— Je demande depuis combien de temps cet homme boit plus qu'il n'est raisonnable ?

— Répondez ! ordonna l'abbé en se tournant vers l'infirmier qui avala sa salive avant de lâcher dans un murmure :

— Pardonnez-moi, mon révérend, pardonnez-moi, mais ici tout le monde sait que Jocelin s'adonne à son vice et ne parvient point à s'en défaire. Je croyais que, vous aussi, étiez au courant... Je suis au Mont depuis plus de sept ans et ne l'ai jamais connu autrement. Bien que nous ayons essayé moult fois de lui faire passer le goût du vin, rien n'y a fait.

— Le goût du vin, le goût du vin..., répéta le chevalier. Il m'étonnerait que le vin produise un tel effet, frère Gautier, même ce maudit tranche-boyaux d'Avranches ! Êtes-vous sûr qu'il ne buvait rien d'autre, qu'il n'absorbait pas quelque drogue, dérobée en votre infirmerie ?

L'infirmier sursauta :

— Pourquoi dites-vous cela ?

— Écoutez cette respiration difficile, regardez ces yeux injectés de sang et vous me dites qu'il a des hallucinations... eh bien non, décidément, je ne crois pas que le vin soit responsable de son état ou alors, c'est avec dedans tout autre chose.

La mine sévère, l'abbé prit le chevalier en aparté et lui demanda à voix basse :

— Ceci est très grave, messire, vous pensez sérieusement qu'il est sous l'emprise de quelque drogue et que ce n'est point non plus le mal des marais ?

— Mon révérend, je peux me tromper, mais il est certains esprits-de-vin, mélangés à des herbes, qui peuvent rendre fou. N'avez-vous pas, au Mont, quelque herboriste qui pourrait nous éclairer ?

— Hélas, non, notre herboriste est au prieuré du Mont Dol et ne reviendra pas avant quelques jours.

— Alors, mon révérend, il ne reste plus qu'à envoyer frère Raymon fouiller la paillasse de Jocelin. Qu'il cherche une fiole contenant un liquide, ou alors une bourse avec de la poudre ou des plantes séchées.

Bernard du Bec hocha la tête et alla aussitôt vers Raymon qui, après un bref conciliabule, sortit avec sa discrétion habituelle.

Un gémissement attira l'attention du chevalier. Le maître des enfants revenait lentement à lui.

— Maintenez-le sur le sol, vite ! ordonna l'abbé au frère convers et à l'infirmier qui se précipitèrent vers le blessé.

Mais Jocelin ne fit pas mine de se débattre, il parcourait la pièce d'un regard vitreux et se mit à chanter, d'une épouvantable voix de fausset, les notations musicales qu'enseignait le préchantre Anastase à ses élèves :

*UTqueant laxis*
*REsonare fibris*
*MIra gestorum*

Sa voix mourut soudain dans sa gorge et il resta là, à secouer la tête de droite et de gauche, l'air toujours égaré. Le chevalier s'agenouilla près de lui :

— Frère Jocelin, vous m'entendez ? Savez-vous ce qui est arrivé à Hervé ?

Le frère, en manière de réponse, se contenta de cligner de l'œil puis continua à dodeliner de la tête. Il paraissait si calme que les deux moines qui le tenaient relâchèrent leur étreinte.

— Avez-vous vu Hervé ? insista le chevalier.

— Ut, ré, mi..., chantonna à nouveau le moine. Hervé, Hervé... Il ne m'obéit point, c'est un galopin... *Ut queant laxis, resonare fibris...*

Le chevalier soupira et se redressa. Il allait s'adresser à Bernard du Bec quand l'expression de Galeran, qui fixait le malade avec intensité, le fit se retourner.

Les traits de Jocelin s'étaient crispés, ses yeux s'écarquillaient de terreur comme si devant lui venait de surgir quelque apparition monstrueuse. Galeran fit un pas vers lui, mais avant que quiconque puisse le retenir, le malheureux s'arc-bouta et une fois debout, essaya frénétiquement de dégager ses bras décharnés des cordes qui les emprisonnaient.

— Non ! Non ! Vous voyez pas, les maudits, ils arrivent ! cria-t-il en tentant d'arracher les cordes avec ses dents. Ils s'approchent ! Maudits, maudits, il est pas mort, il s'approche, je le vois, il est là. Saint Michel, il va me tuer ! À l'aide ! Arrh ! Arrh...

Et Jocelin, le visage tordu par une terreur sans nom, leva la tête vers le plafond et se mit à rugir comme une bête.

Ensuite tout se passa très vite. L'infirmier et le moine s'étaient précipités vers le forcené, ils essayaient en vain de le maîtriser quand Galeran les rejoignit.

Les trois hommes s'accrochèrent à lui, lui maintenant les bras, l'agrippant par sa robe et par sa ceinture de corde, mais une force surhumaine habitait le corps du malheureux. Il les tira inexorablement derrière lui, les entraînant vers l'unique fenêtre qu'il essaya d'escalader, avant de se jeter contre l'angle de pierre sur lequel il se martela le crâne avec violence en hurlant toujours. Galeran devait se souvenir longtemps de l'horrible bruit sourd, du craquement des os contre la roche, du sang et de la cervelle qui l'éclaboussaient sans qu'il puisse rien faire.

Un long râle s'éleva soudain, Jocelin glissa sur le sol, face contre terre et se figea dans un dernier soubresaut.

Le chevalier s'agenouilla près de lui, le retourna lentement et eut un bref mouvement de recul, la face du forcené n'était plus qu'une bouillie sanglante, son nez était éclaté, sa mâchoire brisée pendait, découvrant une langue violacée et pourtant, la poitrine du malheureux se soulevait encore faiblement. Il vivait.

C'est à ce moment que la porte s'ouvrit sur frère Raymon brandissant triomphalement une petite fiole de verre emplie d'un liquide verdâtre.

– J'ai trouvé, mon révérend, j'ai...

Le religieux s'arrêta net, regardant bouche bée, les éclaboussures sanglantes sur le pourtour de la fenêtre et le corps inerte du maître des enfants, étendu sur les dalles.

# 49

— Que veut dire tout ceci, messire ? demanda Galeran, le visage pâli, les sangs encore tournés par ce qu'il venait de voir.

Les deux hommes avaient rejoint le parvis, respirant à pleins poumons le parfum âcre de la baie, heureux de retrouver au-dessus de leurs têtes l'immensité du ciel.

— Tu as compris comme moi, fit le chevalier en lui faisant face, qu'il y a là bien plus qu'un coupable et bien plus qu'une seule énigme.

— Oui, oui, répondit Galeran avec nervosité, mais il y a tant de choses que je ne comprends pas... L'assassin d'Hervé est-il celui de Thomas ? Ce gamin qui nous a menti l'avait-il vu, est-ce pour cela qu'on l'a tué ? Est-ce la même personne qui a empoisonné ce malheureux Jocelin ?

— Patience, mon ami, patience. D'une part, tu l'as sans doute compris comme moi, il y a derrière tout ça affaire d'argent. De cela, grâce aux maladresses commises par certains, j'ai maintenant la preuve. Ce qui me manque, vois-tu, c'est la clef de la seconde énigme.

La seule en fait qui explique tout et qui n'est autre qu'un lien de chair.

– Que voulez-vous dire, messire ? Une même famille, des cousins, des frères ?

Le chevalier secoua la tête de droite à gauche.

– Plus que ça, mon fils, plus que ça. Cette fraternité-là, si elle est une fraternité de sang, c'est celle du sang versé, celle de la vengeance et de la haine !

Le visage du chevalier se fit songeur.

– Seulement de quoi se venge-t-on ? continua-t-il. J'ai bien une explication, mais elle est si terrible...

Le chevalier se tut soudain et Galeran n'osa le questionner plus avant. Il sentait qu'il n'en dirait point davantage. Il fixa la silhouette d'un faucon qui tournoyait au-dessus de l'abbaye, se demandant ce qui pouvait bien se cacher de si redoutable en ce lieu sacré, que même le chevalier hésitait à le nommer.

## 50

Pendant ce temps, la silhouette pressée d'un religieux s'était glissée par la poterne et avait suivi l'étroite sente qui menait à l'herbarium.

Une fois dans la cabane, Alaric le cellérier rejeta la capuche qui masquait ses traits. Il savait que l'herboriste était à Dol et que personne ne viendrait le déranger.

Après une brève inspection des lieux, il alla s'asseoir sur un banc près du foyer éteint, puis se releva nerveusement et se mit à arpenter la pièce de long en large, guettant les bruits qui venaient de l'extérieur. Au plafond étaient suspendues des gerbes de plantes séchées qu'il contempla un moment d'un air distrait. Il pensait à bien autre chose, il pensait à sa discussion avec le père abbé, au corps sans vie du jeune Hervé.

Pourquoi n'avait-il pas tout avoué à Bernard du Bec ? Trop de secrets, trop de crimes, trop de ténèbres... Dire qu'au début, cela l'amusait de tromper tout le monde... mais depuis la mort de Thomas, rien n'était plus pareil, il était empêtré comme dans les mailles d'un filet, il croyait sentir autour de son cou le lacet de l'étrangleur, il étouffait...

Soudain, il s'immobilisa. Il venait d'entendre un pas à l'extérieur et se précipita pour ouvrir la porte :

— Ah, enfin, te voilà ! s'écria-t-il avec soulagement. Je croyais que tu ne viendrais plus. Pourquoi as-tu mis tout ce temps ?

Le moine Trahern se tenait appuyé au chambranle et le toisait avec cet air dédaigneux qu'Alaric détestait tant.

— Crois-tu que je n'ai que ça à faire ? Accourir comme un bon chien quand tu appelles ?

— Non, non, Trahern, bien sûr. Mais il fallait que je te parle.

— Alors parle, ordonna sèchement le moine.

La voix était cinglante. Alaric baissa la tête. Jamais il n'avait réussi à s'imposer à son frère cadet. Jamais, et cela depuis leur enfance, il n'avait su lui résister.

Aux jeux d'adresse, Trahern était le plus doué, à la lutte, il était le plus fort et quand Trahern avait dû se faire moine sur ordre de leur père, il l'avait suivi, renonçant ainsi à ses droits d'aînesse et à ses biens. Et, depuis qu'ils étaient au Mont, c'était la même chose, Trahern continuait à commander. Il murmura :

— J'ai peur, Trahern, tu comprends ? J'ai peur !

— Allons bon, s'exclama l'autre en entrant dans la pièce et en refermant la porte derrière lui. Et de quoi as-tu peur, mon bon frère ?

— Cesse de te moquer ! s'écria Alaric en se laissant tomber sur un banc et en se prenant la tête dans les mains. Thomas a dit que j'étais en danger. Hervé est mort comme lui, cela ne te suffit donc point ?

— Tu dis ça comme si j'y étais pour quelque chose, répondit calmement Trahern.

Alaric leva les yeux vers son cadet.

— Ce n'est pas toi ?

L'autre garda le silence.

— Il faut que je sache, insista le cellérier, tu comprends ? Est-ce toi qui les as tués ? Ce serait trop horrible, Thomas était notre cousin...

— Je le sais, gronda Trahern. Mais tu oublies que nous sommes tous cousins ici, entre ces foutus murs, dans cette île qui nous tient serrés les uns contre les autres, c'est mieux qu'une prison, c'est une fièvre, une maladie qu'on attrape !

— Tu ne m'as pas répondu.

— Tu veux que je te dise, Alaric, tu n'es qu'un imbécile ! Le remords est fait pour les lâches de ton espèce et je t'assure que je vis très bien sans !

— Je ne suis peut-être qu'un lâche mais moi, je vais tout dire à l'abbé et il faut du courage pour cela.

Trahern s'approcha de son frère et lui posa les mains sur les épaules.

— Tu ne feras pas ça, mon frère, fit-il d'un ton menaçant.

— Et pourquoi ?

— Mais parce que je te tuerai avant ! Parce que, depuis que je suis sur terre, je ne rêve que de ça. Ne sais-tu donc pas, au fond de ton âme, comme je te hais, comme je t'ai toujours haï, simplement parce que tu existes et que tu es né le premier ?

Alaric respirait plus vite. Il secoua la tête et murmura d'une voix blanche :

— C'est pas vrai, non, c'est pas vrai. Tu ne ferais pas ça. J'ai tout laissé pour te suivre...

– Non, mon bon, répliqua doucement l'autre, je ne le ferais pas... si tu te tais.

– J'ai vu l'abbé, ajouta vivement Alaric, il m'envoie à Tombelaine avec le prieur et cet ivrogne de Jocelin, je reviendrai dans trois jours.

– Eh bien, la fièvre te quittera, tu pourras respirer et d'ici là, bien des choses auront changé et sans doute, auras-tu oublié tes remords. Mais il m'étonnerait fort que Jocelin se joigne à vous, il est quasi mort, l'ivrogne, et fou à lier.

– Quoi ?

– Comme je te le dis. Tu seras seul avec le prieur, une vraie partie de plaisir !

– Mais tu ne comprends donc rien ? Je ne veux plus de tous ces complots. Je veux être en paix !

– Il n'y a que la mort pour être en paix, prononça sinistrement Trahern, et peut-être nous prendra-t-elle tous les deux plus tôt que l'on ne croit.

– Que veux-tu dire ?

– Triple imbécile, tu ne vois donc pas que je ne suis pour rien dans tout ce qui se passe ici depuis quelque temps. Que même moi, Trahern, je ne suis point si rassuré.

Alaric secoua la tête, incrédule, mais l'autre continua d'une voix sombre :

– Et ce foutu chevalier, qui met son nez partout avec ce mouchard de Raymon ! Et toi, qui passes ton temps à te lamenter. Il y a ici des choses qui nous échappent, mon cher frère. Tu as peur et moi aussi, parce que je ne vois pas ce que c'est et d'où ça vient, ça me dépasse. C'est comme la baie autour de nous, avec ses sables mouvants et ses culs de grève ! Ils sont là, mais on ne sait pas où, parce qu'ils se déplacent toujours, pour mieux avaler leurs victimes... et les victimes à l'abbaye, il commence à y en avoir beaucoup ! Et maintenant, à qui le tour, à toi ? À moi ?

Les yeux emplis d'effroi, Alaric regardait son cadet. Que lui, Trahern, ait peur le paniqua soudain plus que de raison. Jamais de sa vie, il n'avait vu cette expression sur le visage de son frère. Il baissa la tête et croisa les doigts. Pour la première fois depuis bien longtemps, il se mit à prier et quand enfin, un peu calmé, il releva le menton, Trahern avait disparu.

# 51

Le chevalier flatta l'encolure de son destrier. Il venait d'annoncer son départ à Galeran et celui-ci l'avait accompagné jusqu'aux écuries de l'abbaye, en contrebas du village.

– Tout doux, l'ami, tout doux ! fit le chevalier en enfourchant sa monture.

Galeran lui tendit son écu et le chevalier le plaça dans son dos, puis il attacha les courroies de sa gibecière à l'arçon de sa selle.

Tout en l'aidant à ces préparatifs, le jeune écuyer avait du mal à dissimuler son anxiété. Tant d'événements venaient de s'enchaîner qu'il en avait le tournis et il savait bien que rien n'était encore dit.

Deux meurtres en quelques jours, un moine qui avait perdu la raison, le ou les assassins qui couraient toujours et maintenant, le chevalier qui brusquement le quittait, le laissant seul sur le Mont...

– Prenez soin de vous, messire ! dit-il avec gravité.

– Ne fais point si grise mine, Galeran, répondit le chevalier. Tu es peut-être plus en danger ici, que moi sur les routes. Je vais d'abord à Dol, voir l'herboriste du

Mont, et lui demander avis sur le genre de *tisane* que buvait le malheureux Jocelin, puis je me rendrai à Avranches, pour examiner les doubles de certains papiers conservés à l'évêché. Je pense être de retour demain. Dieu te garde, mon ami et sois prudent !

Galeran allait répondre, mais déjà le chevalier s'éloignait, talonnant son destrier pour rejoindre d'autres cavaliers qui se dirigeaient, derrière leur guide, vers la Croix des Grèves.

Le jeune écuyer descendit la rue qui menait au rivage et suivit un moment des yeux la haute silhouette. Au loin, éclairée par une tache de soleil, il apercevait la cité d'Avranches, fièrement campée sur sa colline.

Un bruit de pierres qui roulaient derrière lui le fit sursauter, mais il se rasséréna en voyant qui venait. C'était le vieux Renoulf, avec sa corneille sur l'épaule.

— Il est parti, hé ? ricana le vieillard en se plantant devant le jeune écuyer. Mais savoir s'il reviendra... hé, c'est point sûr.

— Il reviendra, déclara fermement Galeran, autant pour se conforter lui-même que pour convaincre le pêcheur.

Il y eut un moment de silence. Le vieux repoussa gentiment le bec de la corneille qui, perchée sur son épaule, lui pinçait le lobe de l'oreille.

— Il a réfléchi, dit-il avec gravité.

Et Galeran, qui ne comprenait pas grand-chose à sa façon de s'exprimer, se demanda une fois de plus si le vieillard parlait de lui-même, ou bien du chevalier. Il garda le silence, attendant que l'autre poursuive.

— Il veut bien vous aider encore, continua le pêcheur. Le Mont y mérite pas le mal qui le tient. Le saint Michel, il aime pas les idolâtres, les paillards et toutes ces engeances. Il a jamais aimé ça, le saint Michel !

Galeran hocha la tête, se demandant quel parti il pourrait tirer de cette proposition inattendue quand tout à coup, les mots prononcés sur le parvis lui revinrent en mémoire.

— Alors, le Renoulf, peut-être pouvez-vous m'aider à comprendre quelque chose que j'ai entendu, murmura-t-il. L'autre jour, devant l'église, avant que l'on n'enterre le jeune oblat, les gens parlaient justement de ça, de ces engeances, ils disaient que les « mauvais anges » étaient de retour.

Galeran n'en dévoila pas davantage. Il lui sembla que le vieux avait pâli. La corneille s'envola en criaillant et alla se percher un peu plus loin, sur une arête rocheuse. La tête penchée, elle ne les quittait pas de son œil jaune et rond.

— Les mauvais anges, les mauvais anges... marmotta le Renoulf en se signant. Mon gars, il te le dit, le Renoulf, c'est des satanaëls qu'ils parlaient, des foudroyants et des impunissables !

Puis le vieux se mit brusquement à psalmodier d'une voix grêle :

— « Malheur à vous, la terre et la mer, car le diable est descendu chez vous, frémissant de colère et sachant que ses jours sont comptés. » Hein ! Il se rappelle les textes le Renoulf, il a d'la tête, savez, plus qu'on ne croit.

Galeran se taisait toujours, fixant le pêcheur qui reprenait maintenant à mi-voix :

— La Bête qui vient du gouffre et qui a sept têtes ! C'est eux les mauvais anges, ceux qui n'auraient jamais dû naître !

L'homme se tut. Après un long silence, il soupira :

— Y va vous laisser, le Renoulf, il a à faire...

Galeran posa sa main sur le bras du vieillard et demanda :

— Ils sont donc sept ?

— Sept têtes, oui, il a dit sept têtes, souffla le Renoulf en dégageant son bras. L'en dira pas plus.

Le vieil homme s'en alla. Sa corneille voleta un moment au-dessus de lui avant de se poser à nouveau sur son épaule.

— Sept, ils sont sept satanaëls, répéta Galeran, ceux qu'auraient jamais dû naître...

## 52

Comme il l'avait annoncé au chevalier, Galeran partit à nouveau à la recherche de la petite coureuse des grèves. Il tenta d'aborder un groupe de gamines du village, qui s'enfuirent à son approche en lui faisant les cornes. Il n'eut pas plus de succès auprès des quelques femmes de pêcheurs qu'il rencontra. Elles se détournaient sans répondre ou faisaient semblant de ne pas comprendre ce qu'il leur demandait.

Découragé, il retourna s'asseoir près de la source de saint Aubert, essayant de mettre un peu d'ordre dans ses pensées. Les paroles échangées ce matin au réveil, avec le serviteur de l'aveugle, lui revenaient en mémoire. Galeran avait rapidement sympathisé avec ce solide gaillard, natif d'Armor comme lui. Il lui avait demandé s'il connaissait le grand rocher, en forme de bête accroupie, que la mystérieuse fillette lui avait désigné.

— Sûr que j'le connais, avait répondu le gars, c'est Tombelaine qu'y s'appelle. Les moines y ont une petite chapelle où j'ai jadis mené mon maître.

— Ah bon, tu y es déjà allé ?

– Pour sûr, à une époque, les moines y logeaient même les pèlerins ! fit l'autre en haussant ses larges épaules, mais c'était y'a cinq ans, au moins. Depuis, une grosse tempête d'équinoxe l'a ravagée et il a fallu que l'abbé Bernard arrive pour que les moines du Mont se décident à refaire la toiture.

Galeran avait hoché la tête, vaguement déçu. Il ne comprenait toujours pas pourquoi la fille lui avait montré l'îlot.

Comme chez lui, en pays de Léon, l'envie de marcher pieds nus sur la grève le prit brusquement. Il ôta ses bottes et les attacha à sa ceinture, après avoir remonté ses braies sur ses mollets.

Des rires et des cris retentissaient en contrebas. C'étaient des gosses, qui jetaient de la vase et des cail-lasses sur le cadavre échoué d'un jeune phoque. Ils s'enfuirent en voyant approcher l'écuyer. Devant les restes écrasés de la créature, Galeran songea que lui aussi, jadis, avec d'autres gamins, avait lapidé ces bêtes venues de la mer.

Mais il n'était plus un enfant et le rouge lui monta au front en songeant à la cruauté et à la misérable bêtise dont il avait fait preuve plus souvent qu'à son tour. Son cœur battit plus vite.

« Comme c'est difficile de vivre, se dit-il, d'apprendre à vivre quand ceux qu'on a tant aimés ont disparu pour toujours, sans laisser de trace... comme s'ils n'avaient jamais existé. »

Il se redressa, en proie à une indéfinissable tristesse. Le sable était tiède sous ses pieds nus, le soleil brillait dans un ciel sans nuages découpant, au loin, les silhouettes des pêcheurs.

– Tout paraît si paisible..., murmura-t-il.

Pourtant là-haut, il y avait deux cadavres, un village aux volets toujours obstinément clos, des hommes et des femmes aux visages hostiles...

Un froissement d'ailes le ramena à la réalité : c'était un vol de grues cendrées qui, un instant, tournoya au-dessus de lui avant de s'éloigner vers les herbues de la côte. À quelques toises de là, Galeran aperçut deux moines en train de se débarrasser de leurs sandales. Tout à leur affaire, ils ne l'avaient point vu.

L'un d'eux s'appuyait sur sa canne, et il le reconnut sans peine : c'était le vieux prieur. Quant à l'autre, il ne savait son nom, mais il se souvenait de son visage maigre et de sa blondeur. C'était aussi un officier de l'abbaye. Il soutenait son camarade et portait sur le dos un grand sac de toile.

« Ils vont peut-être à Tombelaine », songea Galeran, que l'envie d'agir tenaillait. Il jeta un dernier regard autour de lui, et se décida : il allait les suivre. Une longue branche de bois flotté qui traînait là, à demi enfoncée dans le sable, lui servirait de canne.

Pour ne pas alerter les deux moines, Galeran leur laissa prendre de l'avance, faisant mine de flâner, attentif aux flaques où grouillait toute une population de crevettes et d'alevins.

Quand les moines furent assez loin, Galeran s'avança à son tour, scrutant les chenaux sculptés par les vagues, dont les parois s'effondraient sous ses pas, plantant dans le sable le bout de son bâton comme il l'avait vu faire aux Miquelots, s'enfonçant parfois jusqu'aux mollets dans des trous d'eau ou pataugeant sur les rebords gluants des criches.

Quand enfin, arrivé sur un banc de sable ferme, il releva la tête, il s'aperçut qu'il s'était beaucoup écarté de son chemin. « Difficile, quand on n'est pas d'ici, de regarder autre chose que ses pieds », songea-t-il en se moquant de sa maladresse. Les religieux, eux, connaissaient la baie et n'avaient pas dévié. Ils marchaient vite et droit. À cette allure régulière, ils atteindraient bientôt l'îlot.

Galeran se dit qu'il lui faudrait couper à travers l'estran pour les rattraper. Seulement, entre eux et lui, il apercevait le chenal profond creusé par la confluence des rivières de la Sélune et de la Sée. Sur les sables d'Armor, il eût facilement rejoint les deux moines, mais ici, il se méfiait, tout était si différent...

Des femmes et des enfants, revenant vers le Mont, leurs pouches emplies de coquillages et de poissons, détournèrent un bref instant son attention, juste le temps d'apercevoir, venues de l'océan, de fines bandes de brume qui flottaient, indécises, au-dessus des grèves.

Le compagnon de l'aveugle l'avait bien mis en garde : « Si tu veux aller sur l'estran, faudra faire attention. Dans la baie, les sables y branlent et avec ça, la marée qui te cerne de partout et la brume. La brume, elle a l'air de rien, au début, tu la crois pas méchante et quand tu te retournes, t'es pris, elle t'a coiffé, t'y vois plus rien ! Crois-moi, plus d'un en sont morts et même les bêtes, qui sont plus malignes que nous, elles y passent aussi ! Après, si on peut, on n'a plus qu'à sortir les cadavres à la bêche et c'est pas joli de mourir la gueule pleine de vase ! »

Ces paroles revenaient à l'esprit de Galeran et il se demanda s'il ne lui fallait pas faire demi-tour, quand il l'aperçut soudain. Elle n'était qu'à quelques toises et portait toujours ce vilain chiffon jaune qui lui enserrait la tête et son jupon attaché, dévoilant ses mollets nus.

Il cligna des yeux, certain d'être en proie à quelque mirage : il était sûr d'avoir, un instant plus tôt, regardé de ce côté-là, et de n'y avoir vu personne. Pourtant, elle semblait travailler tranquillement sans s'occuper de lui, courbée en deux, fouillant la tangue de son coutel recourbé, faisant jaillir des coques qu'elle jetait dans un petit filet attaché devant sa poitrine, un *sabret*, comme on les appelait.

En voulant la rejoindre, il glissa dans la boue et tomba à plat ventre dans une mare glacée. Un grand éclat de rire salua sa chute et il jura en se hissant non loin d'elle, qui aussitôt, fit mine de continuer sa glane, la tête baissée, l'air de rien.

Le brouillard était maintenant sur Tombelaine.

D'un coup, la fille se redressa ; elle scruta l'estran, levant un doigt mouillé pour voir d'où venait le vent puis elle jeta brièvement, sans le regarder, d'une voix qui sonnait rauque :

– C'est le rebours, faut filer vite ! La marée, elle attend pas !

La sensation de danger lui vint d'un coup.

Le murmure lointain que lui portait le vent, depuis un moment, s'était mué en grondement et une fine, très fine pellicule d'eau, aux reflets argentés, mouillait maintenant ses orteils. La brume s'était encore épaissie, avalant ses derniers repères.

Il se tourna vers la petite mais elle n'était déjà plus à ses côtés et s'éloignait d'un bon pas vers le Mont.

Il la rattrapa, essayant de se mettre à sa hauteur, mais elle lui ordonna sèchement de rester derrière. Se souvenant des pêcheurs qui revenaient ainsi, les uns derrière les autres, il obéit.

Un long moment passa, c'était maintenant de courtes vaguelettes qui léchaient leurs chevilles, avec un petit bruit de cascade.

Puis, soudain, alors que Galeran s'appliquait à marcher comme la fille, elle poussa un cri étouffé et fléchit les genoux, écartant les bras pour retrouver son équilibre. Il sentit sa gorge se nouer en la voyant faire. Il avait entendu trop de récits d'enlisement pour n'avoir pas aussitôt compris. Elle était en équilibre au-dessus des sables mouvants !

Et il sentit à son tour le sol vibrer sous ses pieds nus, comme une peau fine et gluante prête à percer, comme un bubon malade qui allait éclater et l'engloutir.

Son cœur cogna dans sa poitrine, il se vit couler là-dedans, la bouche et le nez emplis de fange... la vibration s'accentua au rythme de sa peur. Il allait basculer...

– Marche droit et vite ! Comme sur une corde ! hurla la gamine sans se retourner.

Il se força au calme et, comme elle, écarta les bras, s'appliquant à poser ses pieds l'un devant l'autre avec légèreté et rapidité. Presque aussitôt, il sentit la vibration en dessous de lui se calmer.

Mais plus il avançait, plus la boue l'aspirait. Il accéléra, finissant les dernières toises en courant et se jetant presque aux pieds de la fille, qui l'attendait sur la tangue ferme.

— J'croyais pas que t'arriverais à passer, observa-t-elle froidement. Allez viens !

Et ils repartirent. Derrière eux, le murmure s'était amplifié. C'était comme une clameur, un souffle immense, comme si des milliers de bouches béantes parlaient autour d'eux sans qu'ils puissent comprendre ce qu'elles disaient. La mer remontait les criches, emplissait les mares, dessinait des îles de sable qu'elle engloutissait aussitôt.

Après avoir évité un chenal aux rives mouvantes creusé par le Couesnon aux abords de la source, ils prirent enfin pied sur les rochers.

Galeran se laissa choir près de la petite, qui s'était assise tranquillement et grattait ses jambes enduites de vase avec un bout de bois. Elle avait posé son filet à côté d'elle, sur un rocher et, de temps à autre, fixait la mer qui maintenant atteignait les berges du Mont. Il observa le visage enfantin qu'encadrait le vilain fichu.

— Tu m'as sauvé, fit-il.

Elle haussa les épaules et ne répondit point.

— Sans toi, je serais point revenu, je le sais, insista le jeune homme.

L'éclat rouge du soleil perça un moment la brume.

— Va pleuvoir demain, observa la fillette en se relevant et en secouant ses jupons trempés. Et le temps y va se mettre au froid.

— Je sais même pas ton nom, ajouta Galeran en se levant, lui aussi.

Elle hésita un long moment, avant de murmurer :

— Gisla, c'est Gisla, mon nom. Et toi ?

— Galeran.

— D'où qu'tu viens ? fit-elle, quand même curieuse, en le regardant de biais.

— De bien loin, du pays de Léon, et toi, t'es née ici ?

— Ah ouiche ! Tout près, disent les vieilles, près de la fontaine à saint Aubert. Y'avait pas loin à faire pour me baptiser, tu vois !

Puis elle se tut ; elle avait à nouveau sur le visage cette expression de désespoir qui lui faisait tant songer à sa Morgane.

— Qu'as-tu ? demanda-t-il doucement. Gisla, parle-moi. Je peux sûrement t'aider, je veux t'aider.

La fillette secoua la tête. Comme il insistait, prenant fermement l'une de ses mains dans les siennes, elle lâcha :

— Tu veux m'aider ? Alors, viens ce soir, je t'attendrai à la poterne de l'abbaye, là au-dessus, tu connais ?

— Oui.

— Viens après complies, ajouta-t-elle en ramassant son filet.

— Gisla, pourquoi m'as-tu montré Tombelaine, l'autre jour ?

La fillette cracha par terre :

— C'était pas Tombelaine que j'te montrais.

Et avant qu'il puisse lui en demander davantage, elle s'enfuit et disparut parmi les broussailles.

## 53

Le vent s'était levé et les brumes qui s'étaient un peu dissipées laissaient, par instants, filtrer la clarté lunaire.

En attendant son rendez-vous avec la petite, le temps parut long à Galeran. Il mangea en répondant d'un air distrait à son camarade breton qui le questionnait sur son expédition dans la baie, salua l'aveugle, assista sans conviction à la messe et enfin, se glissa avec impatience dans les couloirs pour gagner la poterne.

Elle n'était point fermée et le vantail s'ouvrit sans bruit. Il se coula dehors, scrutant les broussailles et l'escalier qui, à ses pieds, s'enfonçait dans les ténèbres. Il n'y avait d'autre bruit que le vent et les battements sourds de son sang qui cognait à ses tempes.

Il sentit une main se glisser dans la sienne tandis qu'une petite voix ordonnait :

– Suis-moi !

Ce fut l'odeur qui le frappa d'abord. Ils avaient longé les contreforts de l'abbaye et une violente puanteur, comme celle d'un charnier, montait maintenant à leurs narines. Ses yeux s'étaient habitués à la pénombre et il aperçut, éclairé par la lune, un grand amoncellement d'ordures adossé à la muraille.

C'était ici que les moines jetaient par des conduits ce qu'ils ne brûlaient pas, ici aussi que se vidait le contenu des latrines. C'était un bourbier, un tas d'excréments, de gravats, de fange et de résidus innommables.

— Tais-toi ! dit la fille. Ils ont déjà commencé.

Comme elle, il se baissa instinctivement. Il entendait des bruits de voix étouffées et des chants discordants.

Gisla l'entraîna doucement, lentement, derrière un buisson où elle s'accroupit, le forçant à faire de même. De là, il distingua vaguement, au milieu des immondices, des silhouettes nues prises dans une sorte de ronde.

L'un des hommes passait au milieu des autres, leur tendant une jarre dont chacun absorbait une lampée, la tête rejetée en arrière avant de se démener à nouveau. Puis l'un d'eux trébucha et roula dans la boue.

La danse continua, plus frénétique.

Ils buvaient et mangeaient aussi, car Galeran distingua soudain ce qui occupait le centre du cercle. C'était, éventré sur un rocher, quelque chose de plus petit qu'un chat, dont ils dévoraient les morceaux sanglants et soudain, Galeran crut distinguer avec horreur que c'étaient les restes d'un nouveau-né qu'ils se disputaient avec des cris sauvages.

Combien de temps Galeran et la petite restèrent ainsi, muets, à les observer, il n'aurait su le dire. C'était comme de contempler la bouche des Enfers et la sarabande des démons, se roulant dans leurs vomissures.

Et puis soudain, tout fut fini, ils enfouirent les restes dans les ordures, et se fondirent dans l'obscurité comme s'ils n'avaient jamais existé.

Galeran voulut les suivre, mais Gisla le retint, ses ongles enfoncés dans son bras, ses mains crispées par une force inattendue. Lorsqu'il se dégagea, il était trop tard pour les rattraper. Pourtant, s'il n'avait pas réussi à discerner leurs visages dans la pénombre, il avait pu au moins les compter : ils étaient six.

# 54

Alaric se retourna à nouveau sur sa couche, le corps trempé de mauvaise sueur. Il porta à son visage des mains que la peur faisait trembler. Le sommeil ne venait pas, il ne viendrait jamais plus. Dès qu'il fermait les yeux, il voyait le visage convulsé de frère Thomas et celui d'Hervé.

Et cette maudite chapelle qui craquait de partout autour de lui, comme une mauvaise barque qui va sombrer !

Il se leva, jeta un bref regard à la silhouette endormie non loin de lui. Le vieux prieur ronflait paisiblement.

Alaric alla d'un pas hésitant jusqu'à la porte de la chapelle qu'il entrouvrit. Il détestait cet endroit. Déjà au Mont, il étouffait et se sentait prisonnier mais ici, c'était pire. Comment des moines avaient-ils pu vivre sur ce caillou encerclé par la mer et les vents ? Le bruit des vagues était si fort ici, qu'on s'entendait à peine et qu'à chaque instant, on pensait périr noyé.

Le moine frissonna, il était transi et rentra en hâte, remettant la barre derrière le vantail. La lueur de la veilleuse vacilla, jetant un éclat de lumière sur le visage grave de la petite Vierge, blottie dans sa niche de pierre au-dessus de l'autel.

— Notre-Dame-la-Gisante, murmura Alaric en se jetant à genoux. Pardonnez-moi, ma Dame, de n'avoir pas su vous servir, pardonnez-moi ! hoqueta-t-il tandis que des gros sanglots secouaient ses épaules.

Si seulement, avant de partir pour Tombelaine, il avait eu le courage de se jeter aux pieds de l'abbé Bernard, de tout lui avouer, il serait en paix maintenant ! Et puis, ce soir, après leur maigre souper, il avait quand même voulu se confesser au prieur. Mais le vieil homme, épuisé par sa longue marche, avait hâte d'aller se reposer :

— Il suffit, frère Alaric, avait-il dit, je suis venu ici pour me recueillir, non pour vous écouter me raconter vos petits scrupules. Nous verrons ça demain.

Mais il n'y aurait pas de demain ! Alaric l'avait définitivement décidé, alors que le vieil homme se détournait de lui. Il se sentait l'âme si noire qu'il lui fallait s'échapper, qu'il lui fallait fuir. Il ne voulait pas retourner au Mont, ni revoir son frère, ni sentir la peur qui les tenaillait tous, ni surtout, attendre. Attendre qu'on le vienne tuer ou torturer, peut-être pire que Thomas...

Il alla à la niche et posa délicatement un voile de lin sur le visage de la petite Vierge. Ainsi, elle ne verrait pas son geste et surtout, lui ne verrait pas ses yeux. Ainsi, peut-être lui pardonnerait-elle, elle savait si bien pardonner la Vierge, la Mère. Elle en avait sauvé plus d'un, intercédant pour tant de malheureux auprès de son Fils.

Il se signa puis lança la corde qu'il avait apportée, cachée au fond de son grand sac. Elle heurta la poutre et retomba en tas sur le sol, alors il la jeta à nouveau, puis encore et encore... jusqu'à ce qu'elle passe par-dessus le bois et retombe de l'autre côté.

Enfin, il attrapa le bout du filin et fit un premier nœud, tirant pour le fixer solidement au plafond. Le vieux banc lui serait utile, il pourrait le repousser du pied quand il serait prêt.

Il se signa encore, jeta un dernier regard à la petite Vierge voilée...

## 55

Quand au matin, réveillé par la lumière du jour qui le venait frapper en plein visage, le prieur ouvrit les yeux, il hurla. L'homme qu'il n'avait voulu confesser la veille se balançait au-dessus de lui, pendu à la poutre maîtresse de la petite chapelle et la mort l'avait pris.

Le prieur cria à nouveau.

Il criait encore, le lendemain, quand des pêcheurs du Mont, qui l'avaient entendu en venant relever leurs filets, défoncèrent la porte du sanctuaire.

# SIXIÈME PARTIE

*« Redoutable est ce lieu,*
*on l'appelle le Temple de Dieu. »*
Psaumes

## 56

Comme la petite Gisla l'avait prédit à Galeran, il s'était mis à pleuvoir. C'était l'une de ces anordies dont le mois de mars avait le secret. Des torrents d'eau dévalaient les ruelles étroites et des rafales obliques giflaient les contreforts de la grande abbaye. Pendant ces jours noirs, les pluies furent si fortes que les eaux des rivières grossirent démesurément, brisant les talus, pétrissant les sables de la baie, creusant de nouveaux lits, affrontant avec fureur les marées que poussait le vent de nordet.

C'est sous cette pluie battante que le chevalier était revenu au Mont après deux jours d'absence. Il alla droit à l'hôtellerie s'enquérir de Galeran, avec lequel il s'entretint un long moment. Après avoir écouté sans mot dire son récit, il murmura :

— Grâce à toi, mon fils, je tiens tout ce qui me manquait. Et pourtant, dès le début, la solution était sous nos yeux, mais je ne la voulais voir. Le vieux Renoulf avait raison, la lèpre était dans tout le corps. J'ai demandé audience à l'abbé. Il va avoir bien de l'ouvrage et ne nous saura gré de tant de tragiques révélations.

Galeran, que la terrible nuit au pied des remparts avait profondément ébranlé, reprit :

— Je n'aurais cru, messire, qu'en venant ici, je verrais l'enfer... mais je ne peux comprendre encore ce qui a poussé ces satanaëls, comme les appelle Renoulf, ces impunissables à ces pratiques de damnés !

Le chevalier haussa les épaules :

— Une doctrine qu'ils n'auraient jamais dû connaître, Galeran. Une doctrine qui vient d'un lointain pays où la vie ne compte guère.

— Tout ceci nous ramène à l'abbé Richard ?

— Oh non, bien plus loin, mon fils. Quand nous sommes arrivés ici, mon premier travail a été d'étudier ces moines qui nous entourent et que nous ne voyons pas, protégés qu'ils sont par la clôture. Grâce aux registres, j'ai pu savoir d'où ils venaient et même parfois davantage. Il y a ici un moine qui a sans doute trop parlé de ce qui l'avait ébranlé jadis. Un moine qui a voyagé en de terribles contrées et est venu se réfugier ici pour échapper à ce qu'il avait entrevu.

— Mais qui ? fit Galeran le front plissé sous l'effort de la réflexion, puis son visage s'éclaira et il ajouta : les deux seuls moines étrangers à nos pays sont le pré-chantre, un Vénitien, je crois, et le chancelier qui vient de Cantorbéry.

— Tu es vraiment l'homme qu'il me fallait, Galeran.

Mais le jeune écuyer continua, murmurant comme pour lui-même :

— Lequel a pu apporter une doctrine si terrible que l'on tue des enfants à cause d'elle ? Se pourrait-il que le Vénitien soit celui dont vous parlez ?

— Il te faudra toujours prouver ce que tu avances, Galeran. Continue. Pourquoi penses-tu cela ?

Le jeune homme haussa les épaules avec désespoir.

— Je ne sais, messire. Venise est une puissance maritime, ses possessions sont nombreuses mais je ne sais de quelle doctrine il peut s'agir, ni de quel pays elle peut provenir.

Le chevalier posa ses paumes sur les épaules du jeune homme :

— Et pourtant, tu avances vite et juste. C'est bien le Vénitien qui est cause de tout ceci. À son insu, je l'espère pour son salut. Sache qu'il y a bien longtemps, Galeran, au II$^e$ siècle, saint Irénée s'est battu contre cette doctrine, cause de bien des morts cruelles. Seulement, dans les possessions de Venise, en Transylvanie, cette hérésie a continué à faire des ravages.

— Comment savez-vous tout ça ?

Un rire triste secoua les épaules maigres du chevalier, qui ne répondit pas.

Frère Raymon venait d'annoncer à l'abbé le suicide d'Alaric et attendait ses ordres, le regard obstinément baissé sur le dallage de la cellule. Mais Bernard du Bec ne disait rien et le frère finit par redresser la tête. L'abbé avait fermé les yeux. Seule la pâleur livide répandue sur son visage montrait le combat qu'il se livrait à lui-même pour garder son calme.

— Allez quérir le prieur ! ordonna-t-il brièvement.

Le vieux religieux, que les pêcheurs venaient de raccompagner en l'abbaye, s'avança en chancelant dans la pièce, laissant à Raymon le soin de refermer la porte.

Personne ne sut jamais exactement ce que les deux hommes se dirent au cours de cet entretien secret qui ressemblait fort à une confession. Pour finir, Raoul qui, au fil des ans, s'était férocement accroché à sa charge, demanda à être relevé de son poste de prieur et à redevenir un simple moine parmi ses frères.

Tandis qu'il parlait, l'abbé le regardait pensivement. Enfin, ce dernier dit d'un ton sans réplique :

— C'est sans doute la décision que j'aurais prise moi-même, si vous ne m'aviez tenu ces propos. Mais non, mon fils, c'est maintenant que Dieu vous éprouve et que surtout, vous ne vous enorgueillissez plus de votre charge, qu'il me paraît bon que vous la conserviez.

Bernard du Bec marqua un temps, observant toujours le vieil homme aux traits ravagés, puis il poursuivit :

– Cependant, frère Raoul, vous irez faire retraite au prieuré du Mont Dol pendant quelques jours, avant de reprendre votre place parmi nous. Allez ! Que Dieu vous aide !

C'était un congé, le prieur s'inclina devant Bernard du Bec et sortit d'un pas mal assuré. L'abbé se tourna alors vers Raymon qui attendait ses ordres sur le seuil de la cellule et ordonna :

– Dites au chevalier que je l'attends, lui et son écuyer, en la salle capitulaire.

## 58

Le jeune écuyer et le chevalier avaient à peine terminé leur entretien, que frère Raymon vint les quérir de la part de l'abbé.

Le religieux les mena à la salle capitulaire puis, sur l'ordre de Bernard du Bec, se retira et ferma la porte derrière lui.

La salle, divisée en deux nefs par une rangée de piliers, servait aux réunions de la communauté religieuse. C'était ici que le chapitre réglait tous les problèmes de l'abbaye, qu'ils soient d'ordre administratif ou spirituel.

L'ameublement était sobre, quelques bancs, un faudesteuil, un autel de granit... seules les chandelles y étaient plus nombreuses qu'ailleurs.

Assis sur son siège, l'abbé, qui tenait à la main la longue crosse émaillée, symbole de son pouvoir, rendit brièvement leur salut au chevalier et à Galeran qui s'étaient inclinés devant lui.

— Permettez, tout d'abord, fit le chevalier en tendant un parchemin à l'abbé, que je vous remette cette missive que m'a confiée l'évêque d'Avranches.

L'abbé la prit puis, après l'avoir lue, murmura non sans une certaine irritation :

— Voici qu'il veut venir me voir, sans doute pour vérifier si, comme tout seigneur féodal, j'ai bien fait justice sur mes terres et si tout est rentré dans l'ordre.

Puis, d'une voix lasse, il demanda au chevalier :

— Pourrons-nous, messire, donner satisfaction à l'évêque et à nous-mêmes ?

— Je pense, mon révérend, que nous arriverons au bout de nos peines, si du moins nous agissons vite et fort.

L'abbé détourna les yeux.

— Ainsi que vous me l'avez demandé, j'ai fait déposer sur cette table, tous les registres et cartulaires que vous avez consultés depuis votre arrivée au Mont. Par ailleurs, j'ai fait fermer les grandes portes avec consigne que personne ne sorte. Tous, officiers, moines, oblats et frères convers resteront en l'abbaye jusqu'à la réunion extraordinaire du chapitre qui aura lieu après notre entretien. Même les serviteurs ne doivent point sortir. Bien... maintenant, je vous écoute, messire.

Le chevalier hocha la tête, marchant à grands pas dans la nef avant de s'arrêter devant l'abbé.

— *De nihilo nihil*! cita-t-il, rien ne vient de rien et c'est pourquoi, si vous le voulez bien, mon révérend, je crois qu'il faut, une fois de plus, remonter aux sources de toute cette affaire, c'est-à-dire à l'abbatiat de votre prédécesseur Richard de Mère, mais plus encore, à ceci.

Et le chevalier alla à la table, ouvrit un énorme registre, sur lequel il frappa du doigt :

— Il est dans ces pages, non seulement les noms de vos moines, mais aussi leurs origines, leurs mesnies...

— Je ne vois pas..., fit l'abbé en fronçant les sourcils.

— Vous m'avez fait appeler, mon révérend, car il y avait ici, au Mont, quelque chose qu'on vous dissimulait, mais que vous deviniez. Vous aviez cru qu'avec le départ de l'abbé Richard et de ses séides, et une saine administration, tout rentrerait dans l'ordre. C'était faux, et vous l'avez compris un peu tard, cependant saviez-vous pourquoi c'était faux ?

L'abbé esquissa un signe de mécontentement, mais déjà le chevalier reprenait :

— Parce que Richard, avec sa luxure et sa corruption, n'a fait que réveiller les passions et les haines qui sommeillaient ici, comme ailleurs en ce monde. Il n'a rien été d'autre que la flammèche qui allume le feu sous les brindilles sèches, avant que n'éclate l'incendie ! Nous n'avons pas pris pour cause le véritable mal, mon révérend, celui dont tout procède et qui est bien antérieur à l'arrivée de ce presque laïque !

Le chevalier marqua un temps, laissant ces derniers mots résonner sous la voûte de la salle capitulaire. Galeran, fasciné, ne le quittait des yeux, buvant littéralement ses paroles. Comment allait-il s'y prendre pour expliquer tous ces événements qui, pour lui, n'avaient aucun sens ?

— Toujours est-il, reprit le chevalier, que le départ de Richard n'a pas ralenti les affaires que faisaient certains ici. Vous étiez si occupé, mon révérend, à rétablir l'équilibre de cette abbaye et il y avait tant d'ouvrage, que beaucoup en ont profité.

– Expliquez-vous enfin ! dit l'abbé d'un ton exaspéré.

– J'y arrive. Vous le savez, pendant son abbatiat, Richard de Mère a vendu maints biens-fonds de l'abbaye à des familles de la côte. Ce n'est un mystère pour personne, et cette sinistre affaire a fait suffisamment de bruit pour attirer l'attention du Saint-Siège et du roi Henri 1er Beauclerc.

» Ce qui est plus intéressant et moins connu, en revanche, ce sont les noms des acheteurs. Apparaissent dans les registres des bourgeois d'Avranches, des seigneurs bretons et bocains, des Picards, mais aussi un nom qui revient fort souvent, celui de Roger d'Avranches. À ce sujet, si vous le voulez bien, mon révérend, je voudrais d'ailleurs que nous interrogions frère Raymon.

– Bien sûr, appelez-le. Tel que je le connais, il ne doit pas être bien loin, ironisa l'abbé.

En effet, quand Galeran s'approcha de la porte, il vit qu'elle avait été laissée entrebâillée et que Raymon se tenait collé derrière. Le religieux se redressa brusquement, en époussetant maladroitement sa robe et en balbutiant des excuses incompréhensibles.

– Votre abbé désire vous voir, mon frère, fit le jeune écuyer qui réprimait une forte envie de rire.

Raymon hocha la tête et le suivit, jetant au passage un regard surpris vers les livres empilés sur la table.

– L'autre jour, sur ma requête, continua le chevalier en s'adressant au frère qui s'était arrêté à quelques pas de lui, vous m'avez parlé de deux seigneurs qui logeaient en l'abbaye. Vous souvenez-vous de leurs noms ?

— Oui, messire, je me rappelle très bien, répondit l'autre obséquieusement, je vous ai parlé de Roger d'Avranches et de Philippe de Beaumont.

— J'ai pris mes renseignements sur ces hommes, essayant même de les rencontrer, malheureusement Roger d'Avranches avait fort inopportunément quitté le Mont. Quant à Philippe de Beaumont, lointain cousin de l'architecte Raoul, c'était le pèlerin aveugle qui couchait à mes côtés à l'hôtellerie. Grâce à l'amitié que son serviteur témoigne à Galeran, j'ai pu me renseigner sur lui et même, lors de mon récent voyage au Mont-Dol, apprendre qu'il vivait, de par sa volonté, dans le plus grand dénuement.

» Il en va tout autrement pour Roger d'Avranches. Le plus étonnant, savez-vous, frère Raymon, c'est que cet homme sort de nulle part.

Raymon toussota, mal à l'aise, se dandinant d'un pied sur l'autre, il marmonna :

— Non, euh, non...

— Il ne possédait pas de réelle fortune, continua le chevalier, il était seulement le fils d'un ancien donateur de l'abbaye, ce qui lui donnait droit de gîte ici, mais son père n'était même pas un chevalier banneret. Or, maintenant, Roger règne sur des châteaux et une troupe de mercenaires. Quant à son harnois et à ses palefrois, ils sont dignes de ceux d'un prince. Frère Raymon, vous m'aviez dit, si je me souviens bien, que tous ici étaient plus ou moins cousins. Il est dommage que vous n'ayez point approfondi cet aspect, quoique...

– Que voulez-vous dire, messire ? Je ne savais rien de plus..., protesta l'autre.

– Oh si, vous saviez, frère Raymon ! Mais peut-être avez-vous jugé que ce n'était point important ? Car voyez-vous, les listes que vous avez établies sont fort incomplètes : peut-être vouliez-vous me remettre d'autres éléments plus tard ? Je ne sais, mais je n'avais pas le temps d'attendre votre bon vouloir, j'ai donc demandé à l'abbé l'autorisation de consulter discrètement les registres en sa cellule.

– Vous... vous avez fait cela ? bégaya le moine.

– Oui, et c'est là que j'ai compris à quel point vos précieux renseignements n'en étaient pas.

À ces mots, le frère pâlit, mais le chevalier poursuivait déjà :

– Et puis, je n'arrivais à comprendre cette soi-disant difficulté à consulter les cartulaires. D'après vous, pour ne pas éveiller les soupçons. Tout abbé a droit de consulter ses livres, n'est-ce pas ? Alors pourquoi m'avoir proposé ces listes, frère Raymon, est-ce votre idée ou la suggestion d'autrui ?

Le moine s'empourpra et protesta avec véhémence :

– Mais non, messire, de moi seul ! Je voulais vous faire gagner du temps. Je suis désolé si les listes comportaient des erreurs, je ne suis pas très bon copiste, j'ai fait du mieux que j'ai pu...

– Non ! coupa sévèrement le chevalier, et je ne sais si c'est par intérêt ou par imbécillité, ou plutôt pour vous rendre indispensable auprès de votre abbé et de moi-même que vous avez fait ça. Vous vouliez devenir un personnage important, n'est-ce pas, frère Raymon ?

Le regard du moine croisa celui du chevalier. Il baissa la tête sans répondre.

— Et puis, comment se fait-il, poursuivit le chevalier, que vous n'ayez point vu que les cartulaires avaient été trafiqués ?

— Mais non ! protesta faiblement le moine, je n'ai rien vu de tel, c'est tout simplement impossible. Mon révérend, je vous en conjure, dites-lui à quel point je vous suis dévoué...

L'abbé ne condescendit même pas à baisser les yeux vers lui, gardant un silence obstiné.

— Ce sera au révérend d'apprécier votre responsabilité dans tout ceci, jugea froidement le chevalier. Seulement, mon frère, songez que pendant que vous jouissiez de votre ascendant sur nous, des hommes en mouraient.

Le moine fit un geste de dénégation. Livide, il se jeta aux pieds de Bernard du Bec :

— Pardonnez-moi, mon révérend ! Je voulais seulement rester près de vous, c'est tout ! J'ai mal fait, je le confesse, mais depuis toutes ces années que je vous sers fidèlement... Bientôt dix ans, mon révérend, bientôt dix ans... Je pouvais espérer devenir autre chose qu'un simple moine. J'aurais pu devenir votre prieur ou même simplement officier, je méritais bien ça... mais je vous jure que je ne désirais rien d'autre, sinon continuer à servir. Et je n'ai rien vu d'anormal dans les livres. Mon révérend, je ne pensais pas que mes actes étaient si lourds de conséquences. Pardonnez-moi, mon maître ! geignit le moine en attrapant le bas de la robe de l'abbé.

297

Ne me rejetez pas, par pitié, ne m'enlevez pas votre confiance !

Bernard du Bec ne répondit pas, foudroyant l'homme du regard avant de lui enjoindre de sortir.

## 59

— Cette scène était nécessaire, mon révérend, expliqua brièvement le chevalier, il fallait que vous fussiez mis au courant. Je crois d'ailleurs que Raymon est sincère quand il dit qu'il n'a rien vu et qu'il a agi seul. Je pense qu'il était trop aveuglé par ses ambitions et le désir de vous plaire.

L'abbé secoua la tête en murmurant :

— Comment a-t-il pu me tromper à ce point, lui qui avait toute ma confiance ? Mais poursuivez, chevalier, puisqu'il le faut !

— Revenons donc à ce Roger d'Avranches. Voyez-vous, ce qui m'a fort étonné, c'est qu'après le départ de l'abbé Richard, il a continué à acquérir à vil prix des terres appartenant à l'abbaye. J'ai même retrouvé une promesse de vente concernant l'un de vos ports avec ses pêcheries et ses viviers, et il ne s'agissait de rien moins que de votre port principal, celui des Genêts.

— Mais je ne sais rien de tout ça, des terres vendues et cette promesse de vente ! s'insurgea l'abbé. Par qui était-elle signée ?

— Par Richard de Mère, mon révérend, mais, curieusement, l'acte avait été fait après son départ du Mont et je n'aurais jamais rien su de cette demande si Roger d'Avranches, toujours le même, ne s'en était ouvert à l'évêque pour réclamer sans vergogne ce qu'il estimait son dû !

L'abbé entrouvrit la bouche comme pour protester encore, mais la referma sans souffler mot, tandis que le chevalier reprenait :

— Permettez-moi, à ce sujet, de vous faire entendre mon écuyer, il a surpris l'autre jour, une fort intéressante conversation. Galeran, mon ami, veux-tu nous dire de quoi il s'agissait ?

Galeran s'avança et répéta ce qu'il avait entendu ce jour-là, près de la fontaine.

— Mais qui sont donc ces deux criminels dont vous n'avez vu le visage ? demanda l'abbé.

— Patience, patience, fit le chevalier, l'un d'eux vous apparaîtra bientôt en pleine lumière. Quant à l'autre, on peut effectivement supposer qu'il s'agit de notre Roger d'Avranches qui, peu après cette discussion, quitta le Mont avec ses hommes comme il l'avait annoncé.

» Par ailleurs, j'ai pensé à vos propos, concernant les deux morts *accidentelles* qui se sont produites au début de votre abbatiat, et me suis souvenu que l'une des victimes était chargée des viviers, des Genêts notamment... Mais enfin, reprenons et voyons d'abord, si vous le voulez bien, quelque chose que vous connaissez mieux que moi, à savoir les différents rôles des officiers de l'abbaye.

— Allez, allez, pressa l'abbé, dont l'impatience grandissait au fur et à mesure des révélations du chevalier.

— Voyons d'abord le rôle qu'a joué le malheureux Alaric, le cellérier. Un emploi bien commode que celui-là, être l'économe et l'administrateur d'une abbaye aussi puissante que le Mont. Il achetait et vendait, touchait les différents péages, surveillait, voire gratifiait ceux qui, sous ses ordres, travaillaient aux moulins, aux granges, et aux viviers. Si vous mettez le nez dans ses comptes, ils ont l'air bien tenus et pourtant... tout y est faux, et notre cellérier n'avait plus un sou pour entretenir l'abbaye, il était acculé, ce qui pourrait expliquer son suicide... du moins en partie.

— Comment pouvez-vous dire que tout est faux ? cria l'abbé.

— Je peux vous le dire, mais je préfère vous le prouver. *Sapiens nihil affirmat quod non probet.* Le sage n'affirme rien qu'il ne prouve. Mais pour cela, la présence de tous m'est nécessaire car, je vous le dis, ce qui se trame ici est pire que tout ce qu'on peut imaginer !

# 60

Quand frère Anastase reçut l'ordre de se rendre sans délai à la réunion extraordinaire, il se mit brusquement à avoir peur.

Le responsable du scriptorium de l'abbaye, était un homme d'un certain âge qui avait gardé belle allure. D'origine vénitienne, on l'eût vu plus volontiers, avec ses manières distinguées, dans les couloirs du Saint-Siège qu'ici, sur un rocher perdu de la côte normande.

Mais frère Anastase était surtout un homme d'études, qui n'aimait point être dérangé dans son travail ni se perdre en vains discours. En ce sens, la règle de silence monastique était, pour lui, une véritable bénédiction. Justement, n'avait-il point poussé un peu loin le mutisme et n'avait-il pas péché par omission, plus souvent qu'à son tour, pour préserver sa tranquillité ?

Il s'arrêta net sur le seuil de la salle où tous les moines étaient déjà assemblés. Une nervosité insolite monta en lui quand il vit le chevalier venir à sa rencontre et lui demander de s'asseoir non loin de l'abbé.

L'endroit ressemblait à un tribunal ; les moines étaient figés, immobiles sur leurs bancs, trahis seulement par les regards furtifs qu'ils jetaient au chevalier.

De son côté, Bernard du Bec cachait mal sa rancœur. Il n'était pas remis des révélations qui lui avaient été faites... L'abbaye pillée, sa confiance trahie et maintenant, qu'allait-on encore lui annoncer ?

Quand le chevalier prit solennellement la parole, le silence était presque palpable.

— Lorsque l'abbé Richard et ses sbires ont été chassés du Mont, il y a deux ans, on a pensé que tout devrait forcément rentrer dans l'ordre. Vous le savez, ce ne fut malheureusement pas le cas. Les relations entre le village et l'abbaye ne se sont pas améliorées et une peur indicible a continué à régner ici ! Pire encore, deux morts suspectes ont eu lieu et ont décidé votre abbé à faire appel à moi pour venir à bout de cette détestable situation.

» Était-ce ma venue qui avait dérangé certains et déclenché ces deux crimes, ainsi que le suicide d'Alaric ? Cela se pourrait bien, car sur la route de Dol, où j'étais allé chercher quelques renseignements, j'ai été hier attaqué par trois routiers qui en voulaient à ma vie... ils y ont d'ailleurs perdu la leur, par mes soins.

L'assemblée écoutait toujours en silence : un silence qui n'avait rien de bienveillant. Galeran, qui se tenait debout non loin du chevalier, eut le sentiment d'un danger imminent et porta d'instinct la main à son épée. L'abbé prit alors la parole d'un ton excédé :

— Certes, messire, et cela est regrettable, mais pouvez-vous en venir à ce qui nous préoccupe tous et nous désigner enfin les coupables de ces méfaits ?

— Patience, mon révérend, patience ! Comme je vous l'ai dit, il ne suffit pas de montrer, il faut démontrer. Et les origines de cette affaire sont si obscures qu'il est impossible de les présenter simplement.

— Bon, bon, nous vous écoutons, concéda l'abbé, les yeux au ciel.

— Eh bien, si vous le permettez, dit le chevalier, en s'approchant du moine vénitien, je poserai d'abord une question à frère Anastase.

— Faites, faites, répondit Bernard du Bec.

— Dites-moi, mon frère, si je me souviens, parmi les emprises de votre puissante cité, il y a bien celles du grand fleuve Danube et de ses montagnes ?

— Ceci est vrai, acquiesça brièvement le moine.

— Alors, vous n'ignorez pas que, dans les monts de Transylvanie, où vous avez je crois séjourné jadis, vivent encore de nombreux adeptes de la doctrine de Mani ?

Anastase rougit violemment et dit à mi-voix :

— Certes, il y a là plusieurs sectes, comme les Bogomiles... ce sont les héritiers dégénérés des anciens gnostiques que saint Irénée a fort combattus... c'est tout ce que je sais.

— Des hérétiques ? demanda l'abbé, brusquement intéressé.

— En effet, fit le chevalier, et puisque frère Anastase ne veut rien nous dire de plus, je vous parlerai moi-même de ces croyances que je connais assez bien. Quand justement saint Irénée s'est jadis exclamé : « La gloire de Dieu, c'est que l'homme soit vivant ! », il ne faisait, en réalité, que répondre aux adeptes de ces sectes mortifères pour lesquels naître, venir au monde, être vivant en somme, est la pire des calamités. Parce que, voyez-vous, les Bogomiles des montagnes, comme les anciens gnostiques, croient qu'il existe une vie heureuse et pure, mais seulement avant la naissance, une « vie avant la vie », qu'ils nomment la pré-naissance...

— Mais c'est le monde à l'envers ! s'exclama l'abbé, qui ajouta : j'ai entendu parler de ces doctrines, mais j'ignorais qu'elles avaient encore de virulents adeptes.

— C'est le monde à l'envers, en effet, approuva le chevalier, parce que les Bogomiles ne croient point, comme nous, que Dieu a créé toutes choses mais que c'est Satan et ses mauvais anges, les démons, qu'ils appellent les satanaëls. Comme beaucoup d'Orientaux, ils sont convaincus qu'on n'échappe pas à son commencement, qu'on ne peut s'en libérer, alors ils deviennent fatalistes ou pire encore !

Soudain, la règle de silence fut rompue, on entendit des cris, des protestations. Quelqu'un hurla :

— Assez ! Assez de blasphèmes ! Qu'avons-nous à faire avec ces barbares ?

L'abbé, frappant le sol de sa crosse, eut grand mal à rétablir un certain calme.

— Continuez, messire, fit-il, exaspéré.

— On a remarqué que, dans les monts du Danube, dit posément le chevalier, certains villages isolés se dépeuplaient rapidement et finissaient par disparaître, faute de naissances.

– Je suppose que ces gens n'avaient point choisi, comme nous, la chasteté ? s'enquit l'abbé.

– Eh bien non, ils allaient seulement jusqu'au bout de leurs croyances et comme ils ne voulaient pas se priver des plaisirs de la fornication, ils mettaient simplement à mort tous les nouveau-nés...

Le silence régna à nouveau. Un silence horrifié.

Le chevalier se tourna alors vers Anastase.

– Ne le niez pas, mon frère. Quand vous avez séjourné dans les Carpates, vous avez été forcé de vous intéresser aux coutumes de ces hérétiques et à celles des sectes dégénérées des buveurs de sang... ne dites pas le contraire !

Le Vénitien, qui baissait obstinément la tête, fut pris d'un violent tremblement.

– Vous en avez parlé à quelqu'un ici, n'est-ce pas ? insista le chevalier.

– Levez-vous et répondez, je vous l'ordonne ! s'exclama l'abbé.

Anastase se leva, puis murmura sans hausser le ton :

– Peut-être, peut-être, messire, je ne me souviens plus...

– Il le faudra bien pourtant, fit le chevalier avec rudesse, si vous ne voulez pas être accusé de complicité de meurtre !

– Je ne suis pour rien dans tout ça ! nia l'autre en se laissant retomber sur son siège, et je ne vois pas d'abord en quoi ces hérétiques vous intéressent tant !

– Eh bien, venons-y, fit le chevalier, nous avons vu que ceux qui avaient cru extirper le mal en chassant du Mont les fornicateurs s'étaient lourdement trompés.

Car, voyez-vous, ici, après le départ de la sinistre bande de l'abbé Richard, il restait encore leur semence... je veux parler des enfants, ces enfants oubliés que l'on appelle les oblats parce que, comme on dit, leurs familles les offrent au monastère... disons plutôt qu'elles s'en débarrassent de force, la plupart du temps ! Il était donc facile, très facile même, de faire croire à ces pauvres abandonnés qu'ils n'auraient jamais dû venir au monde et que naître était réellement un malheur irréparable ! La triste vie qu'ils étaient forcés de mener, enfermés sur le rocher, les en persuadait chaque jour davantage, et de là à les convaincre que le monde est l'œuvre du génie du mal et qu'eux-mêmes étaient voués à Satan, il n'y avait pas loin !

Un murmure parcourut l'assemblée.

— Les oblats ! Ces pauvres enfants ! Mais c'est impossible ! s'écria Bernard du Bec, scandalisé.

— Oh si, c'est possible ! Dès ma venue au Mont, j'ai remarqué que, contrairement à la règle, ces jeunes dont plusieurs étaient déjà presque des hommes semblaient livrés à eux-mêmes. On les voyait un peu partout et souvent hors de l'abbaye. Et maintenant, pourquoi pensez-vous que les femmes du village ne viennent plus ici qu'en groupe ? Mon écuyer qui a enquêté de son côté va vous le dire.

Au silence et aux rumeurs avaient succédé la consternation et l'inquiétude quand Galeran, d'une voix ferme, commença son récit.

— Je vous répéterai d'abord le témoignage d'une fillette, âgée d'environ treize ans, dont je tairai le nom, vous devinez pourquoi. Elle m'a confié que deux jeunes moines l'avaient approchée et avaient tenté de la forcer dans les rochers. Elle a réussi à leur échapper, cette fois-là. Mais l'un des deux, qui, précise-t-elle, se nommait Hervé, et qu'elle a rencontré un peu plus tard, l'a menacée de mort, si elle ne lui cédait pas. J'ajoute que j'ai, moi-même, surpris une partie de cette scène !

La mesure était comble.

— Arrêtez ces balivernes ! cria la même voix qu'un peu plus tôt.

— Pas encore ! répliqua le chevalier, j'ai gardé le meilleur pour la fin. Ce même témoin a dit à mon écuyer que plusieurs filles du village avaient été ainsi engrossées.

— Et personne n'en aurait rien su ! hurla encore la voix.

— Non personne, car ces jeunes filles ont accouché en secret.

— Et que sont devenus les enfançons ?

— Ils ont été enlevés à la naissance et probablement tués... mais, Galeran, veux-tu nous conter maintenant ce que tu as vu, l'autre nuit, au pied des contreforts de l'abbaye, dans les immondices...

Le jeune écuyer s'exécuta. Quand il eut terminé, l'abbé se leva d'un bond. Il était livide.

— Mes frères, sortez tous d'ici ! ordonna-t-il. Allez immédiatement en l'église de saint Michel vous repentir et prier !

Un silence pesant était retombé sur la salle capitulaire. Tête baissée, les moines se levaient et quittaient leurs bancs.

– Pardonnez-moi, mon révérend, fit fermement le chevalier en s'adressant à Bernard du Bec, pas tous...

Puis se tournant vers l'un des religieux :

– Frère Trahern, c'est vous qui nous avez interrompu de si belle façon, tout à l'heure ?

À l'appel de son nom, le frère se tourna vers le chevalier.

– Et après ? Devions-nous entendre toutes ces infamies ?

– Certes, certes, répondit calmement le chevalier, au fait, mon frère, j'aimerais savoir...

– Quoi encore ? fit l'autre.

– Frère Trahern, n'avez-vous pas, jadis, été vous aussi un oblat ?

Quand il vit le visage de l'insolent personnage se décomposer, Galeran ne put s'empêcher d'admirer, à part lui, la façon dont le chevalier avait porté son estocade. C'était bel et bien un tournoi qui se livrait là, mais un tournoi d'un genre nouveau, où il fallait débusquer l'assassin sans rien d'autre que la pointe aiguisée de son esprit.

Heureux de l'effet produit, le chevalier se tourna à nouveau vers l'abbé :

– Mon révérend, notre tâche arrive à son terme. Ordonnez de rester aux frères Trahern et Anastase, et faites aussi placer deux convers devant la porte.

Ainsi fut fait.

# 61

Bernard du Bec demeurait recroquevillé dans son faudesteuil. Il dit enfin d'une voix éteinte :

— Mes fils, je vous saurais gré de répondre en toute clarté aux questions du chevalier.

Puis il ajouta avec un soupir :

— Pour ce qui est de notre règle de silence, hélas, elle a été violée aujourd'hui de manière honteuse, il y aura des sanctions.

L'abbé se tut, ravalant ses griefs, et le chevalier se tourna vers frère Anastase :

— Vous êtes le responsable du scriptorium du Mont et je voudrais que vous me confirmiez certains aspects de la fabrication de vos livres.

— Je vous écoute, fit Anastase.

— Le scriptorium du Mont est renommé. On connaît la qualité de ses copistes et la beauté du travail de ses enlumineurs. Il est ensuite des spécificités liées à votre atelier, plutôt qu'à un autre, comme les encres rouge et verte, les peaux de mouton que vous utilisez de préférence à celles des chèvres ou des veaux. Pour l'écriture, elle-même, les initiales de vos textes sont si ornées qu'on dirait parfois que tout est enluminé.

Anastase hocha la tête, étonné que le chevalier témoigne d'une telle connaissance des pratiques de son scriptorium.

— La transcription à main levée d'un original exige une grande concentration, continua le chevalier, une attention de tous les instants, et vos copistes, je l'imagine, ne peuvent travailler plus de trois ou quatre heures d'affilée. Certains d'entre eux se reconnaissent à la façon qu'ils ont de tracer les onciales, la minuscule caroline ou la capitale romaine. Enfin, une fois les pages emplies, les parchemins partent au cousoir, ils sont assemblés en cahiers, cousus les uns aux autres par un fil de lin passant autour d'un nerf de cuir. Les nerfs sont fixés au plat antérieur du livre avant la couture.

Le chevalier s'arrêta puis s'enquit soudain :

— Ne vous a-t-on pas demandé, frère Anastase, de refaire la reliure de certains cartulaires ?

Le moine ouvrit de grands yeux et s'exclama :

— Mais oui, comment le savez-vous ? Je n'en ai parlé à personne.

— On connaît votre discrétion, fit le chevalier avec un demi-sourire.

Le Vénitien reprit :

— Les dosserets de cuir étaient détrempés, il a fallu tout refaire. Une fenêtre mal fermée, d'après frère Trahern qui, en homme extrêmement soigneux, a tout de suite voulu réparer ce désastre, n'est-ce pas, mon frère ? acheva-t-il en se tournant vers le camérier qui ne répondit point, faisant mine de se désintéresser de l'entretien.

— La faute en est probablement à Titivillus, le démon des copistes et des chantres ! fit le chevalier. Cette terrible créature qui, dans son sac, amasse les phrases oubliées, les erreurs, les mots maltraités et ainsi, compromet le salut des fautifs.

Anastase sourit tristement :

— Vous connaissez cela ? Mais en fait, Trahern était fort en colère contre Philippe, son sous-camérier.

— Celui qui est mort ?

— Oui, c'est bien cela, c'était d'ailleurs la veille de sa mort que Trahern m'avait apporté ces livres. Cela m'avait frappé à l'époque, comme si le Ciel avait puni ce malheureux de bien rude façon.

— Pensez-vous, frère Anastase, qu'il soit possible que les cahiers que vous avez fait relier à cette époque, n'aient pas été les originaux ?

Le moine fronça les sourcils :

— Je n'en sais rien, mais les cahiers étaient détachés quand j'ai récupéré les ouvrages. Trahern m'a dit qu'il avait coupé les nerfs qui les reliaient entre eux pour sécher les manuscrits dont il craignait qu'ils ne se collent ou moisissent...

— Quel moine remplissait ces livres ?

— Philippe, le sous-camérier.

— Et après sa mort, qui d'autre ?

— C'est curieux que vous me posiez la question, car j'avais proposé le copiste Martin à frère Trahern, qui a décliné mon offre et après, je n'y ai plus songé. Je ne sais pas qui les remplissait, ajouta-t-il en se tournant vers le camérier.

Comme l'autre gardait toujours un silence méprisant, le chevalier poursuivit :

— Connaissiez-vous des talents de copiste à Trahern ?

— Non, le seul qui m'ait réellement étonné dans ce domaine était son frère Alaric. Il a travaillé un temps au scriptorium et je dois dire que j'eusse aimé le garder au sein de mon atelier, c'était un copiste exceptionnel et fort rapide en plus.

— Vous reconnaîtriez son écriture ?

— Bien sûr, d'autant que je possède quelques manuscrits qu'il a transcrits pour moi.

— Je vous saurais donc gré de prendre l'un des cartulaires que vous avez réparé pour l'examiner et me rapporter si, par hasard, vous y reconnaissez la main d'Alaric.

— Vous voulez dire qu'Alaric et Trahern auraient falsifié les écrits du sous-camérier ? demanda le Vénitien. Mais pourquoi ? C'étaient seulement des titres de propriété, de vente et d'achats de terres et de bois, des relevés de donations...

Le chevalier se contenta de sourire :

— Je vous remercie, mon frère, vous nous avez été très utile. Vous pouvez tout de suite vérifier les livres, si toutefois le révérend le permet.

Bernard du Bec se tassa un peu plus sur son faudesteuil et d'un bref signe de la main, congédia le moine.

Anastase sourit et s'inclina respectueusement avant de se saisir de l'un des cartulaires posés sur la table et de s'éclipser d'un pas léger.

## 62

Le chevalier s'alla placer alors devant Trahern qu'il
dévisagea calmement avant de prendre la parole. Grand
et mince, le regard farouche, le cheveu d'un blond très
pâle, le moine faisait songer davantage aux intrépides
guerriers normands, dont il descendait, qu'à un homme
de prière et de méditation.

— Vous me pardonnerez, mon frère, de sauter directement aux conclusions de cette énigme. Avant de vous
voir, je pensais que si, en son temps, Richard de Mère
n'était venu ici, rien de tout ceci ne serait arrivé, que
votre désir de revanche serait mort de lui-même, étouffé
par les murs de cette abbaye. Car cela n'est point grati-
fiant et fort injuste d'être le cadet d'une famille et, de
plus, un oblat. Autant dire qu'à peine né, on n'existe
plus, n'est-ce pas, frère Trahern ?

L'homme ne répondit pas, mais toute son attention
s'était fixée sur le chevalier qu'il regardait sans ciller.

— Et pourtant, continua ce dernier, vous méritiez
mieux que cela, vous êtes un homme intelligent, Trahern, très intelligent. Il en fallait de l'habileté pour
gagner la confiance de l'abbé Richard, et encore plus

pour lui acheter, par l'intermédiaire de votre cousin Roger d'Avranches, les possessions de l'abbaye... avec les propres revenus de celles-ci ! Eh oui ! Alors que l'abbé Richard s'adonnait à ses vices, vous vendiez bois et récoltes, puisiez dans le trésor et remettiez l'argent à Roger qui achetait alors, en toute légalité, les terres, les pêcheries et les viviers que vous convoitiez !

L'autre eut un bref mouvement.

— Après tout, cela vous était facile, reprit le chevalier, n'étiez-vous pas le camérier de l'abbaye, celui qui garde la *camera*, la chambre où sont entreposés l'argent, les titres de propriété, les archives et les contrats d'affaires. Vous receviez et gériez les fonds et eu égard à ces tâches, pouviez aller et venir en dehors de la clôture, tout comme Alaric. Et, de plus, vous formiez une seule et même mesnie ! Je ne parle pas uniquement de vous et de votre malheureux frère, je parle aussi de Roger d'Avranches et là est le nœud de l'affaire. Car si le père d'Alaric et de Trahern était devenu, grâce aux croisades, un puissant seigneur, il n'en fut pas de même pour son cadet, venu mourir au pays, et ne léguant à son unique fils que son épée. Ce fils, c'était Roger d'Avranches, et donc votre plus proche cousin !

L'abbé baissa la tête, accablé. Il mesurait l'étendue du désastre, imaginait les gouffres creusés dans la trésorerie, les terres dilapidées... Il faudrait des années de travail pour sauver l'abbaye !

Un mince sourire se dessina sur les lèvres du camérier.

— Vous ne manquez pas d'imagination, messire, mais sans aucun doute de preuves, assena-t-il avec aplomb.

— Détrompez-vous, mon frère, rétorqua le chevalier, les preuves abondent, au contraire, sans parler des cartulaires falsifiés, il y a les aveux de votre frère.

Le camérier pâlit.

— Alaric est mort ! tonna-t-il. Il est mort de la pire des morts !

— Peut-être, mais il a laissé un écrit qui soulageait sa conscience tourmentée.

Le moine ouvrit la bouche pour répondre et la referma aussitôt. Galeran lui jeta un regard de biais : il savait fort bien, pour l'avoir appris par l'abbé, qu'Alaric n'avait rien laissé derrière lui, sauf ce petit morceau de tissu avec lequel il avait masqué les traits de Notre-Dame-La-Gisante.

Le chevalier mentait et Galeran sut qu'il allait porter l'estocade finale.

— Tiens, vous ne dites plus rien, continua le chevalier. Il est vrai que vous étiez fort mal entouré. Par nature, l'homme est faible. Votre malheureux frère, paix à son âme, n'en pouvait plus de mentir, votre cousin Roger dilapidait ce que vous lui aviez confié et de plus, osait vous menacer, vous ! Ne dites pas le contraire, puisqu'un témoin a surpris vos propos, l'autre jour, près de la source.

Ces derniers mots avaient touché juste. Trahern était trop orgueilleux pour ne pas réagir, il jeta :

— Ne jouons pas davantage, messire ! Je sais reconnaître quand j'ai perdu. Mais vous avez raison sur un point, je n'ai été entouré que d'imbéciles et de lâches, sans ça je serais arrivé à mes fins et j'aurais enfin quitté cette damnée prison.

— Vous avouez donc ! s'écria l'abbé, hors de lui.

— Oui, mon révérend, j'avoue, j'avoue tout ce qu'on voudra ! cracha le moine en se tournant vers Bernard du Bec.

Un lourd silence s'installa. La voix sévère du chevalier s'éleva alors :

— Il est dit dans les Saintes-Écritures et dans la règle de saint Benoît : tu ne tueras point ! Avez-vous tué, frère Trahern ?

Le religieux fixa un instant l'homme qui lui faisait face puis, baissant les yeux, protesta :

— Non, messire !

Une moue se dessina sur les lèvres du chevalier qui reprit :

— Avez-vous tué des âmes ?

— Que voulez-vous dire ?

— Je parle des âmes de vos serviteurs.

— Mes serviteurs, mes serviteurs ? Comme tout camérier, j'ai des frères convers et des moines sous mes ordres.

— Non, non... il ne s'agit pas de ceux-là, mais de ceux dont nous avons parlé tout à l'heure, et qu'on nomme ici les mauvais anges.

Le religieux perdit d'un coup sa belle assurance et murmura :

— Vous savez ça aussi...

Le chevalier acquiesça :

— Quand frère Anastase eut la malheureuse idée de vous parler, en toute innocence, de ses voyages dans les Carpates et de la persistance de ces hérésies dans ces régions, vous, l'ancien oblat, vous y êtes tout simplement converti. Après tout, la haine du monde, vous ne connaissiez que ça ! Et comme tous les convertis, vous avez eu aussitôt envie d'avoir des disciples. Alors pourquoi pas les petits abandonnés de l'abbaye ? N'avaient-ils pas, eux aussi, la haine et le désir de se venger. Ils ne demandaient qu'à se croire les tout-puissants envoyés de Satan... je vous le dis, Trahern, vous avez perdu ces enfants et c'est là, devant Dieu, un crime inexpiable !

Devant le silence du moine, le chevalier poursuivit :

— Dès lors, tout s'enchaîne. Nous avons le mobile, votre cupidité et celle de votre mesnie... Quant aux moyens, eh bien, ce seront les jeunes oblats qui vous les offriront et ceci nous ramène à leur maître, Jocelin. Savez-vous, Trahern, que l'herboriste du Mont a reconnu les plantes utilisées dans la boisson qui a rendu fou ce pauvre homme. L'une d'elles, l'absinthe, toujours d'après l'herboriste, n'était utilisée que par un seul religieux, et ce religieux, nous connaissons son nom. Vous, Trahern.

— Je m'en servais pour lutter contre les fièvres des marais, c'est tout !

— Il est pour cela des plantes plus efficaces, comme la bourrache, la matricaire, l'écorce de chêne... Dommage pour vous, Trahern, mais l'herboriste m'a dit qu'il vous fournissait aussi en esprit-de-vin. Or l'absinthe a la particularité, plongée dans l'alcool, de produire pour ceux qui l'absorbent des crampes, des évanouissements, des convulsions nerveuses, puis au stade final, de terribles visions, suivies de la folie et de la mort. J'ai donc tout lieu de croire que c'est vous qui avez fourni cette boisson à Jocelin.

— C'était un ivrogne, éructa Trahern, tout le monde le savait. Il est vrai que je buvais moi-même de cette mixture, rien ne sert de le cacher maintenant, mais je ne pouvais deviner qu'il en abuserait au point de perdre l'esprit !

— Peut-être n'avez-vous pas voulu le tuer, je ne sais. Une chose est sûre, dans cet état, il était bien incapable de surveiller les oblats.

Trahern ne dit rien ; seuls ses doigts, qu'il croisait nerveusement, montraient que son calme l'abandonnait.

— Il est n'est pas difficile, non plus, d'imaginer à quel point la débauche, l'argent, les viols, les tortures, dont se rendait coupable la racaille qui avait envahi le Mont, ont marqué ces malheureux qui ont bientôt voulu y prendre leur part !

— Finissons-en, voulez-vous ? cracha Trahern. Ces gamins m'ont servi, mais n'en faites pas des saints ! C'étaient des enfants vicieux, des rebuts, rien de plus !

— Et quand vous avez dit à ces rebuts que le jeu était fini, qu'il fallait rentrer dans l'ordre pour ne pas attirer l'attention de Bernard du Bec, ils ont refusé, n'est-ce pas ?

— En effet, ils ne m'obéissaient plus !

— Et que s'est-il passé pour Thomas ? dit brusquement le chevalier.

— Il était vivant quand je l'ai quitté, murmura Trahern. Cet imbécile avait entendu une conversation entre Roger et ses sbires, et il s'affolait. Il avait prévenu mon frère qu'il était en danger et voulait se confesser à l'abbé.

Je l'ai frappé au visage, puis je suis parti, c'est tout, je le jure.

— Et Hervé ?

— C'est vrai, j'avais rendez-vous, ce soir-là, avec lui, dans le cloître. Je voulais savoir ce que vous lui aviez demandé. Votre présence ici m'inquiétait. Mais quand je l'ai quitté, il était vivant, lui aussi.

— En somme, ceux dont vous souhaitiez la mort, ou qui vous gênaient, mouraient de malemort, comme Philippe et Bruno.

— Je n'ai jamais voulu ça.

— Alors disons que vos serviteurs infidèles allaient au-devant de vos désirs ! Seulement voilà, votre frère a été pris de panique...

— Il avait peur de tout, celui-là, coupa Trahern, une expression dégoûtée sur le visage. Il est né ainsi ! Mais je ne croyais pas qu'il mettrait fin à ses jours. Enfin, tout est joué. Et c'est aussi bien, ces maudits démons auraient fini par me tuer, moi aussi, pour m'épargner la torture de cette vie de damné !

Sur ces mots, Trahern éclata d'un rire effrayant qui s'arrêta net quand Bernard du Bec se leva et dit d'une voix forte :

— Il n'existe guère dans notre règle, frère Trahern, de châtiments à la hauteur de vos crimes. Messire chevalier, ordonnez à votre écuyer d'appeler les frères convers qui attendent devant la porte. Qu'ils conduisent sous bonne garde ce misérable au cachot. Nous déciderons de son sort, lors du prochain chapitre.

# 63

Personne ne sut jamais comment la bande des oblats fut prévenue de ce qui s'était passé pendant la réunion, mais lorsque les moines voulurent s'emparer d'eux, les garçons avaient disparu du dortoir où on les avait cantonnés. De leur côté, le chevalier et Galeran avaient, d'un commun accord, quitté l'abbaye.

Avant de passer la porterie, ils se heurtèrent à des groupes de religieux qui cherchaient toujours les fuyards. Munis de flambeaux, ils quadrillaient sans relâche les cryptes, les couloirs et les chemins secrets percés dans les murs.

« Tant d'événements depuis notre arrivée au Mont », songea Galeran, en voyant le chevalier marcher devant lui, à grandes enjambées. Il leva son visage vers le ciel, ferma les yeux et respira à fond. La pluie continuait à tomber avec violence mais, comme là-bas sur les grèves d'Armor, c'était bon de sentir ce vent humide et salé vous fouetter les sangs.

La tempête s'était levée. Le ciel était chargé de lourds nuages noirs que perçaient, par instants, des traînées de lumière, couleur de soufre. Des torrents d'eau dévalaient les ruelles. Le temps était si menaçant que les pêcheurs avaient hissé leurs barques jusqu'aux premières maisons du village.

En arrivant près du petit port, les deux hommes aperçurent, debout sur les rochers, des villageois qui leur tournaient le dos et, comme hypnotisés, scrutaient le large. De hautes déferlantes submergeaient les pontons de bois, remontant le long des cales en pente. À se demander comment le bateau, que tous regardaient s'éloigner, espérait gagner le large.

Ce n'était, semble-t-il, qu'une petite barque à fond plat, l'une de ces barques de pêcheur qui n'ont juste qu'une voile carrée, deux rames et une gouverne latérale. Son étrave pointait vers la côte bretonne et sa voilure se tordait sous les assauts du vent. On voyait distinctement des silhouettes difformes cramponnées au plat-bord.

— Messire ! s'écria Galeran. Est-ce que ce ne seraient pas les satanaëls ?

Le chevalier hocha la tête :

— Cela m'en a bien l'air. Ils ont dû quitter le Mont par quelque passage connu d'eux seuls et s'emparer de ce canot.

Le chevalier se tut, fixant le frêle esquif trop lourdement chargé qui, à chaque creux, embarquait des paquets de mer.

L'un des oblats, arc-bouté sur la gouverne, essayait en vain de maintenir le cap.

— Ces maudits n'auraient jamais dû naître et vont bientôt crever ! gronda une voix sèche, derrière les deux hommes.

Le Renoulf s'était écarté du groupe des pêcheurs et approché d'eux, sa corneille recroquevillée sur son épaule, les yeux mi-clos.

Des hurlements retentirent dans la foule. Une vague plus haute que les autres s'était abattue sur le canot et l'arrière s'enfonçait. On ne voyait plus le barreur que la lame avait dû entraîner par-dessus bord.

Les silhouettes affolées étaient remontées vers l'avant de la barque, l'une d'elles se penchait et essayait, semble-t-il, d'écoper. Elle renonça bientôt et rejoignit les autres.

C'est à ce moment que la voile se déchira d'un coup et disparut, arrachée par le vent. Il ne restait plus que des lambeaux de toile qui se tordaient autour du mât. Le canot s'était mis en travers de la houle et continuait à embarquer de l'eau.

– Ah ! Ah ! Ils sont perdus ! C'est sa barque qu'ils ont pris, elle est pas en état, surtout avec autant de gars dedans. Doivent gueuler les satanaëls, à voir s'approcher leur maître, mais on les entend pas, ricana le Renoulf.

C'était une grappe humaine qui, maintenant, se battait pour échapper à la mort. L'un d'eux, plus vigoureux, s'était hissé au-dessus de l'eau glacée, en piétinant les autres.

Mais il était trop tard. La coque s'inclina brusquement et autour du bateau se forma un tourbillon. La proue se dressait et les oblats s'y accrochaient frénétiquement, se frappant, se déchirant pour sauver leur vie.

– Comme des rats, jubila le Renoulf, comme des rats...

Enfin, la barque s'enfonça d'un coup et il n'y eut plus rien. Ceux que l'on appelait les mauvais anges avaient rejoint les ténèbres des eaux profondes.

Pendant un long moment, la foule demeura silencieuse, puis se dispersa par petits groupes. Renoulf, lui aussi, avait disparu. Seul un gamin, la mine déterminée, lança de toutes ses forces un galet vers les vagues furieuses. La petite pierre s'y enfonça tout droit comme la barque des oblats. Le gamin fit demi-tour et rejoignit en courant sa mère qui l'appelait.

Au milieu des villageoises qui remontaient la ruelle sous les torrents de pluie, Galeran aperçut au loin le vilain fichu jaune de Gisla.

# 64

Pendant les trois jours qui suivirent le drame, le chevalier et Galeran restèrent ensemble, partageant leur temps entre la prière, la lecture et des entretiens animés. Au bout de ce temps, le chevalier annonça au jeune homme son intention de l'adouber.

— Tu as côtoyé la mort et choisi la vie, Galeran. Tu as compris les ténèbres qu'il y a en chacun de nous. Le temps est venu pour toi de devenir chevalier.

Il fut donc décidé que le lendemain, le quatrième jour, il serait fait chevalier et que l'abbé lui-même bénirait ses armes.

— Te souviens-tu du quatrième jour de la création du monde ? demanda doucement le chevalier.

— Oui. Le quatrième jour, Dieu créa le luminaire du monde, il plaça les étoiles, le soleil et la lune au firmament du ciel pour éclairer la terre, pour commander au jour et à la nuit, pour séparer la lumière des ténèbres.

— Il faudra, toi aussi, que tu saches désormais séparer la lumière des ténèbres, dit gravement le chevalier.

Cette après-midi-là, après s'être confessé à Bernard du Bec, Galeran regagna les étuves et se baigna longuement dans un grand cuveau de bois.

Le chevalier attendait à ses côtés. Après que le jeune homme fut sorti de l'eau et essuyé, il lui tendit une tunique blanche en disant :

— Maintenant, il faut que je t'enseigne, Galeran. Il faut que je te *redise le sens.*

Trop ému pour répondre, l'écuyer hocha simplement la tête et fit glisser la tunique sur sa peau nue.

— Ce bain, comme celui du baptême, te rappelle que tu dois sortir de l'eau purifié et te garder de toute vilenie. Ce vêtement de lin blanc est le symbole de la pureté que tu dois préserver.

Puis il remit au jeune homme, une robe pourpre que celui-ci enfila par-dessus la tunique.

— Cette robe vermeille est le signe du sang que tu dois répandre pour Dieu, et pour défendre sa loi.

Puis il lui remit des chausses et une ceinture.

— Ces chausses noires comme la terre d'où tu viens et où tu retourneras te garderont de l'orgueil. Quant à cette ceinture blanche, elle te préservera de la luxure.

Le chevalier se tut ; il contemplait le jeune homme qui se tenait devant lui, revêtu de cet habit qui le ramenait, tant d'années en arrière, à sa propre vie, à son propre serment de chevalier. Il reprit avec gravité :

— Demain, l'abbé Bernard te remettra des éperons pour te rendre ardent au service de Dieu et l'épée à deux tranchants, qui signifie droiture et loyauté, car tu devras protéger le pauvre et soutenir le faible pour que les riches ne les puissent honnir. Il te faudra jeûner aujourd'hui et cette nuit, tu resteras en la crypte de Notre-Dame-sous-Terre et tu devras réfléchir au serment qui te liera à Dieu.

Le chevalier posa sa main sur l'épaule de Galeran et l'entraîna. Une fois agenouillé avec lui devant le petit autel de la crypte, il pria un moment à ses côtés puis le laissa seul pour sa veillée d'armes.

Au pied de l'autel, éclairé par les chandelles, luisait le harnois offert par le chevalier, une épée, des éperons, une lance et un écu de gueules à l'étoile de sable.

# 65

Les chandelles s'étaient éteintes. Seule la petite flamme de la lampe à huile jetait encore quelque lueur sur la silhouette agenouillée devant l'autel quand l'abbé entra, suivi d'un novice et du chevalier. Le visage pâli par sa nuit de veille et par le jeûne, Galeran se releva et s'inclina devant les arrivants.

Après lui avoir rendu son salut, Bernard du Bec se plaça devant l'autel, le chevalier à sa droite, le novice derrière lui.

Après s'être signé, Galeran s'agenouilla à ses pieds, baissant la tête.

— Toi, Galeran de Lesneven, dit Bernard du Bec, alors que tu es sur le point d'être fait chevalier, n'oublie jamais cette parole de l'Esprit saint : « Vaillant guerrier, ceins ton épée. » Cette épée, c'est celle de l'Esprit saint, qui est la parole de Dieu. Selon cette image, soutiens donc la vérité, défends les orphelins, les veuves, ceux qui prient et ceux qui travaillent, dresse-toi contre ceux qui attaquent la Sainte Église, afin de pouvoir paraître couronné en présence du Christ, armé du glaive de la vérité et de la justice.

Et l'abbé prit l'épée que le chevalier lui tendait :

— Reçois cette épée, Galeran, au nom du Père, du Fils, du Saint-Esprit.

Galeran prit l'épée des mains de l'abbé.

— Amen.

— Reçois cette lance, au nom du Père, du Fils, du Saint-Esprit.

Galeran se saisit de la fine lance de frêne.

— Amen.

— Reçois ce bouclier, au nom du Père, du Fils, du Saint-Esprit.

Galeran posa l'écu sur le dallage à ses côtés.

— Amen.

— Reçois ces éperons, au nom du Père, du Fils, du Saint-Esprit.

— Amen !

Le chevalier s'approcha et debout devant Galeran, le frappa rudement à l'épaule du plat de son épée, en déclarant :

— Par Dieu et par saint Michel, Galeran de Lesneven, je te fais chevalier !

Galeran se mit alors debout puis, prenant sa lame, à laquelle il fit toucher la pierre d'autel, il prononça d'une voix forte :

— Seigneur très Saint, Père tout-puissant, Toi qui as permis sur terre l'emploi du glaive pour réprimer la malice des méchants et défendre la justice, qui, pour la protection du peuple, a voulu instituer l'ordre de chevalerie, fais, en disposant mon cœur au bien, que ton serviteur que voici n'use jamais de ce glaive ou d'un autre pour léser injustement personne, mais qu'il s'en serve toujours pour défendre le Juste et le Droit !

Enfin, il se recula, glissant la lame dans son fourreau. Le chevalier vint à lui et le tint serré contre sa poitrine. L'abbé les salua tous deux et sortit discrètement avec son novice, afin de les laisser seuls.

Ils restèrent un long moment dans la crypte, puis le chevalier déclara :

— Te voilà chevalier à ton tour, Galeran.

Le jeune homme aurait voulu dire quelque chose, mais les mots n'arrivaient à sortir de sa gorge nouée.

— Je sais ce que tu ressens, fit le chevalier, je l'ai ressenti moi-même, voici bien longtemps. Cet écu, où j'ai fait porter les armes de ta famille, de gueules avec une étoile de sable, est aussi celui du quatrième jour, Galeran. N'oublie jamais l'étoile, l'étoile qui sépare la lumière des ténèbres. La lumière mêlée au rouge du sang versé, c'est aussi la couleur de l'Archange.

— Je n'oublierai.

— L'abbé t'attend sur la terrasse, il veut te voir, Galeran, et après, il te faudra ripailler et te montrer à tous, ainsi qu'il est coutume.

— Et vous ?

— Je vais rester ici encore un moment, j'ai à prier.

# 66

Quand Galeran arriva sur la terrasse, l'abbé y était déjà.

Ils parlèrent un long temps de l'avenir du Mont de Roger d'Avranches qui avait disparu et de la fin de Trahern qui, déjouant la surveillance de ses gardiens, s'était jeté dans le vide, depuis la terrasse, alors qu'on le conduisait, une fois de plus, devant ses juges. Enfin, Bernard du Bec se tut et montra du doigt la silhouette d'un cavalier qui s'éloignait sur les sables de la baie.

— Mais, c'est le chevalier ! Il s'en va, mon révérend !

— Oui, mon fils, il s'en va.

— Pas pour toujours ? protesta Galeran.

— Il retourne vers le Saint Michael's Mount en Cornouailles, d'où il est venu. Il m'a donné ceci pour vous, fit l'abbé en tendant un parchemin au jeune homme.

— Mais il ne m'a même pas dit son nom !

— Il est l'un des six chevaliers qui ont leur foi jurée à saint Michel et qui protègent ses maisons sur cette Terre, il se nomme Otium.

— Otium ?

– Oui, comment t'expliquer, mon fils ? Otium, c'est la paix de l'âme, la tranquillité qui rend possible la vie intérieure.

– Otium, murmura Galeran, c'est bien là ce qu'il m'a offert...

– Je vous laisse, mon enfant. Venez partager mon repas après la messe. Il faut que tous, ici, sachent que désormais, vous êtes chevalier.

Le religieux s'éloigna et Galeran déroula le parchemin sur lequel figurait l'élégante calligraphie de celui qui l'avait conduit ici :

*La création nous ment moins souvent que les hommes et toutes leurs raisons. Adoncques, je quitte le siècle, Galeran, et si le Seigneur le veut, me ferai ermite dès mon retour en mon pays de Cornouaille.*

*Dieu et saint Michel te gardent et te protègent.*

*Otium*

## 67

Bien des jours avaient passé depuis le départ d'Otium. Galeran était resté au Mont-Saint-Michel, priant, étudiant au scriptorium, aidant l'abbé à redresser ce qui pouvait l'être, renouant, grâce à Renouf et à Gisla, des liens entre le village et l'abbaye.

Il arriva au château de Lesneven à la nuit tombante. Il faisait beau et chaud et le printemps était là. Près de deux mois s'étaient écoulés depuis son départ et la mort tragique de Morgane.

À sa grande surprise, le jeune homme vit que, malgré l'heure tardive, la porte charretière de la basse cour était encore ouverte. Quand il pénétra sous le porche, un vieil homme d'armes apparut et saisit la bride de son cheval.

Galeran le reconnut, c'était celui qu'on appelait Grande Gueule et qui lui avait appris, jadis, à se tenir en selle.

— Messire, fit l'homme, l'assemblée est déjà là et les seigneurs font ripaille pour le retour de not'maître... Ne craignez point, j'vas m'occuper de vot'bête.

Galeran n'en revenait pas : l'homme ne l'avait point reconnu.

Il sauta à terre, fit quelques pas hésitants. Une fillette vint se jeter dans ses jambes. C'était Arzhel, sa petite sœur.

Elle le regarda, poussa un cri de terreur et courut vers la grande table brillamment éclairée qui avait été dressée devant la chapelle.

— Maman, maman ! Un vilain bouloume !

Le jeune chevalier vit des visages, un alignement de visages, qui se tournaient vers lui. Il y avait là son père, qui tenait dame Mathilde serrée contre lui. À côté se trouvait frère Benoît et plus loin, Yann de Mordreuc, quelques hobereaux du voisinage et, en bout de table, Ronan qui le regardait, bouche bée.

Enfin, dame Mathilde se leva, allant en trébuchant vers lui, comme vers un spectre.

— Galeran ! Galeran ! Mon petit, tu n'es donc pas mort !

— Non, pas encore, ma mère, fit-il en la prenant dans ses bras.

Son père vint à lui et l'accola rudement :

— Dis-moi, quel superbe harnois ! Te voilà donc chevalier, mon fils !

Le brave frère Benoît l'embrassa à son tour :

— Ah, chenapan ! J'en ai dit des messes, pour le repos de ton âme !

— Bah, ce sera pour la prochaine fois, ça peut toujours servir, murmura Ronan, d'un air dépité.

Yann prit Galeran par les épaules et l'installa à table à ses côtés.

— Voilà, s'exclama-t-il, c'est le retour du fils prodigue et on vient de tuer le veau gras pour le retour du père !

— Ah, cher Yann, est-ce possible ? Toutes ces réjouissances alors que nous nous sommes quittés dans le désespoir, fit Galeran qui n'en croyait pas ses yeux.

— Oui, c'est possible, mon ami, puisque nous sommes vivants et que tu es vivant !

Le jeune chevalier regarda autour de lui. Chacun buvait et ripaillait. Son père et sa mère s'embrassaient goulûment.

— Il y aura bientôt en route un nouveau Lesneven ! dit Yann en riant.

— Tu as raison, approuva Galeran. Vous avez tous raison, nous sommes vivants...

Tout était si différent de ce qu'il avait imaginé. Ce retour au château où personne n'avait besoin de lui, sa mère qui n'avait d'yeux que pour son père, ce dernier qui n'avait remarqué que son harnois de jeune chevalier et Arzhel, la douce Arzhel qui ne le reconnaissait même plus...

— Comme tu as changé, fit Yann, et ce n'est pas seulement cette barbe qui te mange le visage, on dirait que toi, tu reviens du royaume des morts !

— C'est vrai, c'est de là que je viens, murmura Galeran.

— Allons, raconte, as-tu vengé Haimon ? Et ton prisonnier, qu'en as-tu fait ?

— Non, toi d'abord... Es-tu venu à bout des Lochrist ?

L'autre éclata d'un grand rire :

— Ils m'ont épargné ce travail, et c'est cela aussi que nous fêtons ! Imagine-toi que lorsque les deux frères ont vu que le borgne ne revenait pas...

— Il est mort ! l'interrompit Galeran.

— Tu l'as tué ?

— J'ai pas eu besoin, fit sombrement le jeune chevalier.

— Voilà encore une bonne nouvelle de plus... Donc, quand le borgne n'a plus été là, chacun des deux frères voulut commander à l'autre. Ils ont commencé par échanger des injures, puis des coups et enfin, Iwan et Withur se sont proprement entretués. Leurs femmes et leurs progénitures s'y sont mis à leur tour et dans la mêlée, ont fini par mettre le feu au donjon. Quand je suis arrivé avec mes troupes pour exterminer ces maudits, il n'y avait plus rien à faire ! Il ne restait que des ruines et deux serviteurs terrorisés qui nous ont raconté toute l'histoire.

Galeran ne disait mot, se contentant de vider sa coupe. Quand, plus tard, les convives allèrent se coucher, ils étaient repus et ivres morts.

Pourtant, Galeran se leva au petit matin. Tout le monde au château dormait encore.

Il descendit aux écuries et harnacha son destrier. Ce qu'il ressentait, plus tard... beaucoup plus tard, un poète devait le décrire :

*« Plein d'ardeur et de joie, on marche... on prend comme elles viennent la bonne et la mauvaise fortune,*

*les plaies et les bosses... Oui, l'on marche et le temps marche aussi – jusqu'au jour où l'on découvre devant soi une ligne d'ombre qui vous avertit qu'il va falloir laisser derrière soi la contrée de sa prime jeunesse... »*

Galeran sauta en selle, salua au passage l'homme de garde et s'en alla sans se retourner.

*« Que ceci soit la fin du livre
mais non la fin de la recherche. »*
Bernard de Clairvaux

# Postface

Deux ans plus tard, en 1135, mourut Henri Iᵉʳ Beau-clerc. Une longue guerre entre Mathilde, son héritière légitime, et Étienne de Blois ravagea alors l'Angleterre et ses possessions.

Malgré les désordres qui s'ensuivirent en Normandie, Bernard du Bec consacra, en 1137, le prieuré qu'il avait fait construire à Tombelaine, à côté de la chapelle de Notre-Dame-la-Gisante. Il y envoyait ses moines, trois par trois, afin qu'ils s'y purifient et y alla fréquemment lui-même, pour la paix de son âme.

L'année suivante, un certain Roger d'Avranches ameuta la populace de la ville contre les religieux du Mont. Ils vinrent en armes et avec des torches, mirent le feu aux bâtiments. Tout brûla, sauf l'église et les officines de moines !

Bernard du Bec ne se remit jamais de ce terrible dé-sastre. Il essaya encore une fois de relever l'abbaye. Mais il finit par mourir de douleur et d'épuisement à la tâche et fut enterré le 8 mai 1149, au cœur de son église.

Robert de Thorigny devait lui succéder le 27 mai 1154, la même année où Henri II Plantagenêt devenait roi d'Angleterre.

# Lexique

Affûtiaux : objets de parure sans valeur.

Aquilon : vient du latin « aquilo », vent du nord. Vent froid et violent.

Ankou : ouvrier de la mort en Bretagne, (*oberour ar maro*).

Archais : étui contenant l'arc et des cordes de rechange.

Ar Troadec : aux grands pieds, en breton.

Aumusse : sorte de capuchon garni de fourrure.

Baléer-bro : chemineur de pays, batteur de routes.

Bastardon : petit bâtard.

Belles dames : les fées.

Berser : chasser avec arc et flèches.

Biez : canaux de drainage.

Bichette à cornes : filet tendu par deux perches courbées à leur extrémité.

Bliaud : tunique longue de laine ou de soie, aux manches courtes dans le sud et longues dans le nord, serrée à la taille par une ceinture. Habit de la noblesse ou de la grande bourgeoisie.

Bocains : Bas-Normands.

Braies : caleçon plutôt long et collant au XIIe siècle, retenu à la taille par une courroie.

Broigne : justaucorps de grosse toile ou de cuir, ancêtre de la cotte de maille, recouvert de pièces de métal.

Brouet : bouillon, potage.

Calsoi : île de Chausey, donnée en 1022, par Richard II, duc de Normandie, à l'abbaye, qui s'y fournissait en granit.

Chainse : équivalent de la chemise, tunique en toile ou lin à manches fermées.

Chaperon : courte cape fermée avec capuche, portée comme un chapeau en été, torsadée sur le crâne.

Chausses : chaussettes en drap, tricot ou laine, parfois munies de semelles de cuir et maintenues par des lanières s'attachant en dessous du genou. Les hauts-de-chausses étaient l'équivalent de nos bas.

*Cloc'h ar maro* : cloche des morts, en breton.

Conil : ou conin, lapin.

Convers : religieux employé au service domestique du monastère.

Corn-boud : instrument fait d'une corne de bœuf.

Couérons : troncs d'arbres fossilisés.

Couire : sorte de carquois, permettant le transport des flèches.

Courtine : mur joignant les flancs de deux bastions.

Criche : fossé.

Crierien : naufragé demandant sépulture.

Dîme : (du latin, *decima* : dixième partie), redevance en nature (céréales, poissons...), versée au clergé. La grange dîmière était l'endroit où l'on entreposait la dîme.

*Dimezell vrao* : demoiselle jolie, en breton.

Eschets : ancien nom du jeu des échecs.

Escoffle : pèlerine utilisée pour la chasse, en cuir ou en fourrure.

Estorbel : tourbillon.

Estran : portion du littoral comprise entre les plus hautes et les plus basses mers.

Faudesteuil : fauteuil, en général pliant.

Fouine : ou foène, sorte de harpon à plusieurs dents servant à prendre les anguilles dans la vase.

Gaste : violé.

Grévins : race de moutons à tête noire des grèves du Mont-Saint-Michel.

Gilain : le trompé.

Goupil : renard.

*Gwerz* et *gwerziou* : chants guerriers aux accents tragiques.

*Gwynn ardant* : eau-de-vie, en breton.

Harnois : désigne tout l'équipement d'un homme de guerre (broigne, épées, lance, bouclier...), mais aussi l'habillement du cheval, voire le mobilier transportable dans les camps.

Haut-mal : épilepsie.

*Hent-ar-Maro* : chemin de la mort.

Herbue : étendue recouverte d'herbes.

*Hopper-noz* : crieur de nuit, en breton.

*Izel-guez* : les bas-arbres, en breton.

*Kakouz* : lépreux, en breton.

Kastell-Paol : Saint-Pol-de-Léon.

*Kreiskêr* : centre de la ville.

Lagan : droit de pillage sur les vaisseaux échoués.

*Lôd-an-Tan* : la part du feu.

Longère : maison mixte où vivaient côte à côte, bêtes et gens.

*Mabik* : diminutif affectueux de *mab*, fils.

Malcuidant : qui nourrit de mauvaises pensées.

Malemort : mort violente et cruelle.

Mantel : manteau semi-circulaire comme une cape, attaché à l'épaule par une agrafe, nommée tasseau.

Marc ou marka : ancienne unité de mesure pour l'or et l'argent, environ 244,75 g.

Marche : (du francique marka), anciennement frontière d'un État.

Meschinet : gamin.

Mesnie : famille, lignée par le sang.

*Mi-ka-el* : en hébreu, qui est comme Dieu.

Miquelots : pèlerins du Mont-Saint-Michel.

*Mouchik-dall* : colin-maillard.

Nordet : vent du nord.

Noroît : vent du nord-ouest, en normand.

Pabu : les saints pères de l'Église bretonne.

Palefroi : cheval de marche ou de parade.

*Penn-baz* : bâton de marche et de défense.

Puer : élève. Les enfants nobles faisaient leur apprentissage d'écuyer et de chevalier, le plus souvent en dehors de leur famille.

Rebec : instrument de musique à trois cordes et à archet.

Restrait : lieu d'aisance, comportant un conduit plus une fosse où l'on mettait des cendres de bois qui décomposaient les matières organiques.

Samit : riche tissu à trame de soie et chaîne de fil.

Sône, soniou : chants d'amour.

Tangue : sable vaseux qui se dépose sur les estrans du littoral.

Tâts : sorte de tridents servant à capturer les poissons qui s'ensablent comme les soles et les plies.

Tranche-boyaux : surnom donné au mauvais vin d'Avranches.

Tinel : masse d'armes.

Vagant : errant.


## Les mesures

Lieue : mesure de distance, environ 4 kilomètres.

Toise : équivaut à 6 pieds, soit près de 2 mètres.

Aune : 1,188 mètre.

Pied : ancienne mesure de longueur, 32,4 centimètres.

Coudée : ancienne mesure, distance séparant le coude de l'extrémité du médius, environ 50 centimètres.

Pouce : ancienne mesure de longueur, 2,7 centimètres.


## Les heures

Matines, ou vigiles : office dit vers 2 heures du matin au Moyen Âge.

Laudes : office dit avant l'aube.

Prime : office dit vers 7 heures du matin.

Tierce : office dit vers 9 heures du matin.

Sexte : sixième heure du jour, vers midi.

None : office dit vers 14 heures.

Vêpres : du latin *vespera* : soir. Office dit autrefois vers 17 heures.

Complies : office dit après les vêpres vers 20 heures, c'est le dernier office du soir.

# Ils ont vécu au XIIᵉ siècle, au royaume de France et en Angleterre

**Abélard** (né en 1079, mort en 1142) : Philosophe, théologien et dialecticien français. Fonde l'abbaye du Paraclet, dont Héloïse deviendra l'abbesse. Bernard de Clairvaux obtint sa condamnation au concile de Sens en 1140. Son ouvrage, « Sic et non », figurait dans les manuscrits du Mont-Saint-Michel.

**Argombat** : situé dans l'actuelle commune de Beaumont de Lomagne, Argombat fut le berceau d'une famille relevant du marquisat de Toulouse. Un château fut construit sur le rebord du plateau, dominant la vallée de la Gimone. Les d'Argombat firent donation aux moines de Grandselve des droits qu'ils avaient sur le territoire de Gilhac. Ils fondèrent l'abbaye de Belleperche où ils furent enterrés et à laquelle, à la mort du dernier d'entre eux, ils léguèrent tous leurs biens. C'était l'une des plus puissantes familles de Lomagne.

**Aubert** : évêque d'Avranches et fondateur du Mont-Saint-Michel, en l'an 708.

**Bernard du Bec** : fait ses études à Paris, puis est nommé abbé du Mont, de 1131 à 1149.

**Conan III** : duc de Cornouaille, de 1118 à 1148. Fils de la duchesse Ermengarde. Marié à dame Mathilde, qui lui donnera une fille Berthe. Peu de temps avant sa mort, il déclare illégitime son fils Hoël.

**Ermengarde, duchesse de Cornouaille** : fille de Foulques le Réchin. Cultivée et très pieuse, elle aura une grande influence sur la politique de son fils Conan III. Elle aidera les Cisterciens à s'installer en Bretagne. Après la mort de son fils, elle part s'installer en Terre Sainte, où vit déjà son frère. Elle y finit ses jours, en l'église Sainte-Anne de Jérusalem.

**Guiomarch III** : vicomte du Léon, en 1144.

**Henri Ier Beauclerc** (né en 1068, mort en 1135) : roi d'Angleterre de 1100 à 1135. Fils de Guillaume le Conquérant et successeur de Guillaume II le Roux. Il usurpa, en 1100, le trône de son frère Robert II Courteheuse, à qui il crève les deux yeux avant de le laisser mourir au cachot. La Normandie fait partie de son fief, dès 1106. Il s'opposa à saint Anselme en 1107, à propos de la question des investitures. Bien qu'il ait désigné sa fille Mathilde comme héritière, c'est Étienne de Blois qui lui succéda.

**Mathieu** : cardinal, légat du Saint-Siège en France. C'est grâce à son intervention que Richard de Mère est chassé du Mont.

**Raoul de Beaumont** : architecte du Mont sous l'abbatiat de Roger II.

**Richard de Mère** : clunisien, nommé abbé de Saint-Michel par Henri Ier Beauclerc. Après avoir vendu maintes possessions de l'abbaye, il en fut chassé par ordre du Saint-Siège et par celui du roi d'Angleterre.

**Robert de Vitré** : compagnon de jeunesse de Conan III, il lui déplaît par son attitude injuste avec ses vassaux. Conan III fait alors main basse sur Vitré. Robert de Vitré récupérera sa ville après dix ans de guérillas, en 1144.

**Roger d'Avranches** : fils d'un ancien donateur de l'abbaye. En 1138, il ameute la populace d'Avranches contre le Mont, qui sera pillé et incendié.

**Tanguy, vicomte du Poher** : ce premier vicomte du Poher n'apparaît qu'au début du XII<sup>e</sup>. Il contrôle la seigneurerie de Carhaix et les seigneureries de Landélan, Châteauneuf-du-Faou et du Huelgoat, en tout cinquante-six paroisses réparties entre les doyennés du Poher et du Faou.

**Turgis** : évêque d'Avranches, c'est lui qui consacre Bernard du Bec, en 1131.

# Pour en savoir plus...

P. Bertin, *Sentiers des douaniers de la Manche*, Éditions Ouest-France.

P. Bertin - R. Nourry, *Sentiers des douaniers en Normandie*, Éditions Ouest-France.

D. Dantec - C. White, *Sentiers des douaniers de Bretagne*, Éditions Ouest-France.

M. Déceneux, *Le Mont-Saint-Michel pierre à pierre*, Éditions Ouest-France.

M. Déceneux, *Mont-Saint-Michel, histoire d'un mythe*, Éditions Ouest-France.

Y.-M. Froidevaux, *Le Mont-Saint-Michel*, Éditions Hachette.

P. Féval, *Les Merveilles du Mont Saint-Michel*, Éditions Albin Michel.

*Le Mont-Saint-Michel*, Éditions du veilleur de proue.

*Le Mont-Saint-Michel*, Magazine documentaire B. T. n° 1050.

R. Oursel, *Pèlerins au Moyen Âge*, Éditions Fayard.

A. Le Braz, *Magie de la Bretagne*, coll « Bouquins », Éditions Robert Laffont.

A. Chèdeville - H. Guillotel, *La Bretagne des saints et des rois V$^e$-X$^e$ siècle*, Éditions Ouest-France Université.

A. Chèdeville - N.-Y. Tonnerre, *La Bretagne féodale XI$^e$-XIII$^e$ siècle*, Éditions Ouest-France Université.

C. Petit-Dutaillis, *La Monarchie féodale en France et en Angleterre X$^e$-XIII$^e$ siècle*, Éditions Albin Michel.

J. Flori, *Chevaliers et chevalerie au Moyen Âge*, Éditions Hachette.

L. Moulin, *La Vie quotidienne des religieux au Moyen Âge*, Éditions Hachette.

G. et R. Pernoud, *Le Tour de France médiéval*, coll « L'histoire buissonnière », Éditions Stock.

M. Bloch, *La Société féodale*, Éditions Albin Michel.

Viollet-le-Duc, *Encyclopédie médiévale, Tomes I et II*, Éditions Inter-Livres.

E. Mâle, *L'art religieux du XII$^e$ siècle en France*, Éditions Armand Colin.

G. Garrigou, *Naissance et splendeurs du manuscrit monastique, du* VII$^e$ *au* XII$^e$ siècle, un merveilleux livre, édité à compte d'auteur. (S'adresser à Gilberte Garrigou, 15, av. d'Alsace-Lorraine, 60400 Noyon. Tél. : 03-44-44-06-85.)

M.-M. Davy, *Initiation à la symbolique romane*, coll. « Champs », Flammarion.

R. Delort, *La Vie au Moyen Âge*, coll. « Points Histoire », Seuil.

*Sources d'histoire médiévale du IX$^e$ au milieu du XIV$^e$ siècle*, coll. « Textes essentiels », Éditions Larousse.

*Cet ouvrage a été composé par*
PARIS PHOTOCOMPOSITION
*75017 Paris*

*Impression réalisée sur CAMERON par*
*BRODARD ET TAUPIN*
*La Flèche*
*en août 1999*

*Imprimé en France*
Dépôt édit. 6295 − 09/1999
Édition 01
N° d'impression : 3902D
ISBN : 2-7024-7894-8

✠ 52/6089/8